U0488276

童话的本质

［瑞士］麦克斯·吕蒂 著
何珊 译

贵州出版集团 贵州人民出版社

版权合同登记号 图字：22-2022-076

图书在版编目（CIP）数据

童话的本质 / （瑞士）麦克斯·吕蒂著 ； 何珊译
. -- 贵阳 ： 贵州人民出版社，2024.5
ISBN 978-7-221-17637-0

Ⅰ. ①童… Ⅱ. ①麦… ②何… Ⅲ. ①童话－文学研究 Ⅳ. ①I058

中国国家版本馆CIP数据核字(2023)第056968号

TONGHUA DE BENZHI
童话的本质
［瑞士］麦克斯·吕蒂 著 何珊 译

出版人 朱文迅
策 划 蒲公英童书馆
责任编辑 张 羽
装帧设计 王艳霞
责任印制 郑海鸥

出版发行 贵州出版集团 贵州人民出版社
地 址 贵阳市观山湖区中天会展城会展东路SOHO公寓A座（010-85805785 编辑部）
印 刷 鸿博昊天科技有限公司（010-87563716）
版 次 2024年5月第1版
印 次 2024年5月第1次印刷
开 本 710毫米×960毫米 1/32
印 张 7
字 数 225千字
书 号 ISBN 978-7-221-17637-0
定 价 78.00元

前言

1991年夏，20世纪杰出的童话解读者麦克斯·吕蒂在瑞士苏黎世逝世。时至今日，读者对其作品的关注和需求却有增无减。麦克斯·吕蒂是一位影响极其深远的文学理论家和语言学家，他的著作曾被翻译成英、法、意、日等多国语言，《欧洲民间童话：形式与本质》[①] 是他最成功的论著，也是文学研究领域的基本著作。在童话研究中，麦克斯·吕蒂提出了一系列概念——"平面性""抽象风格""孤立与联结一切""升华与含世界性""一维性与多维性"，这些概念对后世的童话研究者产生了决定性的影响。后来，他又补充了一些成对的概念，如："稳定性与活跃度""重复与变化""艺术上的简约与浪费"等。在他看来，这些概念跟童话是相关联的。从这些专有名词不难看出，麦克斯·吕蒂对辩证法有着非同寻常的偏爱。他注意到民间故事在结构上具有对立性的特征，呈现的是"幻想与真实、此岸与彼岸、模仿与创造、自由与束缚、自律与他律"之间的对立。麦克斯·吕蒂还运用从民间童话中获取的准则，去衡量童话与其他类型的文学作品的相似度和差异性，一直致力于探讨"类型差异化"的问题，并据此反对所有跟

① 参见［瑞士］麦克斯·吕蒂《欧洲民间童话：形式与本质》，户晓辉译，河北教育出版社，2018年。下文提到的一系列概念亦参考了这本书中的译法。——编注（下文若无特别说明，即为编注）

"类型模糊化"有关的时髦口号。他着重论述了单个母题从传说[①]到童话，再到圣徒传说或滑稽故事的演变，并获得了关于作品类型风格的真知灼见。麦克斯·吕蒂的研究没有停留在童话现象学上，而是从研究中推导出了童话人物的典型形象。他指出，与传说不同，童话中没有对神秘力量的恐惧。"童话中的世界是一个被诗意主宰的世界，现实中困难而复杂的东西，在童话中变得轻松而透明。"他的这一观点，不仅是关于文体和形式的论断，而且已经具有人类学的深意。

本书因其敏锐细致的研究而备受赞誉。时至今日，作者的观点丝毫没有过时。该书的每个章节都是针对民间故事的观察和研究，往往从一个具体的故事展开探讨。这些文章原本是麦克斯·吕蒂为瑞士贝罗明斯特广播电台系列节目撰写的，面向的是广大的听众。作者以丰富的实例说明：一个母题不能脱离其语境，但在传说、神话、圣徒传说、童话或滑稽故事中，同一母题可以有不同的叙述方式。吕蒂指出，童话的奥秘并不在于选用的母题，而在于它处理母题的方式。书中分析的大部分故事取自格林兄弟的《儿童与家庭童话集》。虽然他没有对每一篇童话的年代和起源做出推测，但他采用了这些童话重要的早期版本。其中最有说服力的是对童话《小地牛》的分析，它是灰姑娘故事的早期版本，可能是最古老的完整散文体德语童话。麦克斯·吕蒂擅长将一篇童话与其各种早期版本放在一起探讨，比如将格林童话中的某个故事与吉姆巴地斯达·巴西耳[②]的巴洛克风格，或与夏尔·佩罗[③]的讽刺幽默联系起来分析。他还将同一题材的神话作品与文学作品进行对比。通过分析同一题材演变而来的不同版本，他指出格林兄弟给《莴苣姑娘》续上了一个错误的结尾。由于将研究范围延伸到了北欧和地中海地区的童话，吕蒂考察格林童话的眼光更加锐利。无论怎样，将不同版本进行比较，都有利于避免仅仅根据某个文本（通常情况下是格林童话）对故事做出主观、片面的解读。另外，吕蒂对欧洲之外的童话也有所涉猎，在分析印第安人的

---

① 在德语传统中，Sage 指在大众传统中流传的故事，Legende 指有关圣人的故事，有宗教的倾向，吕蒂严格区分了这两个概念。户晓辉在《欧洲民间童话：形式与本质》中将 Sage 译为"传说"，将 Legende 译为"圣徒传说"；张田英在《童话的魅力》（社会科学文献出版社，1995 年）中将 Sage 译为"传说"，将 Legende 译为"宗教传说"。

② 吉姆巴地斯达·巴西耳（Giambattista Basile，约 1575—1632），意大利诗人、童话搜集者，以那不勒斯童话集《五日谈》为人熟知。

③ 夏尔·佩罗（Charles Perrault，1628—1703），法国诗人、童话作家，有童话集《鹅妈妈的故事》。

故事《蜱虫跟鸵鸟赛跑》时，尽管它与格林童话中的《兔子和刺猬》类似，但我们也能看出两则故事的不同之处。吕蒂并不孤立地去阐释某一地区的童话，而是一再指出各民族童话之间的相互关系。在解读《玫瑰公主》和《小地牛》时，吕蒂都指出了其中蕴含的极性结构——生与死、善良与邪恶、诱惑与阴谋、软弱与无知，以及绝望、忠告和帮助——这些人类生活的基本主题在这些结构中得以体现。就这样，童话用短小精悍的故事呈现出大千世界。我们越来越清楚地看到，吕蒂所谓的童话的“含世界性”到底是什么。他愿意将童话理解为一种人类学的模式：在《玫瑰公主》中，他看到的不仅仅是某一个女孩的天赋异禀、遭遇危害、陷入沉睡、得到拯救的人生经历，同时也指出，这些都是人类共有的境遇，它们反映了人类的根本特质，呈现了人类的灵魂。

在关于动物新娘和动物新郎的童话中，麦克斯·吕蒂谈到了男人与女人之间普遍存在的矛盾关系。在《莴苣姑娘》中，他看到的是人的成熟过程。在与恶龙搏斗的故事中，吕蒂不仅看到了与潜意识里黑暗面的搏斗、与内心丑陋可怕的东西的搏斗，同时也看到了与世间邪恶的搏斗。最后他这样写道：“从这个意义上说，每一篇童话都像是一个屠龙者。”这句话想表明的意思是：童话表达的主题都是善良和勇敢如何战胜疯狂和邪恶，它能对读者产生一种安抚和治愈的作用。另一方面，从主人公跟乐于助人的动物相遇的情节中，吕蒂看到的是对人的潜意识产生积极影响的精神力量。但是，他始终小心翼翼，避免完全从心理学角度出发，对童话进行最终的解读和阐释，因为这样的分析并不能揭示整部童话的深层意义。尤为值得关注的是，作为语言学家和客观公正的文学评论家，麦克斯·吕蒂究竟从现代心理学中获得了怎样的启发？在书中，他跨越了民俗学和文学研究到心理学的界限。但他也看到了心理学解释的局限性。他指出：“童话是可以解读的。但是，每一次个别的解读都意味着贫乏，忽略了本质……对童话的片面解读都是臆断。”尽管他对这种个别解读持怀疑态度，但依旧认为：“对于童话的作者和听众来说，当童话讲述主人公怎样战胜恶龙、迎娶公主，然后成为国王等一切时，其意义并不仅仅局限在故事情节本身……”童话本身并没有心理学化，但童话将一切都转化为情节，而外部的情节进展又常常呈现心理历程、情感变化、情绪波动和内心冲突。而这，正是通往童话解读的大门。

吕蒂用很多具体的童话实例表明，童话可以从多个层面进行解读。他对童话中的恐怖形象、可怕人物、残忍事件及其对孩子的影响，以及幽默在童话中的作用等问题，都提出了独特的看法。此外，他的研究还涉及一些心理学上的问题，比如：为什么童话中的女性形象远比男性形象多？为什么女性形象给人的印象更加深刻？

麦克斯·吕蒂一再强调，童话是真正的文学创作和诗歌的终极形式，但它并非不受时代的限制。看来他没有忽视历史和社会的差异。他经过仔细斟酌做出的判断、分析叙述方式时采用的方法，以及为后世研究指明的方向，这一切都是令人信服的。由此，他使“童话研究”作为一门学科在国际上获得了更多的认可，赢得了更高的声望。同时，他始终坚持将科学研究的要求与浅显易懂、简单明了的表述形式结合起来。这位出色的文体学家擅长用卓越的散文体呈现自己的科研成果，从而使得无数研习民俗学和日耳曼语言文学的学生、广大童话爱好者都能轻松步入童话研究的大门。在引用童话内容时，他重点摘录其中最精彩和最重要的段落。他先叙述一段童话，然后通过与同一题材的其他版本进行比较，拓宽视野，再解读所述故事的其余部分。吕蒂曾经在一段附录的引言中说过，童话中令我们感兴趣的画面“远比道德说教对听众的心灵冲击更大”。他激发了许多人对童话的兴趣，因为没有人能像他那样指出，童话老少咸宜的特殊影响力究竟在哪里。他说：“童话在儿童生活中所扮演的角色，以及在书籍尚未出现的漫长岁月里，童话在成人生活中所起的作用，使得我们更有信心推测，童话是一种特殊形式的文学，一种关乎人本身的文学。”麦克斯·吕蒂探讨的是童话中的永恒真理，所以其著述不会有过时的危险，相反，在对他充满感激之情的读者的心目中，会拥有长长久久的生命力。

卢茨·勒里希[①]

① 卢茨·勒里希（Lutz Röhrich,1922–2006），德国民俗学者，著有《童话与现实：一种民俗学的研究》。

Contents

目录

下部
今天依然如此
——关于民间童话的思考

上部

很久很久以前……
——民间童话的本质

1 玫瑰公主

——童话的含义和表现形式

我们对童话的看法往往很矛盾。一方面，我们将童话看成是一种委婉地表达“谎言”的方式。面对那些编造的谎言，我们常常会很轻蔑地说：“别编故事[1]了。”另一方面，当我们赞叹某些特别美好的事物时，又常常会情不自禁地用“童话般的”来形容，此时的“童话”不再意味着不真实，而是具有超凡脱俗的意味。由此不难看出人们对童话褒贬不一的态度。

在过去的数百年里，虽然民间童话被受过教育的人视为儿童和仆役们茶余饭后的消遣物，但伟大的诗人却源源不断地从中获取灵感。各个时期的高雅文学作品都曾汲取童话题材，并任由作品充满童话般的幻想。人的一生都经历过为童话着迷，日后却又疏远童话的过程。一般来说，五到十岁是迷恋童话的人生阶段，之后会渐渐对童话产生排斥心理，转而进入讲求实际的人生阶段。有些人终其一生都不会再改变这种排斥态度，而另一些人后来却又回心转意，重新喜欢起那些曾使自己如痴如醉的故事。后者之所以如此，不仅因为他们作为父母或祖父母，要承担起给孩子讲故事的责任，更为重要的是，他们再次感受到了童话所特有的魅力。

如果某种事物能够以如此不同的方式既让人着迷，又令人排斥，那么不难推测，它所涉及的必然是重要的内容，会引起种种争论。童话在儿童生活中所扮演

① 德语中“Märchen”一词，本义是“童话”“故事”，引申为“假话”“谎话”。——译注

的角色，以及在书籍尚未出现的漫长岁月里，童话在成人生活中所起的作用，使得我们更有信心推测，童话是一种特殊形式的文学，一种关乎人本身的文学。

今天，只要一提到童话，人们就会不由自主地想到格林兄弟的童话，这一现象还不仅仅限于德语国家。格林兄弟于 1812 年至 1815 年首次出版的《儿童与家庭童话集》在许多国家都是最受欢迎且发行量最大的德语图书。在此，我们先从读者最为熟知的故事之一《玫瑰公主》中摘录几段，从中我们可以看到民间童话的几个基本特征。故事是这样开始的：

> 很久很久以前，有一位国王和一位王后。他们每天都会说："唉，要是我们能有个孩子该多好啊！"可是他们一直没有孩子。直到有一天，王后正在洗澡，一只青蛙从水里爬上岸，对她说："你的愿望快实现了，不出一年，你就会生下一个女儿。"后来青蛙的话果真应验了，王后真的生下了一个非常漂亮的女儿。国王喜不自胜，为此举办了盛大的宴会。他不仅邀请了所有亲朋好友，还邀请了智慧的仙女，希望孩子能赢得她们的欢心和眷顾。在这个王国里，一共生活着十三位仙女，但是，王宫只有十二只金盘子，所以其中的一位只能留在家里。庆典非常隆重，临结束时，仙女们纷纷给孩子送上了神奇的礼物：第一位送上品德，第二位送上美貌，第三位送上财富……她们将这世间人们所向往的一切都送给了小公主。可当第十一位仙女刚刚说完祝福词时，第十三位仙女突然闯了进来，这位未获邀请的仙女是来报复的。她没跟任何人打招呼，也没瞧任何人一眼，只是大声说道："公主十五岁时将被纺锤刺伤，倒地身亡。"说完她转身离开了大厅，没再说一句话。在场的所有人都惊呆了。这时，还不曾祝福的第十二位仙女连忙走上前来，她无法完全解除那恶毒的诅咒，只能减轻它，于是便说："公主不是倒地身亡，而是沉睡百年。"

人人都知道这个故事后来是怎样的：国王下令"焚毁全国所有的纺锤"，却依然没能使公主免遭伤害。公主十五岁那年，还是被纺锤刺伤了（她之所以会对纺锤感兴趣，是因为她从未见过），立刻倒在地上沉沉睡去，国王和王后以及朝廷大臣们也都随之一一睡着了。紧接着，在王宫的四周长出了一圈密实的荆棘篱笆。后来，不少王子来到这里，他们披荆斩棘，想穿过这道篱笆进入王宫，但都被荆棘刺中，挂在篱笆上。整整一百年过去了，又有一位勇敢的王子来到王宫前。这时，篱笆上不再是荆棘丛生，而是鲜花盛开。篱笆自动打开，让王子安然通过，然后又自动合上。王子的亲吻唤醒了沉睡的公主，让她重获新生。与此同时，整个王宫的人也都苏醒过来了，他们为王子和公主举行了盛大的婚礼。

其他民族也有过类似的童话。那么，这个故事的核心是什么？它表达了什么？雅各布·格林和威廉·格林兄弟俩显然对这个童话的含义做过认真的思考。他们在故事中看到了古代神话残留的痕迹，看到了对生命和世界的原始而直观的体验，以及对这种体验进行的游戏化延续。天赋异禀的玫瑰公主遇到了极大的威胁，她倒地而亡。或者更确切地说，她陷入了死亡般的沉睡。但是她被唤醒了，生命重新绽放，周围的世界也随之焕发了生机。这个童话阐述的是死亡与复活的主题。荆棘丛生的篱笆上开满鲜花，沉睡的公主苏醒过来，这一切使人联想到春天的气息令死寂的大地复苏，鲜花再次绽放，世界像从前一样年轻而美丽。这也使人联想到全新一天的到来让沉睡的大自然苏醒。天地万物循环往复的过程在《玫瑰公主》的故事中变得具象起来，这些过程不但体现在人类所处的大自然中，也体现在人类的灵魂中。玫瑰公主中魔咒倒下时，年仅十五岁，这是一个从孩子变成年轻女子的时刻。人生每一个重要的转折点，每一次从一个生命阶段到另一个生命阶段的过渡，都会让人感受到某种威胁的存在。在这个年龄段，男孩的自我意识渐渐强大，女孩则退缩回自我。无论男孩还是女孩，都会变得羞涩、内向，或者焦躁、叛逆、排斥，这些都是很自然的现象。年轻人的四周长满荆棘，是为了保护自己不受外界的侵害。而正是在这种退缩的自我保护中，他们渐渐成长起来，并由此焕发出更新、更强大、更灿烂的生命色彩。

童话中的人物形象并不是单独刻画的，也并非只涉及个体的命运，故事所反映的也不仅仅是某个人的成熟发展过程。《玫瑰公主》更多的是一则充满幻想的爱情故事：少女完全退缩回自我，爱慕她的年轻人为她解除咒语。我们会不由自主地将公主视为人类灵魂的象征。故事不仅讲述了某个女孩的遭遇——她天赋异禀，受到威胁，陷入沉睡，得到解救，而且以此阐述了整个人类的境遇。人类的灵魂总是不断陷入痉挛和麻痹的状态，而一旦情况好转，又能复苏、被治愈和拯救。前提当然是在情况有所好转的时候！那种即便在沉睡不醒和无能为力的状态下，也会异常坚定地从自己身上重新找到生命的源泉，与周围环境再次建立联系的异常情况，当然也会发生。但是，这则童话讲述的不是异常的情况，而是正常的发展，它能使那些接受故事的人充满信心，相信在沉睡后，一个更新、更强大的生命将会出现，这个生命在经历漫长的孤独后，能够重新建立与周围世界的连接。

《玫瑰公主》用多重手法描述了天赋和伤害。仙女们给孩子献上祝福的同时也带来了诅咒；王宫对于玫瑰公主来说，既是天堂，也是监狱；沉睡是禁令，也是保护；布满荆棘的篱笆既能置人于死地，最终也能开满绚丽的花朵。所有这些充满寓意的形象，将“死亡与复活”这个贯穿一切的对立主题表现得淋漓尽致。

宫殿与塔楼、荆棘与玫瑰、人与仙女——故事中这些重要的画面还显示了童话所具有的某种特殊能力。这种能力不是《玫瑰公主》独有的，而是所有民间童话所共有的。《玫瑰公主》尽管篇幅不长，可它却以自己的方式将大千世界涵盖其中：死气沉沉的自然和生机勃勃的自然、人和人造物，乃至来自彼岸的力量。故事一开始，就将世界的基本要素呈现在我们面前：动物、人、物品，只有植物没有出现，但随着故事情节的展开，树木、荆棘和叶子就长出来了，后来还开出了花朵。故事开篇就提到了一些看得见的元素（童话故事非常依赖这些看得见的元素），如水和土地，第三个被提到的是火——在后来的情节中出现了闪烁的火焰，接着还提到了风和气息。人的世界由男人、女人和孩子来代表，物品则由工作日和节日所需之物——如纺锤和金盘子来代表。贵金属器皿、国王和王后等人物以及盛大的庆典，表明了故事中高贵的一面。人类的情感则表现为匮乏、渴望、痛苦、快乐、恐惧、希望、辛酸、敏感、报复欲和同情心。故事中先后出现了大声喧哗、受惊吓后的失语和令人恐惧的沉默等现象，同时也不乏给人安慰的言辞。而痛苦、过失、无助，证明王室受到了威胁。从发出预言的青蛙、送上祝福和诅咒的仙女这些形象中，我们可以再一次清楚地看出，在人类世界之外还有一个更高的世界。童话是个微观的大千世界，每一部真正的文学作品都会在细节中展示自己的特点，而童话包罗万象的特点在《玫瑰公主》的开篇就清晰地表现出来了。

我们喜欢童话并不仅仅因为它包含着智慧，童话的叙述方式也给我们带来愉快的享受。在口口相传的过程中，故事的外在形式不断发生着变化。格林兄弟精湛的叙事艺术在故事的开头便显现出来。《玫瑰公主》的第一段承载着预言的主题，主题一旦被触发，就会不断演变、升华。青蛙预言王后会生一个女儿，接着仙女们赋予了公主品德、美貌、财富以及其他神奇的礼物。但第十三位仙女的出场却令大家惴惴不安，纷纷屏住呼吸。这位仙女预言公主会在十五岁时死去。她先是突然闯入，然后大声诅咒，最后默然离去——在这个高潮之后，故事一直上扬的叙事线悄然下坠。从第十三位仙女关于公主死亡的预言，转变为第十二位仙女关于公主沉睡百年的预言，这是预言主题的最后一个变化，它缓解了读者内心的紧张，但立即提出了一个问题：她们的预言会成真吗？这些预言是如何实现的？公主沉睡的百年中和醒来后会发生什么？这是一个真正戏剧性的引子。

倘若将《玫瑰公主》最初的记录与最终的成稿加以比较，我们就会更加清楚地看到，格林兄弟富有诗意的想象力和语言表达能力赋予了这个故事怎样的魅力。凡是熟悉这则童话的人都不会忘记作者对“入睡”和“苏醒”的生命极其幽默的描写：

> 睡意弥漫着整座王宫。国王和王后回到家，一进大厅就倒头睡去。满朝文武大臣也都随之睡着了，连马厩中的马、院子里的狗、房顶上的鸽子和墙上的苍蝇都倒头睡去。是的，甚至连炉膛里跳动的火苗也都静静入睡了。锅里煎肉的嗞嗞声不再作响。小帮厨闯了祸，厨师正伸手要去揪他的头发，这时也住了手。风也停息了，王宫前树上的叶子一动不动。

但是，雅各布·格林最初记录这个口头流传的民间故事时，留下来的是什么呢？他当时只记下了：“这时，国王和满朝文武刚好回来，大家立刻陷入沉睡中，甚至连墙上的苍蝇都不例外。”“甚至连墙上的苍蝇……”这句附加语，使格林兄弟联想出一幅生动的众生相。在故事结尾部分，他们的想象更是活灵活现。故事原来的结尾是这样的："他走进宫殿，亲吻熟睡的公主，于是所有人都醒过来。后来他们结婚了。如果他们没有死，那么他们到现在还活着呢。"从这寥寥数语出发，格林兄弟创作出如下内容：

在宫中庭院里，王子看到马和斑点猎狗躺在地上睡觉，一群鸽子蹲在屋顶上，都把脑袋埋在翅膀底下睡着了。他走进王宫时，看见墙上的苍蝇还在睡觉呢；厨房里，厨子正伸出手，像要去揪小帮厨的样子；女仆坐在那里，正准备给黑母鸡拔毛。他继续往前走，进入大厅，看见文武大臣们都睡在地上，国王和王后睡在御座旁。他又往前走去，发现四周静悄悄的，连自己的呼吸都听得到。最后，他来到塔楼，打开通往一个小房间的门，玫瑰公主就躺在那里。沉睡中的公主美丽动人，王子目不转睛地凝望着她，忍不住弯下腰去吻她。玫瑰公主当即睁开双眼，苏醒过来的公主温柔地注视着王子。随后他们一起走下塔楼。这时，国王醒了，王后和大臣们也睁开眼睛互相打量着。庭院里的马儿也爬起来抖动着身子，猎狗摇着尾巴跑来跑去；屋顶上的鸽子也将脑袋从翅膀底下探出来，四处张望一下，然后向田野飞去；墙上的苍蝇也开始继续往前爬去；厨房里的灶火又熊熊燃烧起来，煮着食物，锅里的煎肉也开始嗞嗞作响；厨师给了小帮厨一记耳光，那孩子哇哇直哭；女仆拔完了鸡毛。后来，王子和玫瑰公主举行了盛大的婚礼，他们从此过上了幸福的生活，一直到老。

格林兄弟用最后一句话回归到了童话本来的风格：对故事情节的进展只做简明扼要的概括，不做详尽的铺陈。作者对"入睡"和"苏醒"这两个与主题相关的场景则着墨颇多，深得读者喜爱，对其他的情节却轻描淡写。他们没有描述婚礼的过程和细节，故事开篇对公主生日庆典的勾画也非常符合童话的典型手法——仅以"庆典非常隆重"一句话概括。相反，假如作者滔滔不绝地描述宫廷里起初宁静的生活和后来突如其来的喧闹，就像呈现一个停止不动的机械玩偶，在被上了发条后又机械地转动起来，那么这则童话无论在孩子还是在成人的眼里，都会显得滑稽可笑，表现爱情的场面会由此失去感伤的韵味，并在滑稽热闹的气氛烘托下，显得毫无特点、平淡无奇。

显然，格林兄弟并没有原封不动地复述自己听到的故事。相反，他们精心打造这些童话，或简化细节，或添枝加叶，努力使其既富有诗意，又具有教育意义。他们常常将同一个童话的各种版本收集起来，然后从中挑选出他们认为最美丽动人的部分。当然，他们还会考虑到所处时代人们的感受和趣味——当时正值浪漫派和毕德麦耶尔派盛行时期。浪漫派那些热衷于吟诵森林和花朵的诗歌，那种带有玩世不恭的反讽，以及毕德麦耶尔派对生活的一派热忱，在格林童话中有机地结合在一起。格林童话的影响力超越了所处的时代，征服了全世界，魅力经久不衰，不只是因为故事本身精彩，其叙述方式也令人着迷。这一切更进一步表明，浪漫派和毕德麦耶尔派这两种文艺流派不仅对格林童话产生了历史性的影响，而且这两种流派特别注重极其纯粹和强有力的感受方式，而这种方式可能适用于每一个历史时期，为每一个人所接受。

其他国家的经典童话收集则发生在别的历史时期。意大利最著名的童话集《五日谈》[①]共收集了 50 则童话，是 17 世纪初的那不勒斯诗人吉姆巴地斯达·巴西耳采集的，其中不少取材于民间传说。故事用那不勒斯方言写成，但巴西耳并未完全照猫画虎地重现这些故事，而是根据自己的趣味，重新进行了加工整理。这本童话集表现的是巴洛克时代的风采。由于当代对巴洛克风格有了新的理解，因此今天阅读这些幽默动人的故事更觉引人入胜。第五天的第五个故事叫《太阳、月亮和塔利娅》，其内容与《玫瑰公主》颇为相似。它的开头这样写道：

> 从前有位高贵的爵爷，在女儿塔利娅出生时，请来了当地所有高明的智者和占星术士，向他们请教女儿将来的命运。经过一番商量后，他们说，孩子有一天会被亚麻纤维扎死。为了使女儿免遭不幸，爵爷下令严禁任何人将亚麻、带刺的麻和其他类似的东西带进他的家门。后来

① 参见《五日谈》，马爱农译，广东人民出版社，2017 年。

塔利娅渐渐长大了，有一天她站在窗前，看见一个纺线的老太婆走过。塔利娅长这么大还从未见过纺锤，觉得它们转来转去特别好玩。她非常好奇，于是差人将老太婆请上来。塔利娅拿起纺锤开始缠线。很不幸的是，一根亚麻纤维扎进了她的指甲缝里，她随即倒地而亡。老太婆见状连忙溜走了。闻讯后，可怜的父亲洒下成串成串的眼泪，悲痛万分。他让人把死去的女儿抬到他刚刚住过的行宫，安放在铺着天鹅绒的宝座上，四周垂着锦缎帘幕。然后，爵爷将所有门都锁上，离开了这处伤心之地，希望把这灾难的一幕从记忆里彻底清除。

巴西耳既没有提到会预言的青蛙，也没有提到仙女的祝福，说明这些形象极少成为该故事的核心。但是，预言和某种无法避免的命运带来的威胁，足够清晰地构成了故事的主题。如同格林兄弟的《玫瑰公主》一样，这则故事中的人物也在竭力避免灾祸的发生，但不幸还是降临了：纺锤和亚麻是塔利娅从未见过的稀罕之物，反倒更加激起她的好奇心。读到这里，我们会很自然地想起关于俄狄浦斯的古希腊神话。引人注意的是，在巴西耳的叙述中，17 世纪的巴洛克风格已经显现出来：死去的塔利娅被安放在“铺着天鹅绒的宝座上，四周垂着锦缎帘幕”——这是典型的巴洛克风格对富丽堂皇的偏爱；“父亲洒下成串成串的眼泪”——这是巴洛克式的幽默。巴洛克风格喜欢表现突如其来的变化，这一特点表现在不幸发生后，父亲马上“完全地、永远地”忘记心爱的女儿。这则意大利童话的后续发展带来了一个主题，一个我们在格林童话中从未见过的主题：

一天，一位国王正在狩猎，不料手中的鹰挣脱了控制，径直朝那座行宫的一扇窗户飞去。国王唤不回老鹰，只得派人前去敲门，他想肯定有人住在宫殿里。敲了好久也不见有人开门，于是他差人搬来一架摘葡萄的梯子，要亲自爬进去看看里面到底什么样子。他四处转了一圈后，十分惊讶地发现宫内空无一人。最后，他终于走进了塔利娅的房间，中了魔咒的她依然躺在那里。他以为她只是睡着了，于是大声喊叫，但无论他怎样呼唤和摇晃，塔利娅都没有醒来。她美丽的容颜令他心生爱慕，于是他将她抱到床上，摘下了爱情的果实。然后，他把她留在床上继续沉睡，自己回王国里去了。后来，他好久都没再想起这件事。

九个月后，塔利娅生下了一对龙凤胎，像两件稀罕的珍宝。两位仙女来到行宫，悉心照料孩子。她们将婴儿放到公主的怀里。一次，当孩子又想吃奶时，却找不到母亲的乳头，只好抓住母亲的一个指头吮吸起来。他们不停地吸，最后把扎在公主指甲缝里的那根亚麻纤维吸出来了。这时，塔利娅仿佛从沉睡中醒来，她给身边的两个婴儿喂奶，把他们视若生命，但对自己身上发生的事情却一无所知。她发现宫殿里只有她和两个孩子，还有看不见的手在给他们提供食物和水。

雅各布·格林认为婴儿从熟睡母亲的手指中吮吸出亚麻纤维这一幕如神来之笔。的确，这种以巴洛克风格唤醒塔利娅的方式具有独特的魅力，因为它将自然与幻想融合在了一起。在格林童话中，唤醒公主的是王子的亲吻，它与公主被施魔咒的原因，以及她被纺锤刺伤之间并没有明显的联系。但是巴西耳懂得使用一种简约的艺术手法：那根使塔利娅中魔咒睡去的亚麻纤维，在唤醒她时又起了作用；而恰恰是这两个并非她自愿生下的孩子，使她苏醒过来，这一点写得尤为精彩且意味深长。

在法国最早的童话集《鹅妈妈的故事》中，也有类似《玫瑰公主》的情节。这部作品出自夏尔·佩罗之手，他是 17 世纪末法国古典主义鼎盛时期的诗人、法兰西学院院士。这部 1697 年出版的童话集共有 8 个故事，与当时流行的许多凭空虚构的仙女故事不同，佩罗清楚地表明书中童话均来自民间。《林中睡美人》是开篇的第一个故事。在此，我摘录一段关于公主苏醒时的描述，以便大家了解一下佩罗的叙述方式：

王子惊叹万分，他战战兢兢地走近沉睡的美人，在她面前跪了下来。就在这时，魔法被解除了，公主醒了过来。她含情脉脉地看着王子，这样的目光绝非初次见面。她柔声问道："是你吗，我的王子？你等了我很久吧。"王子听了这番话心花怒放，公主说话的口气更令他神魂颠倒。他不知道该怎样表达自己的满心喜悦和对公主的爱慕之情，只是恳切地向公主保证，他爱她胜过爱自己。他激动得语无伦次，虽然不善言辞，却满怀爱意。公主十分欣喜，却不像他那样不知所措，这并不奇怪，因为她早已在漫长的睡梦中考虑过该对王子说什么话。

接下来，作者这样描述道：

王子扶公主起了身。公主穿戴整齐，衣裳华丽气派，不过王子并没有告诉她，她的穿戴像自己的祖母，硬硬的高领丝毫不影响她的美丽。他俩步入镶满镜子的大厅，一起用餐。一旁服侍的都是公主的男仆。小提琴和双簧管奏起了动听的古曲——尽管已有差不多一百年没人演奏过这些乐曲了。晚餐后，宫廷神父在城堡的小教堂里为他们举行了婚礼。随后，宫女们替新人揭开床幔。当晚他们睡得很少，因为公主不再需要睡眠，而王子则是怕父亲惦念，一大早就回城堡去了。

与格林兄弟不同的是，我们从中能看出佩罗对骑士沙龙文化的反讽，这种反讽主要针对的是这对恋人，而不仅仅是针对他们周围的环境。在这里，反讽也给叙述增添了趣味，但没有影响到故事的基本结构。佩罗想通过不断增加新的内容，使人感觉真正过去了一百年。民间童话的基本风格是尽量忽略时间的存在和时光的流逝，格林兄弟正是为了遵循这一点，没有写明玫瑰公主的古老服饰，而佩罗的《林中睡美人》却违背了这一风格。佩罗的反讽仅仅触及叙事的表面，但尽管如此，他这种不乏嘲讽意味的暗示，也凸显了人们对时光流逝的麻木，以及时光流逝给人世间带来的种种变化。《林中睡美人》的第二部分与巴西耳的《太阳、月亮和塔利娅》颇为类似。佩罗笔下的女主人公也生了两个孩子，不过与巴西耳的童话不同，两个孩子的名字不叫“太阳”和“月亮”，而是叫“晨曦”和“白昼”。两位作者都叙述了女主人公和她的孩子们怎样遭受恶毒王后的追杀，但因王后派来的刺客动了恻隐之心而被救下。那么，故事结尾部分，是不是纯属作者为了延长故事，随意从其他童话里信手拈来的一个无足轻重的小尾巴呢？遭受死亡威胁和被幸运地拯救的主题再次被提出，即便这个结尾部分是另外加上去的，但与故事很契合，是基本主题的演变。

将上述三个故事加以比较后，我们不难看出，对事物做个别解读必须慎之又慎。巴西耳和佩罗童话中两个孩子的名字分别叫太阳和月亮、晨曦和白昼，格林兄弟在《玫瑰公主》中则强调这些只不过是自然现象。对此，我们不加反驳。但如果格林兄弟描写了透过玫瑰篱笆和类似北欧神话中的布伦希尔德[①]沉睡时身后的火墙，看到了旭日东升，那么这种解读就值得商榷了。狭隘和刻板的牵强附会与生动的文学创作是格格不入的。难道可以将十二位仙女比作给大地和自然带来各种馈赠的十二个月，而将生气的第十三个仙女视为被废除和被遗忘的第十三个月的化身？这些可以被形象地理解成有十三个月的阴历年[②]向有十二个月的太阳年的过渡。还有一种解释说：冬天大地陷入沉睡之中，一百年只是对一百个冬日的诗意夸张。此类挖空心思的比喻，让自然神话学的阐释显得荒诞不经。而且这套理论已经不适用于佩罗的故事了，因为在《太阳、月亮和塔利娅》中，他讲的不是十二位好仙女，而是七位。我们不能对每一朵带刺的玫瑰和每一只苍蝇都去做面面俱到的解读，这些细节有时仅仅是一种修饰，是上一个叙述者偶然加上去的。“七”和“十二”是童话中常用的数字，我们不能每次都据此推测里面究竟隐含着什么奥秘。不同民族在不同时期，都出现过跟上述三则童话类似的故事。然而，这三则童话却使我们深切地感受到：威胁与拯救、萧条与繁荣、死亡与复活——这些总是时时刻刻地反复发生着。每一位作者只是给自己的童话披上了时代的外衣，童话的内在情节与外在表现之间的张力对于那些吹毛求疵的读者能产生特别的吸引力。无论怎样，我们既不愿意错过佩罗的优雅与尖锐、格林兄弟的激情与细腻、巴西耳的活力与热烈，也不愿意错过这三则童话都具备的幽默诙谐。巴西耳的许多玩笑通常显得有点儿放荡不羁，而另外两位作者的童话却既能赢得孩子的喜爱，也能令成人读者耳目一新。

---

① 布伦希尔德，北欧神话中的女武神，因违抗奥丁意愿，被惩罚而陷入了沉睡之中，四周被布下火墙，只有穿过火墙的男子才能将她唤醒。

② 阴历年，德语为 Mondjahr，按古罗马历法，约 354 日，月亮绕地球 12 周为一年。——译注

2 七眠子

——圣徒传说、传说与童话

很久以前，收音机尚未出现，可供阅读的图书寥寥无几。夜晚，人们围坐在一起，天南海北地讲故事，那时人们并没有为这些故事命名，只称其为“故事”，德语是“Geschichten”，法语是“contes”，英语则是“stories”和“tales”。每一门语言、每一种方言都赋予这些故事一个具有普遍意义的名称：在瑞士伯尔尼的哈斯利山谷，人们称它为“Zelleni”，在法国洛林叫“Geschichte”或“Rätsle”，在德国北部则称为“Vertelsel”或“Löögschen”（谎言）。“童话”“传说”“圣徒传说”和“滑稽故事”这些专有名词，是后世学者确定下来的概念。讲故事的人一开始并不采用这些一本正经的概念，或者只是按照大概的意思称呼它们：不管是“Märchen”，还是“maerlin”，意思是，这只不过是一则小小的消息、一个简短的故事；“Sage”则意味着在谈论和叙述一个事件，真正的叙述者相信自己讲述的东西，绝不认为所述内容像我们现在所认为的那般难以置信。但是，我们仍然有充分的理由对这些故事进行科学分析和区分。事实上，最初只通过口头流传的故事，确实分成了少数几种相似的类型。在数千年的历史进程中，真实的故事、童话、圣徒传说、传说这些类型不断被提炼升华，并经受了漫长的时间考验，相当完美地保存下来了。似乎每一种叙事方式都符合人类的基本需求，它们讲述相似的主题，采用的方式却各不相同。从第二版开始，格林兄弟在他们的《儿童与家庭童话集》的结尾加进了一系列故事，他们将这些故事称为“儿童圣徒传说”。其中一篇讲述的是十二使徒的故事。

十二使徒

在基督诞生前的三百年，有一位母亲，生了十二个儿子。但她穷困潦倒，不知道怎样养活他们。于是，她天天向上帝祈祷，请他施恩，让自己所有的儿子能与那预言要降临人间的救世主在一起。可她的生活越来越艰难，只得将儿子们一个个打发出去，任他们在世上自寻活路。老大叫彼得，他已经在外面走了一整天，走了很远的路，最后来到了一片大森林。他想找到一条出路，却一直找不到，反倒迷失了方向，进入了密林深处。而且他饿得厉害，都快站不起来了。终于，精疲力竭的他躺倒在地，以为死神就要来了。突然间，他身旁出现了一个小男孩，那孩子浑身闪闪发光，像天使一样美丽、和气。小男孩拍了拍自己的小手，彼得挣扎着抬头望着他。只听小男孩问："你为什么伤心绝望地待在这里呀？""唉！"彼得回答道，"我四处流浪，想讨口饭吃。希望见到那即将降临人世的救世主，这是我最大的愿望。"小男孩说："跟我来吧，你的愿望会实现的。"说完他牵起可怜的彼得，领着他穿过岩石，来到一个大山洞前。他们走进洞去，里面全是金银水晶，到处闪闪发光。山洞的正中间并排摆着十二只金摇篮。那个小男孩其实是小天使，只听他说："你到第一只摇篮上睡上一会儿，我来摇你。"彼得照办了。天使一边唱摇篮曲，一边晃动着摇篮，直到彼得进入梦乡。彼得熟睡时，他的二弟也被保护他的天使带来了，像哥哥一样被摇进了梦乡。就这样，其他兄弟都被依次带进洞里，直到最后十二个兄弟都在金摇篮里睡着了。他们整整睡了三百年，一直睡到救世主耶稣诞生的那天夜里。十二个兄弟一起醒来，他们与耶稣基督同在世间，成了他的十二使徒。

拉丁语"Legenda"的意思是"可读之物"，这个名称已经告诉我们圣徒传说的某种实质。圣徒传说是一种"可读"的故事，它并不像童话那样在手工业者和仆役之间口头流传，而是由神职人员用文字记录下来的。中世纪最为著名的圣徒传说集是《金色传奇》[1]（*Legenda Aurea*），它诞生于1245年至1273年间，由弗拉津的雅各编撰，问世几年后，雅各成了热那亚的大主教。在民间流传的圣徒传说并未像童话那样遭遇冷落和鄙视。它们是在教会的监督和支持下完成的，因此，它们也带有第二个清晰的特点：圣徒传说不仅仅是一种能够阅读的故事，而且还是一种应该阅读的故事。教会认为，这类故事不仅能感化信徒，同时还能增强他们的信念。它们叙述的是关于上帝的圣徒、某个不知名地方的圣人或其遗物，乃至耶稣和圣母玛利亚的故事。圣徒传说的核心是奇迹，因为这些奇迹证明了圣徒与上帝和彼岸世界的联系。最初的奇迹是复活，它在圣徒传说中呈现的形式多种多样：被斩首的殉道者通过奇迹重获新生，重病缠身的人因奇迹很快康复。就这点而言，格林兄弟关于十二使徒的儿童圣徒传说的确富有传奇色彩，其主题围绕着一个奇迹般的复活过程，但其叙述方式则完全是格林童话式的。《儿童与家庭童话集》第二版几乎全由威廉·格林一人修订。他在书中尽量避免使用从句，比如："在基督诞生前的三百年，有一位母亲，生了十二个儿子。"而且他还经常插入简短的直接引语。像格林兄弟的童话一样，他们的圣徒传说里也充满了熠熠生辉的黄金、白银和水晶，整个故事贯穿着读者熟悉的威廉·格林那温暖和亲切的语调，小男孩"像天使一样美丽、和气"。三百年对于这十二个沉睡者而言，就像一百年对于玫瑰公主一样了无痕迹。事情发生在很久很久以前，在耶稣基督诞生前三百年。整个故事有些游戏的意味，几乎根本没有谈及真正的信仰，顶多算涉及了儿童天真的信仰。这个故事被称为"儿童圣徒传说"是准确的。我们可以从雅各的作品中看到，真正的圣徒传说是怎样处理这类题材的。他的《金色传奇》中有一个关于七眠子的故事，讲述了罗马皇帝德西乌斯[2]下令处死所有不愿祭祀异教众神的以弗所人，七位高贵的基督教圣徒藏在一个山洞里，他们凑在一起说话和哭泣时，上帝让他们突然陷入沉睡之中，使他们摆脱了追捕。

---

① 参见《金色传奇：中世纪圣徒文学精选》，褚潇白、成功编译，浙江大学出版社，2016年。

② 德西乌斯（Decius，约201—251），公元249年至251年在位。——译注

打那以后，三百七十二年过去了，德西乌斯早已作古。在狄奥多西执掌政权的第三十个年头，异端盛行，说死者不可能复生。对此，狄奥多西这位最虔诚的基督徒忧心忡忡。他看到基督徒的信仰遭到亵渎，受到威胁，便穿上一件粗呢外套，跪在宫殿的最里面，昼夜流泪不止。目睹此情此景，仁慈的上帝想安慰忧伤的信众，让他们坚定死者复活的信念。于是，上帝打开了仁爱的宝藏，唤醒了七位殉教者。七眠子醒来后互致问候，都以为自己不过才睡了一夜。后来，他们又想起从前的伤心往事，并询问最初来给他们送食物的马尔休斯，德西乌斯到底打算怎样处置他们。马尔休斯的回答听起来也像往事不过发生在头天晚上："本来有人要抓我们去给那些异教徒的偶像献祭，这是罗马皇帝的旨意。"马克西米安努斯说："可是上帝知道，我们绝不会祭祀那些异教偶像的。"他的话坚定了大家的决心。他们让马尔休斯去城里买面包，要比昨天多买点儿，并打听一下，皇帝打算今后怎么办。马尔休斯拿了五个格罗申[①]走出洞穴。他提心吊胆地来到城门前，看见城门上的十字标志，顿时惊呆了。于是，他继续朝另一座城门走去，又看到了同样的标志，依然惊恐不已。后来，他在所有的城门上都看见了十字符，城市的面貌也发生了根本的改变。他以为自己做了个梦，连忙在胸前画了个十字。接着，他又返回到第一座城门，然后将脸遮起来，鼓足勇气，走进城去。

城里的人谁都不认识他，有人带他去见主教和执政官。他们找出一封旧信，上面记载了当年发生的事情。主教这时才意识到，上帝想要在这位年轻人身上显示神迹。于是，他将众人召集起来，带领他们来到七位复活者的洞穴前，让人公开朗读这封信。

听完这封信，大家都感到十分惊奇。他们看到上帝的圣徒坐在洞

① 格罗申，旧时德国和法国的银币单位。——译注

穴里，满面春光，犹如盛开的玫瑰。于是，所有人都跪倒在圣徒面前，赞美上帝。主教和执政官立即派人去禀报狄奥多西皇帝，请他速速前来一睹上帝刚刚显示的神迹。听到这个消息，深陷忏悔和忧伤的皇帝立刻振奋起来，连声赞美上帝，并从君士坦丁堡匆匆赶到以弗所。民众迎上去，一起跟皇帝来到洞口。当圣徒们看见皇帝时，脸上绽放出太阳般的光辉。皇帝走进洞穴，在圣徒面前跪下，赞美上帝，然后起身拥抱他们，说："看见你们，如同看见耶稣唤醒拉撒路一样。"马克西米努斯对他说："耶稣是为了你才在伟大的复活日前夕唤醒我们的，因为你从未怀疑过死去的人会复活。现在你看到了，我们真的复活了，像母体中的胎儿一样完好无损，充满活力。而在过去的岁月里，我们躺在这里。我们活着，但陷入了沉睡之中，什么都感觉不到。"听完这席话，大家又看到圣徒们倒头躺到地上，开始沉睡。这时，他们按照上帝的旨意死去了。皇帝起身扑向他们，放声痛哭，亲吻他们。然后皇帝下令制作金棺，将七位圣徒安放到金棺里。可是，当天夜里，圣徒们又出现在皇帝面前，他们说，他们此前一直睡在地里，是从地里复活的，所以皇帝应该依然让他们保持原样，直到耶稣再一次将他们唤醒。于是皇帝只得下令用镀金石来装饰这块圣地。此后，他还颁布法令，规定所有相信死者可以复活的主教都能得到赦免。这些圣徒是否沉睡了三百七十七年，这点存疑。因为他们是在公元 448 年复活的，而德西乌斯只在位一年零三个月，就是说他只执政到公元 252 年。据此推断，这些圣徒应该只睡了一百九十六年。

格林兄弟关于十二使徒的儿童圣徒传说，源于德国帕德博恩一带口头流传的故事，在某种程度上似乎是根据七眠子的故事改编的。三百年的期限、男孩像年轻的基督徒一样被派出去找面包、圣徒传说中的金棺、故事中的金摇篮——这些细节在上述两个故事中密切相关。雅各编撰的《金色传奇》以另一种方式清晰地呈现了圣徒传说的典型特征，其描述更为逼真。每个情节都处理得细致谨慎，每件事情都相互关联。例如，面包师认为，马尔休斯给他的旧硬币是古代宝藏的一部分，但马尔休斯拒不承认自己找到了宝藏，于是被带到执政官面前。作者不但详细描绘了城市的风貌，而且还将马尔休斯进城时的惊讶和恐惧表现得淋漓尽致。在格林兄弟笔下，玫瑰公主沉睡了一百年，在关于十二使徒的儿童圣徒传说中，十二使徒熟睡了三百年。而在七眠子的故事中，却没有给出如此明显和完整的时间概念。清楚地给出三百七十二年这个数字，是为了突出叙述者的可靠性和故事内容的真实性，时光的流逝也是为了增加故事的真实性。城市改变了模样，死者尽管靠上帝的奇迹一度复活，但最后仍然死去。复活者在说完一番话后，倒头睡去，陷入长眠的情景令人难忘。这个由里夏德·本茨（Richard Benz）用精湛出色的文笔翻译成德语的圣徒传说，将现实主义的表现手法和风格化融合在一起，优美且充满感染力！雅各在故事结尾时指出，圣徒们可能没有沉睡三百七十二年或三百七十七年，而是睡了一百九十六年。这种评论性的结语不仅像一个学术性的注释，而且更像是一个叙事的结论。这一结语再一次强调了叙述内容的真实性。与此相反，童话的结尾通常用讽刺的手法暗示故事的不真实性："相信这个故事的人，请付一个塔勒[①]""我也参加了婚礼，畅饮美酒——美酒流过我的胡须，却滴不进我的嘴里""他们很幸福，我们却在这里坐冷板凳"。

除了圣徒传说的现实主义因素，我们还能从七眠子的故事中清晰地看到奇迹的中心作用。故事就是为了这个目标而精心编织的。人们在阅读传说或童话时会觉得，故事似乎都是自己形成的，没有经过艺术加工，而圣徒传说却让人感觉带有明显的人工雕琢的痕迹。奇迹的光辉在圣徒传说、传说和童话中所产生的作用各不相同。下面我们将两个故事进行比较：一个是瑞士瓦莱州关于修道院院长艾沃沉睡三百零八年的传说，另一个是莱茵地区关于修道院院长埃尔弗的圣徒传说。

沉睡三百零八年的修道院院长

修道院院长艾沃原先最大的嗜好就是饭后散步。一天，他走进森林，但很快感到非常困乏，只好坐下来歇息。他听着树上鸟儿悦耳的鸣叫声，听着听着就睡着了。当他醒来时，以为自己只睡了半个时辰，他

① 塔勒，德国的旧银币名。

起身往回走，可当他看见修道院时，却发现它已经完全变了样。看门人是他从未见过的，于是艾沃院长上前打听，是谁雇他来看门的。那看门人满脸疑惑，看起来完全不明白艾沃在说什么，觉得艾沃压根儿不是修道院里的什么人。“你说什么？”修道院院长大声说道，“我是这个修道院的院长，一个小时前我才出去的，就在林子里打了个盹儿。”

看门人请来了现任修道院院长，院长将所有修士召集到一起，又让人将这位陌生的修士带到大家面前，然后问众人，谁认识来人？大家都摇头。现任修道院院长感到很费解，但也无法解释眼前发生的一切。他想起曾在修道院的文献中看到过，很久很久以前，修道院曾经走失过一位德高望重的神父，于是差人取来修道院编年史。他逐页翻阅，终于在1208年的记载中找到了艾沃这个名字。也就是说，这位神父在森林里沉睡了三百零八个年头。艾沃听闻，当即悄然倒在地上，化为灰烬。

齐克堡修道院院长埃尔弗

齐克堡修道院第一任院长埃尔弗是科隆大主教安诺的朋友，他的虔诚举世闻名。他每天都会从《圣经》中挑选出一段话，然后进行反复思考。有一天，他读到《诗篇》第九十篇中的一句话：“在你看来，千年如已过的昨日，又如夜间的一更。”这句话令他疑虑重重，心神不定。他来到修道院的花园，连路都不看，便径直走进与花园相连接的树林。他边走边想，却百思不得其解。不知不觉中他来到一片参天大树下面，抬头看见了一只神秘而奇特的鸟，这是一种他从未见过的奇鸟：身子跟鸽子一般大小，羽毛像彩虹般绚烂。它的鸣叫婉转动听，仿佛林中所有动物都在静静倾听。埃尔弗也听得入了神，一种从未有过的喜悦充满他的心房。突然，鸟儿停止了歌唱，修道院院长这才发现自己已经走到了森林的深处，尽管他觉得自己刚刚只不过听了一小会儿鸟儿的歌唱。于是，他连忙转身赶回修道院去。可当他走出森林时，越往前走，越觉得吃惊。他眼前的一切都变了，修道院、城市和遇到的人都变了模样。当他往修道院山上走的时候，钟声四起。众位修士正在一位他不认识的主教的带领下游行，谁也没有认出他。他去找老看门人打听，那人却告诉他，修道院一直就是这个样子。这时，现任修道院院长也随着队伍一起走了过来，他用充满崇敬的目光打量着这位白发苍苍的陌生修士，却解不开眼前这个谜团。后来，终于有一位老修士回忆起，据说三百年前，修道院院长埃尔弗在晚祷前走出了修道院，从此再也没回来。大家连忙在修道院的编年史中查找，的确找到了相关记载。所有人这才恍然大悟，原来此刻站在他们面前的就是那位埃尔弗院长。他给大家叙述了事情的经过，众人赞美上帝创造了这个奇迹。接着，埃尔弗走进教堂，用过晚餐，高声赞美上帝，随后倒地而亡。这件事发生在 1367 年升天节后的第一天，而这位圣徒是在 1067 年的同一天失踪的。

以上是关于上瓦莱州修道院院长艾沃的传说和莱茵地区修道院院长埃尔弗的圣徒传说，这两则故事之间显然不可能毫无关联。可它们的表达语气却明显不同。莱茵地区的这个故事具有圣徒传说的特性，它旨在劝导，如同七眠子的故事强调的是宗教思想，而且也是通过展现一个奇迹来进行宣讲。但是，瓦莱州的这个传说则做出了虽然并不明显却是根本的改变，它将圣徒传说变成了一个传说。在瓦莱州的叙述者眼里不会有什么教义之争，他们更多的只是对这个故事不可思议的过程感兴趣。故事仍围绕着奇迹展开，但奇迹却没有被上帝用来达到某个明确的目的。故事的环境和人物与圣徒传说并无二致，如修道院、修道院院长、看门人，但却没有对这一充满神秘感的事件进行宗教解释。奇迹在这个故事中的作用，不是揭示其中所隐含的内在联系，也不是明确告诉听众，故事中的人生活在一个由上帝安排的、井然有序的、合理的世界中。相反，这个奇迹杂乱无章、悬而未决。七眠子苏醒后容光焕发，修道院院长埃尔弗醒过来后大声赞美上帝，然后倒地死去。而关于瓦莱州修道院院长艾沃的故事却是这样的："这位神父在森林里沉睡了三百零八个年头。艾沃听闻，当即悄然倒在地上，化为灰烬。"当事人对所发生的事情感到异常惊恐，以致当场一命呜呼。圣徒传说在上帝的光辉和荣耀中结束，而传说却终结在尘埃和灰烬里。圣徒传说证实的是一种庄重的信仰，而传说叙述的则是令人震惊和迷茫的事件。传说围绕着闯入一个完全陌生的世界而展开，这个世界在精神上是无法被掌控的。不过，对于圣徒传说而言，这种违背自然的事恰恰是一种安慰，证明了更高境界的存在。但是，这两则故事的叙述都比较逼真，它们同样指出了时间流逝的重要含义，也都不可避免地描述了这种闻所未闻的故事的进展。

那么，童话又是怎样的呢？童话没有把故事中出现的所有事物、人物和事件神圣化，它不像传说和圣徒传说那样蕴含着某个重要的意义。瓦莱州的传说让不知不觉沉睡了三百零八年后醒来的修道院院长在得知真相的瞬间化为灰烬，这意味着他仿佛猛然意识到了时间已经消逝，并且一去不复返。这可能是亨利·柏格森[①]感兴趣的现象。早在古希腊就有类似充满神话般想象的描述，如关于厄俄斯（Eos）和提托诺斯（Tithonos）的神话。厄俄斯是黎明女神，她祈求宙斯赐给自己的心上人提托诺斯永生不死，却忘了同时求得爱人青春永驻。于是当年的美少年提托诺斯日渐衰老、枯槁、萎缩，到最后，厄俄斯不得不将当年的心上人变成一只蝉。格林童话中的玫瑰公主则是微笑着从床上起来，依然像一百年前那般年轻美丽，无忧无虑。童话以忽略时光流逝的方式战胜了时间，而正是因为它战胜了时间和岁月的流逝，才具有了某种令人振奋的力量。虽然童话会提到年轻人和老人，却并不描述衰老的过程。传说让鲜花盛开的高山牧场变成冰天雪地的原野荒滩；让充满魔力的线团和奶酪缩小又变大，直到故事结束。传家宝将前代和后代联系起来，而在童话中，神奇的东西永远不会被继承，它们只是在完成某种任务时才发挥作用。另一方面，即便女主人公被恶毒的巫婆毁了双眼，若干年后她仍能重见光明，似乎眼睛是不朽的。童话描述的是一个永恒的世界，因此它偏爱金子、银子、玻璃、水晶这样的金属或矿物。而传说和圣徒传说恰恰更偏向于让读者感受到时光的流逝，认识到一切事物乃至生命都有终结的时候。这两种感觉对于人类来说都是不可或缺的，就像我们在某些特定的时候，比如岁末的最后几天，格外感到光阴似箭。传说和圣徒传说中某些特定形象能使我们留意到时间和岁月的流逝，而童话或其他类似的作品却不会让我们觉察到这一点。童话会让我们意识到，还存在另一种观察

① 亨利·柏格森（Henri Bergson，1859—1941），法国哲学家，倡导“生命哲学”，代表作《创造进化论》。——译注

方式和感知方式，即在所有发生和消失的事情后面有一个永恒的世界突然显现出来。对于圣徒传说来说，这样一个永恒的世界意味着具体的主题、题材和内容，而童话则通过它独有的形式让我们去想象这个永恒的世界。

我们举出的例子还说明了圣徒传说、传说和童话这三者之间的另一些区别：奇迹在童话中所起的作用与在圣徒传说和传说中所起的作用不同。来自法国布列塔尼地区的一则童话《水晶宫》讲述了一个三百年后从另一个世界回来的人的故事。但由于故事的结尾过于曲折离奇，使这则充满魔法的童话失去了它本来的意义。在传说和圣徒传说中令人神往、震撼、惊慌和兴奋的奇迹，在童话中却是自然而然的。在传说和圣徒传说中，令人震惊的奇迹是整个故事的中心支点，而在童话中，尽管奇迹所占篇幅较大，但也不过是一段插曲，对整个故事而言其实并无太大的意义。奇迹在童话中所呈现的是另一种内在形式，它所起的作用也不再是奇迹的作用。在传说和圣徒传说中，假如动物开口说话，人们总会惊慌失措，或者至少感到奇怪，可在童话中却全然不同。森林中的野生动物会令主人公惊恐不安，而一旦动物开口说话，这种恐惧就会烟消云散。假如在某篇童话中主人公问动物："怎么？你会说话？"那么，这就不再是真正的童话风格了。真正的童话主人公不会对奇迹和魔法感到大惊小怪，相反他们会觉得这一切都是理所当然的。在童话中，那些来自彼岸的、具有魔法的人物在主人公眼里不是对手就是帮手，他们是彼岸那个全然不同的世界的见证者，那个世界让我们不寒而栗，既令人恐惧，又令人迷醉。不可思议的神奇事物在童话中有了生命的气息，贯穿整个故事，但它本身不再是被叙述的主要对象。与童话相比，传说和圣徒传说的形式相对简单，它们为童话创作提供了大量的素材，而这些素材在童话中又往往变得无足轻重。童话会改变和游戏化处理这些素材，并将它们编织进一个更大的整体故事中，最终这个整体故事就变成了一部形式上完全不同于传说和圣徒传说的艺术作品。有关童话这一艺术作品的独特风格是我们接下来要探讨的主题。

3 屠龙者

——童话的风格

“从前…… ”，童话这种开篇惯用的套语不仅出现在德语童话中，欧洲其他各民族也都熟悉并喜爱这种表达方式。一则来自法国布列塔尼的童话开篇这样写道：“从前，有一天——所有童话的开头都这么说。没有‘如果’，没有‘也许’，三脚凳肯定有三只脚。”这段话包含着童话的一个小小哲理：“从前，有一天”。布列塔尼的这位故事叙述者清楚地认识到：“从前…… ”绝不是强调所述事情发生在过去，而是要暗示，曾经出现过的事情，可能会反复出现。在古老的法术中，常常会先提起一件往事，祈求的神明、魔鬼或圣徒都曾施以援手。所以，他们现在又将出手相助。已经发生的就会一再发生。“没有‘如果’，没有‘也许’，三脚凳肯定有三只脚。”这则童话之所以这样讲，无非是在用幽默的方式强调童话所描述之事的可靠性和鲜明性。而这种可靠性和鲜明性正是欧洲各民族童话的基本特征。童话作为独立的文学体裁，具有自己独特的风格，这种风格又通过叙述者的个人和民族特点显现出来，童话的魅力也大多源于此。为了更为清晰地介绍这一风格，我们先从屠龙者的童话着手分析。

提起与龙搏斗，我们立刻就会想到齐格弗里德[①]、珀尔修斯[②] 、圣乔治[③]和天

① 齐格弗里德，北欧神话中的英雄人物，德国长篇史诗《尼伯龙根之歌》中记述了他曾杀死过一条毒龙，用龙血沐浴后，血到之处刀枪不入。

② 珀尔修斯，古希腊神话中的英雄，他战胜了怪物美杜莎。

③ 圣乔治，有名的屠龙骑士。

使长米迦勒[①]。与龙搏斗作为“两兄弟童话”中的情节出现在许多民间故事中。奇迹般出生的两兄弟长大后一起离家闯世界，伴随着他们的是不知从何而来的具有超自然力量的动物，通常是三条狗，有时是一头熊、一只狼、一头狮子，或者只是其中的一种。走到某处，兄弟俩就会分手。但是，假如其中一人遭遇不测，另一人立刻就会通过某种迹象获知：比如通过一把突然生锈的小刀、一棵枯死的树，或者一汪变得浑浊的泉水。一百多年前记录下来的一则瑞典童话，就是由“两兄弟童话”演变而来的，现在我们通过它来看看接下来发生的事情。两兄弟分别叫西尔贝维斯和里尔瓦克。

西尔贝维斯独自往前走去，越过高山和峡谷，终于看见了一座大城市。城市里的房屋都蒙上了一层黑纱，市民们默默地走在街上，个个神色悲戚，像是遭遇了很大的不幸。西尔贝维斯来到城中，四处打听这里的人为何如此沉郁寡欢。人们告诉他：“你肯定是远道而来的，所以没听说过国王和王后遭遇了海难，被迫将三个女儿许给海怪的事。明天海怪就要来带走大公主了。”西尔贝维斯听了却很高兴，心想这真是天赐良机，只要走运，自己就能得到荣华富贵了。

第二天天一亮，西尔贝维斯就佩上剑，带上狗，只身朝海边走去。当他在海滩坐下时，看见公主同一名宫廷侍从自城里走来。侍从答应公主一定会去搭救她，但公主仍然悲痛欲绝，泣不成声。西尔贝维斯走上前去，向公主致意。不料，公主和侍从见到他都大吃一惊，他们以为西尔贝维斯就是那海怪。侍从吓得拔腿就跑，躲到离海不远的一棵树上。西尔贝维斯见公主如此惊慌，连忙说：“美丽的姑娘，你不用害怕，我不会伤害你的。”公主回答道：“你难道不是那个要将我带走的海怪？”

“不是，”西尔贝维斯说，“我是来搭救你的。”公主看到有这么一位勇士愿意为她而战，立刻转悲为喜。两人攀谈起来，聊了很久，而且十分投机。说话间，西尔贝维斯请求公主帮自己捉虱子，公主欣然应

① 天使长米迦勒，《圣经》中提及的天使，曾率领天使与巨龙作战，并将其击败。

允，于是西尔贝维斯俯身将头枕在公主的膝上。就在他静静躺着的当口儿，公主从自己手上摘下一枚金戒指，悄悄系在他的鬈发里。

突然，海怪从水底钻了出来，霎时间海浪翻飞，波涛滚滚。它看到西尔贝维斯时，十分震怒，大声咆哮道："你怎敢坐在我的公主身旁？"西尔贝维斯回答说："我倒以为，与其说她是你的公主，倒不如说是我的公主。"海怪接着吼道："那咱们倒要看看，先让两边的狗比试比试！"西尔贝维斯立刻应战，他的狗与海怪的狗很快就互相厮杀起来，场面异常惨烈。最终他的狗占了上风，把海怪的狗咬死了。接着，西尔贝维斯拔剑朝海怪砍去，那怪物的头应声滚到沙滩上。海怪号叫着冲回海里，刹那间，只见海上升起一根巨大的水柱，直冲云霄。西尔贝维斯从身上拔出自己那把镶银的刀子，挖出海怪的眼珠，把它们藏在自己身上，然后走到美丽的公主面前，与她话别，随后便匆匆离开了。

这篇童话是怎样叙述的呢？首先引起我们注意的是，通篇没有一处详细的描写，也找不到复杂的叙述。例如，童话中根本没有提到海怪到底长什么样子。恰恰是这样才更接近对一个海怪的描述，因为一开始就连公主对海怪的模样也一无所知，她甚至误将自己的救命恩人当成海怪。当海怪从海底冒出来时，读者会期待对海怪的外貌有所描述，可对于童话来说，"怪物"一词就足够了。故事对大海和沙滩也没有进行描述，直到海怪从海底钻出来时，才看到"海浪翻飞，波涛滚滚"。童话注重传递所发生的事情，而不会沉湎于对场景的描绘和对主人公的详尽描述中。许多所谓经过加工的艺术童话，都对主人公进入的那座城市进行过繁琐的描绘：窄窄的小巷、美丽如画的角落和山墙、潺潺流动的泉水。真正的民间童话却不会如此描绘。这里只提到城里的房屋都蒙上了一层黑纱，因为这与情节有关。在这个童话的其他版本中，提到"城里的房屋都被刷成了黑色"。这与童话的个性化特征完全相反，房屋失去了其个性化的本来面目，城市以一种抽象化的风格出现在我们面前。格林兄弟笔下的巫婆一般都长着大鹰钩鼻子或红眼睛，这已经成为巫婆的一部分。但真正的民间童话只会写：一个老巫婆，或一个丑陋的老太婆。即便对森林也少有详细的描述，"他走进一片大森林"——这就是固定的表达方式。只有故事情节需要时，才会提到鲜花、动物和林中小道。这种并非面面俱到的叙述方式，使得欧洲民间童话具有清晰、明确的特点。故事的主人公往往四处漫游，伺机行动，而不是停留在某地四处观望、发表感慨或冥思苦想。还有另外一些方式使得童话更加清晰，比如将人物孤立开来：兄弟俩各奔东西，公主仅仅由一个人陪着前往海边。不仅如此，当西尔贝维斯出现时，就连唯一的宫廷侍从也溜走了，让公主和西尔贝维斯单独相处。如此一来，这两个身份特殊的人便从人群中凸显出来了：她是公主，而他是因为中了魔法才来到这个世上的——他的母亲是位公主，因吃了一个苹果怀了他。童话惯于把社会最高层和最底层的人当成故事的主人公，如王子和猪倌、遭歧视的幼子、愚笨的人、灰姑娘或者牧鹅姑娘，还有公主。此外，童话也热衷于表现极端或形成鲜明对比的事物，如残忍的惩罚与丰厚的奖赏、巨人与侏儒、瘌痢头与金发、善与恶、美与丑、黑与白。借此，童话勾勒出一个清晰而纯粹的世界。童话偏爱金子和银子，因为它们能发光，而且稀有珍贵，正如王子或牧鹅姑娘一样，能从人群中脱颖而出。不仅如此，童话之所以喜欢金子、银子、铁和水晶，还因为它偏爱所有金属的、坚固的和形状鲜明的东西，铜森林、玻璃器具和木头裙子都在童话中出现过。另外，相比发生在村庄和洞穴里的故事，童话更乐意叙述发生在宫殿和城市里的故事，这表明童话偏好人工雕琢和精神创造的东西。上文引用的瑞典屠龙者童话的片段中提到戒指、剑和刀，并非偶然现象。每则童话中都有类似的轮廓鲜明的东西，就像故事本身线索清晰、目标明确一样，童话中的人物和事物也被清晰地勾勒出来。童话对人物外表的描述一点儿都不冗长啰唆，对人物内心感受的描述也不拖泥带水。但是，在某种程度上，这些内心感受却依然清晰可见：公主与救命恩人之间的情感关系，借由她将戒指系在恩人的头发里这一细节而具体化了，并且早在西尔贝维斯请公主帮自己捉虱子时，就已经鲜明地体现出来了，这里无须再做冗长的交代。捉虱子在原始民族那里是一件受欢迎且必要的事情，女子帮男子捉虱子有时甚至可能是一种订婚仪式——女子一般会吃掉从男子身上捉到的虱子，这样就意味着她同时吸进了男子的血液。我们不需要去想这一切，却仍能清楚地感受到，这个场面形象地说明了一种关系的建立。在童话中，情感和关系会投射到表面发生的事情上，不管这种方式对于我们来说多么不可思议，就像刚才提到的捉虱子这个例子。我们观察到的一切，都指向同一个方向。故事情节一气呵成，避免描写风景和人物，在色彩和形状上偏好极致和鲜明的东西，对金属、矿物、城市、宫殿、房间、盒子、戒指和宝剑的兴趣，对习惯、感受和关系的呈现，并在某种程度上凝结成实物——上述所有特征，使得童话具有明确、稳定和明快的特质。听过童话的人，会在不知不觉中感受到童话不言而喻的清晰和明快。

这则瑞典童话后来的走向如何呢？故事又接连讲述了西尔贝维斯拯救二公主和三公主的过程。

第三天，西尔贝维斯佩上宝剑，带着三条狗，又去了海边。他在沙滩坐下时，看见最小的公主从城里出来，陪伴在侧的是那位勇敢的侍从，所有人都以为是他救出了公主的两个姐姐。小公主还是十分伤心，痛哭不止。这时，西尔贝维斯迎上前去，彬彬有礼地问候美丽的公主。当公主和她的侍从看见这位英俊的少年时，不由得大吃一惊，以为自己看到的是海怪。侍从连忙溜走了，躲到海边的一棵大树上。西尔贝维斯看出了她的惊恐，连忙说："美丽的姑娘，别害怕，我不会伤害你的。"公主问道："难道你不是那个要带走我的海怪？""不是，"西尔贝维斯答道，"我是来搭救你的。"公主看到有这么一位勇士愿意为她而战，立刻转悲为喜。两人攀谈起来，聊了很久，而且十分投机。说话间，西尔贝维斯请求公主帮自己捉虱子，公主欣然应允，于是西尔贝维斯俯身将头枕在公主的膝上。当公主看到姐姐们系在少年鬈发里的两枚金戒指时，感到十分吃惊。于是，她也悄悄将自己的戒指系在他的鬈发里。

突然，海怪从水底呼啸着钻了出来，霎时间海浪翻飞，波涛滚滚。海怪有六个脑袋、九条狗，当它看到公主身边的西尔贝维斯时，十分震怒，大声咆哮道："你在我的公主身旁干什么？"西尔贝维斯回答说："我倒以为，与其说她是你的公主，倒不如说是我的公主。"海怪接着吼道："那咱们倒要看看，先让两边的狗比试比试吧！"西尔贝维斯立

> 刻应战，他的狗与海怪的狗很快就互相厮杀起来，场面异常惨烈。最终他的狗占了上风，把海怪的九条狗都咬死了。接着，西尔贝维斯又拔出明晃晃的宝剑朝海怪砍去，那怪物的六个脑袋应声滚到沙滩上。海怪号叫着冲回海里，刹那间，只见海上升起一根巨大的水柱，直冲云霄。西尔贝维斯从身上拔出那把镶银的刀子，挖出海怪的十二颗眼珠子。然后他走到美丽的公主面前，与她话别后便匆匆离开了。

这番对主人公第三次解救公主过程的描述，几乎与第一次一模一样。在此，我们发现了民间童话的另一个特征：喜欢重复。上述瑞典童话以及其他几则北欧故事的特别之处是必须救出三位公主，这对于情节的发展来说并无益处，因为尽管主人公头发里有三枚戒指，却只能娶其中一位公主，当然他最后娶的是三公主。他的兄弟里尔瓦克将与二公主成婚。至于大公主，后文则没再提及。尽管叙述不够充分完整，但童话依然会不厌其烦地一再重复。故事中出现了三位公主、三只海怪、三次搏斗，还有前来助阵的三条狗。——“三”这个数字是童话惯用的数字之一，其余还有“七”“十二”“一百”。这种对整数的偏爱与我们观察到的童话对固定特征的追求是一致的。然而，无论是“三”这个数字的反复出现，还是前后内容上近乎逐字逐句的重复，主要都是为了适应民间童话的严谨风格，我们不应将此归咎于叙述者的刻板，这是童话风格本身的要求，因为它渴求一成不变的重复。当我们对童话、传说和圣徒传说进行对比时，我们会注意到传说和圣徒传说所具有的时间和岁月流逝的含义，而童话似乎在描述一个不受时间限制的世界，但这并不意味着我们对童话的评价是负面的。童话不是吟诵稍纵即逝的事物的诗篇，它描绘的是一个永恒的世界。在关于屠龙者传奇的大多数版本中，那些当初被主人公从海怪或恶龙身上挖出的眼睛和割下的舌头，在一年之后又被重新装在海怪或恶龙身上，这纯粹是为了辨明谁才是拯救公主的勇士，而不是在表明时间的变化。这类故事的恒定性还表现在不断重复的完整句子乃至整段内容。这些重复的语句，让我们能感受到各个民族的叙述者改编和虚构故事的兴致，并轻松地接受了心理上觉得难以置信的事情。大公主的两个妹妹都以为西尔贝维斯就是海怪，这还说得过去，但要是连陪同前往的侍从也这样认为，就不可信了。这里再次显示出童话的风格：童话不仅将人物孤立开来，还尽可能地让情节单独发展，不与前面的情节发生联系。这种孤立的手法有助于童话清楚地划分段落，增加了童话风格的严谨性。字面上的重复能够给童话带来某些神圣庄严的因素，而一些编者和译者为了迎合现代读者的口味儿，竭力减弱重复，制造细微的差别，这是一种根本性的弊病。在当今这个时代，我们正需要获得对于神圣化、程式化和抽象化的新感受。童话内容上的重复是装饰品，它是童话整体风格的一个重要部分。我们同样能够从上述故事中看出，在这种妙不可言的重复中，也为程式化的改编留下了空间：譬如第一只海怪有一个脑袋，第二只有三个脑袋，第三只有六个脑袋。在此，我们遇到了每一位童话听众都耳熟能详的程式化升级，即所谓的压轴戏：最后一次冒险往往最危险，最小的公主最漂亮，最小的儿子是主人公。还有一点：叙述者没有忘记西尔贝维斯头发里的两枚戒指。轮到三公主时，她也将自己的戒指系在主人公的鬈发里。这表明在童话里并非所有的情节都是彼此孤立的。重复与变化、独立情节与整体结构这两种对立的倾向相互交织在一起，使得孤立和重复的手法在童话中比在我们所熟知的个人文学创作中更加深入人心。

“两兄弟童话”接下来描写了侍从、大臣、上校、马车夫以及烧炭工企图冒名迎娶公主的故事。他们假充屠龙者或杀死海怪的勇士，强迫公主（在大多数版本中只有一位公主）保持沉默，与自己成亲。但公主为了摆脱他们，请求国王宽限一年时间。恰好一年之后，真正的英雄回来了。他借助识别记号，揭穿了冒名顶替者的真面目，并迎娶了公主。只是他随后却被恶魔（大多数情况下这些恶魔是被杀恶龙的亲属）蒙骗并杀死。他的弟弟看到显现的死亡标志后，立刻动身前来寻找，找到以后，弟弟的魔力能使哥哥死而复生。在此，我们不再赘述“两兄弟童话”的后续部分，我们要关注的是屠龙者一年后归来的情况。下面列举的故事是 1916 年在奥地利的施泰尔马克州记载下来的。

> 一转眼，一年时间在喜庆的气氛中即将过去，再过一天，公主就要成为烧炭工的妻子了。就在这天，渔夫的儿子带着他的四只动物又来到以前投宿过的那家客栈。他从客栈主人那里得知，公主明天将与那个杀

死恶龙的烧炭工举行婚礼。

“哦，这样啊，”泽普拖长声音道，还打了个哈欠，“这倒是件新鲜事。”他说完就去睡觉了。

第二天早晨，他对客栈主人说：“结婚宴席上都会有些什么呢？烤肉我倒很想吃一块。”接着，他借了个小筐，写了张纸条，然后把纸条放进小筐里，让狗咬住筐边。那狗立刻沿街飞跑起来，通过一个个岗哨，一直跑到城堡里的公主跟前。公主正坐在那里独自伤心，看到狗和纸条后马上转忧为喜，开怀大笑。她把狗带进厨房，将一大块烤肉放进了小筐里，那狗叼着小筐径直跑回客栈。

“看来我们有烤肉吃了，”泽普说着从狗的嘴里取下了小筐，“可怎样才能弄到葡萄酒呢？我很想喝上一小瓶。”接着，他又让熊叼着小筐，筐里放了张纸条和一个瓶子。熊知道自己该去哪儿，它一边吼叫，一边穿过小巷，咆哮着走过所有卫士的身旁，然后进了城堡，来到公主的面前。公主看到熊，笑得更欢了。她在瓶子里装满了香醇的葡萄酒，熊很快转身径直跑回客栈。

“哎，我这儿现在还差面食呢！”泽普高声嚷道，而一旁的客栈主人却早已惊得说不出话来，“这个我也要弄到。”泽普把狮子唤过来，让它叼着小筐，他往筐里放了张纸条。狮子飞快地来到城堡下，所有卫士见状都吓得魂飞魄散。狮子找到公主，公主见了心花怒放，连忙从厨房里取出面食和甜点。狮子大步流星地回到客栈。“东西都齐全了。”泽普心满意足地笑了，他邀请客栈主人一起用餐。

这段有趣的描述生动地展现了动物去王宫取食物的几个回合，其作用不仅是为了增加故事的悬念，也不仅是为了拉长故事而做的文字游戏，很明显，这则奥地利故事与前文提到的瑞典童话风格迥异。轻松的愉悦感和顽皮的幽默感比比皆是，生动的细节描绘亦随处可见。但这类描述并非随心所欲，而是必须服从于情节的进展。这些间接、延缓的描写将情节铺陈开来。在间接叙述中，童话的一个基本特征显得尤为突出，即通过外部的过程和可见的事物来表达人物的需求、关系和感觉。这个故事并不满足于讲述归来的主人公怎样将公主的手帕和恶龙的舌头作为识别标记和合法化的证明放在桌子上，它还将主人公与公主的关系通过一些中间环节联系起来，如狗、熊、狮子、烤肉、葡萄酒、面食和甜点。跟任何叙事文学一样，童话也力求故事清晰，通过行动展现性格，在传递的礼物中表现关系。公主为她的救命恩人从结婚宴席上取出美味佳肴这一情节，并不是任意一个叙述者的信口开河，这种描写也出现在其他版本的同类故事中，公主与救命恩人之间的关系由此变得一目了然。此外，上述奥地利故事也突出了童话的另一个基本特征：主人公回来得正是时候，他一直等到最后的关键时刻才出手。还有类似的故事，比如，有十二只或七只乌鸦匆匆赶来搭救自己的妹妹，因为妹妹此刻正站在柴堆上即将被烧死。在这千钧一发之际，魔法解除了，乌鸦获救了。在其他故事中必不可少的东西，在这则奥地利童话中却变成了一场肆意的游戏：屠龙者微笑着等待最后的时刻。而这也满足了童话对精准的极力推崇。在期限上不差分毫，准确无误地抓住千钧一刻，这些都符合童话精确和轮廓鲜明的特点。因此，这一民间童话显示出了真正的艺术作品的特征：它具有风格。它的风格化和相称的叙述方式都表现出童话的清晰、分明、确定和精准。没有“如果”，没有“也许”。童话呈现了这样一个世界，一个一切都协调一致的世界，并且这种协调一致比人们想象的更加广泛。童话所产生的信任感染着每一位叙述者和每一位听众，不仅孩子们为它着迷，就连成年人也常常被其魅力所征服。这些不足为奇，因为童话令人心生喜悦，精神振奋。因此，我们愿意相信德国北部一位童话讲述者所言：在医院里讲述童话故事，能对病人产生安抚和治愈的作用。从这个意义上说，每一篇童话都像是一个屠龙者。

4 小地牛

——童话的象征意义

童话的叙述方式多种多样，每一种都有其魅力。当童话还在乡村夜晚的闲聊中流传时，讲故事的人便风格各异：有的人惯于添枝加叶，有的人讲得简洁有力；有的人在每一次复述中都会有所改变，而有的人则原封不动，似乎他们所讲的内容非常神圣，容不得半点儿走样。无论是母亲般亲切的娓娓道来，还是用充满神秘感的语调将听众引入一个神秘的世界，这两种不同的叙述方式都很受欢迎。故事的内容也会因讲述者的个性和想象力的不同而有所区别。同样是得到一支魔笛，西班牙牧羊人会用它让羊群随着笛声翩翩起舞；而瑞士格劳宾登州的羊倌得到它，肯定会让山羊们按照笛声列队操练，他命令它们用后腿站立，然后列队进村，羊倌还会砍一些棍子，让山羊像扛枪一样夹在两条前腿之间。如果说瑞士的军事传统进入了以上这则童话，那么另一则格劳宾登州的故事则显现出民主风尚。在一个格劳宾登版本的《白雪公主》故事中，当小矮人发现这位美丽的姑娘一次又一次地无视禁令，并对乔装的继母没有戒备之心，甚至还让继母登堂入室时，他们再也无法忍耐了。“他们非常气愤，于是以少数服从多数的方式决定是否该将这姑娘放在平底锅里煎炸，但表决的结果却是多数人赞成让姑娘继续活下去。”这些民族的、地域的、个体的特性是童话中最为美丽动人、生动活泼、诙谐有趣的因素。然而，在这些表面的差异背后，人们也能体会到一种共同的风格，这种风格是整个欧洲民间童话的基础。无论表达形式怎样千差万别，无论辞藻怎样华丽动人，这一共同的风格一直贯穿始终。我们已经清楚地看到，童话具有情节引人入胜、内容清晰明确、特征固定不变的诸多特点。以下这则 16 世纪在法国阿尔萨斯记录下来的关于小地牛的故事，更为清晰地勾勒出了童话的叙述方式。同时，这则故事也会促使我们去探讨动物在童话中的意义，以及童话的象征意义。

小地牛

从前，一个贫穷善良的男子跟妻子和两个女儿生活在一起。后来他的妻子死了，因大女儿小安妮和小女儿玛格丽特年纪尚幼，所以男子很快又结婚了。不料，第二个妻子非常嫉妒小玛格丽特，恨不得她赶快死掉。可是，这个狠心的继母不想亲自下手，于是施计收买了大女儿。很快，小安妮就对她言听计从，并对自己的妹妹产生了恨意。

一天，继母跟大女儿凑在一起，商量如何遗弃小玛格丽特。最后，她们决定把小玛格丽特带进森林，然后让她独自往前走，这样她就找不到回家的路了。

这时，小玛格丽特正好站在门外，将继母和姐姐商量怎样害死自己的话听得真真切切。一想到自己就要这样无缘无故地凄惨死去，然后被狼吃掉，她不禁悲从中来。于是，心事重重的小女孩去找自己的教母，将继母和姐姐准备对自己下毒手的事告诉了教母。这位好心的老太太安慰她："好吧，亲爱的孩子，既然你遇到了这样的事情，那就去取些锯屑来。你跟着继母进森林后，记得往自己跟前撒些锯屑，一旦她们抛下你，你也能顺着锯屑留下的痕迹找回家。"

小玛格丽特按照教母的吩咐做了。一天，继母和姐姐领着她进了林子，这时继母对大女儿说："过来！小安妮，你帮我捉下虱子。小玛格丽特，你去帮我们捡三捆柴火。我们在这里等着，然后咱们一起回家。"

这篇童话采用的是 16 世纪德语童话中那种天真的语气。表示"小"的词缀[①]

① 指在名字和名词后加上"-chen"或"-lein"的后缀，表示"小"的意思，如在 Margaret 后面加上 lein，变成小玛格丽特。——译注

和形容词的运用给故事增添了天真和亲切的意味。可是，这个善良美好的世界里却突然出现了许多道德沦丧之举，如嫉妒、背叛和谋害。民间童话是史诗的微缩形式，倾向于将世间万象囊括其中。像《玫瑰公主》的第一段那样，《小地牛》也开门见山地呈现了人类生存的基本主题：生命与死亡、善良与邪恶、诱骗与阴谋、脆弱与无知，绝望、劝导和帮助。此外，还有房屋、家庭和自然的领域，以及无数动物栖息的森林。假如童话想将种种存在的因素都包含进去，就必须大大简化，而简化的方式之一就是突出人物的特点，如：一个贫穷的男人、一个老太婆、一个恶毒的继母。憎恶和残忍以同样简化的方式呈现出来，童话总乐于用最为清晰和锋利的笔触描述由嫉妒产生的残忍。同样，这种对清晰明了的偏好也体现在人物之间商讨对策的谈话中。恶毒的继母并未独自悄悄谋划，而是与大女儿商量，这样小女儿才有可能听到。同样，小女儿得知继母和姐姐的计划后，也没有暗暗承担这份悲伤，独自寻找自救的方法，而是接受了教母的建议。童话中的人物基本上不自行决定接下来的行为，而是为外力所左右，他们受制于外界的建议、魔力、使命、厄运，这样就出现了层次分明、引人入胜的情节。像瑞典的屠龙者童话一样，两个人之间的亲密关系在《小地牛》中也是通过“捉虱子”这个举动体现出来的，由此可见这个古老的主题流传得多么广泛。虽然我们在《小地牛》中几乎再也感受不到跟捉虱子这一情节有关的不可思议的想象，但这一特征却符合童话乐于将内心活动表面化的倾向，即通过一个有画面感的场面来呈现两人之间的信任关系。《小地牛》接连讲述了可怜的小玛格丽特第二次、第三次被带进森林，三次的情形都一模一样，而且每次叙述的语言也几乎相同。通过不断重复，故事的层次变得更加清晰，这一点也更加符合欧洲民间童话的基本风格。第二次，小玛格丽特听从了教母的建议，通过撒谷壳找到了回家的路，而第三次她撒的是麻籽。

> 小玛格丽特想要寻找回家的路时，才发现所有的麻籽都被鸟儿啄光了。天哪，还有谁比这小可怜更伤心呀！她在森林里转了一整天，一个劲儿地号啕大哭，呼天喊地，却怎么也找不到走出森林的路。她已经走到了林子的最深处，无疑已经到了人迹罕至的地方。夜晚来临时，这

个惨遭遗弃的小姑娘已经彻底绝望了，她不再指望有人会来搭救自己。于是，她爬上一棵参天大树，想看看能不能找到城市、村庄或房屋，如果有，她就去那里，免得被野兽吃掉。在树上东张西望的她终于看到了一缕烟，于是连忙从树上下来，朝炊烟走去。不久，她便来到了冒烟的地方。这是一所很小的房子，里面没有人，只有一头小地牛。小女孩上前敲门，哀求让自己进去。小地牛说："我不能放你进来，除非你向我保证，永远待在这里，而且绝不向任何人提起我。"小女孩答应保守秘密后，小地牛让她进了屋。小地牛又说："还有一件事，我每天早晚挤奶时，你不许做任何事情。我挤完奶后，你就喝我的奶。我还会给你足够的绫罗绸缎，你可以为自己做许多漂亮的衣裳！但千万得记住，不要出卖我！就算你的亲姐姐来这里，你也不能放她进来。我可不想暴露自己，否则就得送命！"说完这席话，小地牛就去草地了。晚上回来的时候，它给小姑娘带来了丝绸和天鹅绒。很快，小玛格丽特便穿上了华丽的衣裳，那气派不亚于侯爵夫人。

那么，故事里的这头小地牛到底是什么动物呢？谁也说不清楚。鉴于在一些类似的故事中常常会提到一头会纺纱的母牛或公牛，那么在这个故事中出现的也有可能是一头野生的小母牛，而不是格诺菲娃[①]的故事中所提到的雌鹿。此外，《小地牛》中提到的是牛角，而不是鹿角。但一篇 1937 年至 1938 年间在洛林德语区记载下来的类似的童话中讲的却是一头鹿，虽然鹿角硕大，却仍是雌鹿。在故事流传的过程中，这种奇特的森林小母牛适应了它的环境——森林。如果说地神在童话中对应的是小矮人的话，那么"小地牛"这个名字对应的可能是一种属于天国的小动物。尼农·黑塞（Ninon Hesse）通过参照古罗马诗人维吉尔的作品，确立了小地牛与地狱女神普洛塞耳庇娜（人们用母牛奉祀她）的关系。在一则古老的英国魔咒中，"埃尔克"（Erce）被称作"大地的母亲"（地狱女神）。但对"埃尔克"一词的解释却很有争议，它可能不是名字，而仅仅是一个令人费

① 德国民间传说中的一位公爵夫人，她的丈夫远游时，她被一个廷臣诬陷，逃入林中，一头雌鹿哺育了她的儿子。

解的咒语。16 世纪的人或许还有歌德（他曾在一封致冯·施泰因夫人的信中暗指过小地牛的童话），大概知道小地牛究竟是指什么，而我们对此却一无所知。不过，这一点对我们来说几乎算不上什么真正的损失。“小地牛”这个词乍听上去很陌生，但我们很快就会熟悉起来，毕竟它很契合这则童话用理所当然的语气讲述奇闻逸事的氛围。这好比现代诗歌中偶尔会使用一个令人费解的词汇，或者一种捉摸不透的措辞，但对读者产生了极大的影响，并唤起某种确切的感受。小地牛住的小房子处在人迹罕至的森林里，可它却能开口说话；故事也没告诉我们，它是如何能拿出那些绫罗绸缎的。然而，我们这些听故事的人却像好心的小玛格丽特一样欣然接受了这一切，并未感到多么意外。小女孩对小地牛能说话也丝毫没有大惊小怪。正如在本书第二章中所提到的，童话里的奇迹并不像在圣徒传说中那般令人惊叹，它更多的是一个贯穿整个故事的基本要素，是童话的生命气息之所在。万物皆可建立联系，这才是真正的奇迹，也是童话中理所当然的事情。小地牛不但能给小玛格丽特提供牛奶（这是理所当然的事），还能给她提供丝绸和天鹅绒等珍贵的人造物品。而格诺菲娃的故事中的雌鹿则更加真实，它既不会说话，也没有住在小房子里，只是把自己的奶送给被逐出家门的格诺菲娃和她的孩子。这是圣徒传说和传说中更为贴近现实的叙述方法。然而，在《小地牛》童话中，小地牛不但住在小房子里，而且能给小女孩丝绸和天鹅绒，这绝不是因为故事热衷于描写奇迹，而是缘于童话风格的深层需要。同样，小矮人龙佩尔施迪尔钦[①]也住在一所小房子里，而在一则类似的民间传说中，小矮人却栖身在山洞里。与《荷马史诗》中的波吕斐摩斯[②]的洞穴不同，在类似的童话中出现的却是一些宏大的建筑物，如食人巨魔就住在宫殿里。传说中的洞穴不但更为逼真，而且也没有什么具体形状。而城堡、宫殿，还有小房子，这些四四方方，拥有楼梯、走廊、大厅和斗室的建筑物则是精心构思的杰作，具有几何抽象的轮廓鲜明、清晰和纯粹的特征。我们从其他作品中观察到的童话对风格本身的要求，在

① Rumpelstilzchen，通常被译为“龙佩尔施迪尔钦、侏儒怪”。格林兄弟在《儿童与家庭童话集》中收录了侏儒怪的故事，其他文化中也有与之类似的故事。

② 古希腊神话中的独眼巨神。在荷马的史诗《奥德赛》故事中，奥德修斯等人在海上漂流时，误入其所居洞穴。

这部作品中也体现出来了，而且一再出现。对比越强烈，描述便越清晰。因此，童话中会同时出现公主与猪倌、婚礼与处决场面的反差，也会出现一头住在小房子里的小地牛却能拿出绫罗绸缎这样的情节。在一则著名的有关波吕斐摩斯的童话故事中，住在宫殿里的不是巨人，而是一条巨大的鱼。这样一来，对比更加强烈，单个的叙述因素显得更加独立，同时相互间的关系又更为密切。童话将人物和事物从其自然的关联中抽离出来，赋予它们新的联系，同时又能再次单方面地轻易解除新联系。童话所表现出来的自由自在、无拘无束有许多原因，而其中最重要的是它既能毫不费力地将一切孤立开来，也能不费吹灰之力地让一切产生关联。童话的受众，尤其是早期的童话听众，与日常生活环境关系甚密。他们往往生活在一个固定的群体内，并对这个群体担负一定的责任。童话至少能让他们觉得，或者预感到，人与植物和动物的不同，人能够摆脱某些固有关系，接受新的关系。我们经常把当今世界比作一则现代童话，这不仅仅是因为：当我们走进商店购物时，店门会自动打开；按一下电钮，音乐就会响起；电视屏幕能像魔镜一样呈现过去的形象；我们坐飞机远比巴格达的小偷坐飞毯要快。这个比喻背后还具有一种更为重要的内在含义：现代人能够自由自在地行动，能够轻易摆脱固有的生活环境去远游四方，随时准备遇见新人新事。数个世纪以来，只有童话中的人物才拥有这种天马行空的自由。

以童话的风格为出发点，我们似乎自然而然地关注到了童话中涉及生活的相关内容，我们还应该提及上述故事乃至所有童话的另一大主题：禁令。小地牛禁止小玛格丽特放她的姐姐进屋，这使人立刻联想到前文提及的格劳宾登版本的《白雪公主》。我们会意识到，所有童话几乎都乐于规定禁令。玛利亚的孩子以及许多其他的童话人物都被禁止开启某一扇门，进入某个房间。熊的新娘在晚上不能点灯，而且不准将熊会变成英俊少年的事告诉自己的父母。小玛格丽特不得跟任何人“透露”小地牛的事——种种禁令、条件和明确规定的任务，这些都是童话风格的重要元素，它们有助于赋予童话高度的简洁性。但是，我们在这些严格的禁令和规定中也洞悉了某种人类的行为，原始民族的许多禁忌就是依据这种行为制定的。人类为自己构建了一个合乎道德的世界，既确立目标，也规定界限。这些限制不是自然产生的，而是由人类的思想制定的。童话交给主人公许多任务，令他们无所不能，同时禁令也意味着对他们的制约和考验。只不过即便他们违反禁令，也不会被置于死地，而是让他们在通过重重艰难困苦后，间接达到一个更高的目标。童话中的戒律、禁令和任务以神秘却又清晰的方式，呈现了由追求、目标和限制所支配的人的存在。

除了禁令的这种普遍性意义外，我们还能从化身动物的王子或小地牛要求不被出卖的情节中，感觉到另一种特殊的含义。动物在童话中扮演着各种举足轻重的角色，其中最基本的有两种：一种是威胁人类的动物，最极端的是恶龙；另一种是帮助人类的动物，如这里提到的小地牛。此外，这个故事还从另一个角度向我们展示了那些乐于助人的动物的特性。《小地牛》后面的情节是这样的：一天，姐姐小安妮动身去森林里寻找小玛格丽特，她迷路了，很快天也黑了。她爬上一棵大树，并发现了妹妹住的那所小房子，妹妹最终还是不顾小地牛先前提出的禁令，开门让姐姐进了屋。

进门后，小安妮和颜悦色地问妹妹，她到底跟谁住在一起，又是谁让她穿得这么漂亮。小玛格丽特知道不能透露这些，只好找些借口来搪塞，但很快就无法自圆其说了。她一会儿说自己跟狼住在一起，一会儿又说成天与熊为伴。小安妮对这些通通不信，用甜言蜜语诱导妹妹说出真相。小玛格丽特禁不起哄骗，终于告诉姐姐，自己是跟一头小地牛住在一起，而且还叮嘱小安妮：你可千万别说是我告诉你的！

小安妮才不会对妹妹信守承诺。她得知这些后，便说："好吧，那你现在给我指指路吧，我要回家。"小玛格丽特照办了。小安妮一进家门，就一五一十地告诉继母，她怎样在一头小地牛那里找到了妹妹，妹妹现在如何衣着光鲜。继母说："好吧，过些日子我们就去森林里，把小地牛和小玛格丽特一起带回来，然后把这头小地牛杀了，咱们美美地吃一顿。"

然而，所有这一切都被小地牛知道了。它晚上回家后，含着眼泪对小玛格丽特说："唉，亲爱的小玛格丽特，你都干了些什么呀！你不但让你那恶毒的姐姐进屋，居然还告诉她，你跟谁住在一起。现在好了，你那狠心的继母和姐姐很快就要来了。她们要把我跟你带回家，还要把我杀了吃掉，而你会被她们扣留在身边，因为她们比从前更讨厌你了。”

说完这席话后，小地牛做出十分悲伤无助的可怜样，可怜的小玛格丽特吓得号啕大哭，悲恸欲绝。她很后悔当时让姐姐进门。小地牛见状，连忙安慰她说：“小姑娘，事情既然已经发生，也就无法挽回了，你照我说的去做吧。我被屠夫宰杀后，你就在一旁大哭。屠夫问你想要什么，你就说想要小牛的尾巴，他会给你的。得到尾巴后，你再大哭，他再问你还想要什么，你就说想要小牛的角！拿到牛角后，你再继续哭，人家问你要什么，你就求他把小牛的掌给你。这些东西都拿到手之后，你就把尾巴埋到地里，把牛角放到尾巴上，再把牛掌放到牛角上。然后再等上三天！那里就会长出一棵树。从此，那树上一年四季都会结满最美丽的苹果。但是除了你，谁也摘不到这树上的果子。有了这棵树，你就会成为有权有势的女人。”

一天，一位高贵的先生骑马路过，看到了这棵树。他想，这么美丽的苹果兴许能治好儿子的病。可当继母和姐姐想摘苹果时，树枝就缩了回去。这情景跟格林童话中的《一只眼、两只眼和三只眼》一模一样。唯独小玛格丽特伸手摘苹果时，树枝才会顺从地弯下来。只有她才能将苹果递给那生病的少年，后来她跟那少年一起乘马车走了，并成了他的妻子。

“恶龙”与“小地牛”是如此不同：一个毁灭人类，一个帮助人类；一个吃人，一个养人。这正是动物——真正的动物的两面。人类把动物视为敌人或者朋友，两者都具有象征意义。席勒认为，与恶龙搏斗其实就是与自己的内心、欲望和嗜好搏斗。最为艰难的与龙搏斗就是人与自己的斗争：每个人都是自己最危险的对手。现代心理学认为，我们可能会把自己的无意识想象成某种动物或者恶龙的面目。恶龙准备吞噬我们，而在与它的搏斗中我们却赢得了公主的芳心。只有与恶魔的较量才会赐予我们至高无上的收获，令我们成为国王，与美丽女子成婚的画面便呈现了这一恩赐。乐于助人的动物也代表我们无意识的力量。“小地牛”的名字在此意味着一种特殊的力量，即我们尚未被理智扭曲的、与生俱来的情感，它能够滋养和引领我们。然而，为了用另一种方式给人类带来更高的恩宠，小地牛不但要被杀死，而且童话中还常常会要求被保护的人最后割下动物的脑袋，无论这些乐于助人的动物是狐狸、狼还是白马。在被保护人几经抗争最后无奈照办后，动物却变成了光彩照人的王子。被公主摔到墙上的青蛙变成了王子。较低的本性将转变为较高的本性，但是这一转变的过程却充满痛苦和牺牲，也并非没有残忍。自身的欲望，不管得到怎样的重视和滋养，都不能任其膨胀，不应被姑息和纵容，而是应该通过精神之剑对它施以魔法，或解除魔法、摆脱魔法，从而使之得以升华。这样，在与恶龙搏斗的故事中，在主人公与乐于助人的动物相逢的情节中，读者会看到对无意识所产生的精神力量的探究，而这种探究会将上述两种情况引向更高级的发展阶段，从而获得更为丰富的思想。值得一提的是，我们绝不认为上述的解读抓住了童话的全部内涵。它只是呈现了童话所有含义中的一部分。与恶龙的搏斗不仅象征着与我们无意识中阴暗面的较量，与我们内心深处丑恶可憎的那一面的较量，它同时也象征着与世间一切邪恶势力的斗争。那些广为流传的动物王子或动物新娘的童话（他们因男女主人公而解除魔法，将自己变成真正的王子和公主）肯定不仅描写了意识到无意识的转变，呈现了精神与灵魂的融合，而且还表现了某些其他的东西，譬如男女之间充满矛盾的情感关系。在我看来，诗人诺瓦利斯①道出了其中最重要的哲理。他说，这些故事难道不正说明了“假如人战胜了自己，那么他就征服了自然，于是奇迹也随之出现了……熊在得到爱的那一瞬间变成了王子……假若人们能对世间疾苦献出爱，或许也能发生类似的变化”。在此我还想补充的是，相比道德说教，童话呈现的形象对我们的心灵能产生更为震撼的作用。

① 诺瓦利斯（Novalis，1772—1801），被誉为“蓝花诗人”，是德国浪漫派的代表人物。

5 活人偶

——传说与童话

一百五十年前[①]，格林兄弟出版了《儿童与家庭童话集》，不久后，他们收集整理的两卷本德国传说问世。这两本书如同发出了一个信号，自此，世界各地出现了收集和出版童话故事和传说的热潮，相继问世的童话故事书数不胜数。不同学科的研究者纷纷着手研究这些被发掘出来的宝藏，民族学、民俗学、宗教史无不将其视为古老的信仰和经验模式的见证。心理学则认为，这些故事跟梦境类似，都是无意识下心理活动的呈现。而文学研究则对童话和传说的诗意特性兴趣盎然。那么，所有这些出版物使童话和传说焕发了新的生机吗？在某些方面的确如此，比如，这些书的确对青少年产生了很大的影响。然而，我们如今生活在一个充斥着报纸、杂志、广播和电视的时代，在这样的环境里，童话代代相传、口口相传的传统不仅遭到了前所未有的干扰，而且几乎濒于毁灭。父母、幼儿园老师以及学校老师给孩子们讲的童话要么是从书里找到的，要么是他们直接照书念给孩子听的。在这类书中，格林兄弟的《儿童与家庭童话集》始终最受欢迎。而传说的情况则略有不同，地域性的故事集更受欢迎。因为与童话相比，传说跟叙述者和听众所生活的区域关系更为密切。在瑞士，深受青少年喜爱的是迈因拉德·利纳特（Meinrad Lienert）的瑞士传说和约翰内斯·耶格莱纳（Johannes Jegerlehner）的瓦莱州传说。此外，还有阿诺尔德·布希里（Arnold Büchlis）的

① 格林兄弟于 1812 年出版第一卷《儿童与家庭童话集》。而本书成书时间为 1962 年，距首次出版一百五十年。

瑞士传说和格劳宾登传说，以及新出版的库尔特·恩勒特－费伊（Curt Englert-Faye）的高山传说。对于一个读过高山鬼怪或甲壳动物传说的少年来说，这些传说包含了一种内在的真实，这种真实完全可以与他年幼时听到的童话所产生的效果相比。那么，给成人讲述童话和传说又是怎样的情形呢？众所周知，从前，不仅传说，就连童话也都是成年人讲给成年人听的。而在今天，童话如同弓、箭、石斧和羽毛头饰之类的东西，都已经沦为儿童的玩意儿了。虽然成年人晚间聚会时还会偶尔讲讲传说或类似的故事，但是这类情况已越来越少。这里既有外在原因，也有内在原因。从前，人们习惯于夜晚围坐在一起，边做事边闲聊，而如今这种景象已难得一见。在偏僻地区，人们直到今天才真正感受到启蒙思想的影响，而正是启蒙思想从内部瓦解了传说。在欧洲，数个世纪以来，传说和童话一直同时在流传，这两种体裁就像歌谣和叙事诗、悲剧和喜剧一样，符合人类最原始的渴望或体验。以下我们将来自瑞士乌里山的一则高山传说与一则现代希腊童话相比较，它们有着类似的主题。

格舍嫩高山牧场的牧民佟舍

据古老的编年史记载，很久很久以前，在格舍嫩的房屋后面就已经开始有高山牧场了，不过那时还没有阿布弗鲁特村（Abfrutt）。

在这块土地上，生活着一群自以为是的牧民，他们过着放荡粗野的生活，从不做祷告，甚至还对圣事和教义出言不逊。一次，他们用破布做了个人偶，管它叫蒂提托尔格，也有人叫它佟施、佟格尔、蒂提佟施或者琼格。他们拖着它到处任意胡为，还把奶油和牛奶、米粥抹到它身上，后来甚至给人偶施了洗礼。现在，这个人偶真的活了起来，而且开口说话了。一开始，这帮粗野的人被活人偶吓坏了，但等他们回过神来后，又继续拉着它四处胡作非为，而且越来越放肆。渐渐地，这个叫佟格尔的人偶夜里会爬到屋顶上，在上面像马一样来回奔跑。到了秋天，这群人从高山牧场下来时，忘了拿挤奶时坐的凳子，等他们发现后，谁也不愿意回去取，因为他们都很害怕。于是大伙儿决定掷骰子，结果其中最坏的那个人中了签，他只得回山上去。其余的人牵着牲口继续赶路。当大伙儿从阿布弗鲁特村回头往山上张望时，只见一个怪物正在屋顶上摊开他们那个同伴的皮。

从此，那里就住着个可怕的怪物，那块牧地再也无人问津了。

这是一则简短而没加修饰的故事，但它立刻让我们了解了传说的本质，即传说并无一定之规，它们往往叙述的是异乎寻常的神秘事件，这是叙述的原始形式。那些自然而然的、日常的事物是无须叙述的。“出门远游，方有故事可讲。”讲述传说的人往往在另一个完全不同的世界里遨游，那个世界是平凡的日常生活后面的世界。传说的最初形式是一种简单的陈述，说明叙述者在什么时间、什么地点看到了某些奇闻逸事：如一个白色的女子、一个火红的男子；又或者是讲述者听说过、体验过的事情，如群鬼狩猎。这些对诸如白色的女子、火红的男子、群鬼狩猎的描述，其实说的也许只是一片白雾、一束光、一阵呼啸的风。赋予某种可怕的事物一种具体的形象，并能用某种方式对其进行归类和描述，这是控制可怕事物的第一步。在此基础上，故事进一步展开：这个白色的女子是一个期待被拯救的可怜灵魂；火红的男子是在告诫人们不要亵渎神明；狩猎的群鬼则是指沃坦[①]率领的幽灵队伍。这里的每一种解释都能在一定程度上安抚人们，并将那些无法理解的、神秘莫测的东西分门别类，从而削弱其中一部分威胁的力量。然而，将这些神秘可怕的事物解释为属于死亡世界的现象，又从另一方面增加了人们的恐惧感，因为死人的世界对于活着的人来说本身就阴森恐怖。由此，人类一切努力的双重价值和两面性都在这里产生了作用。这类解释是一种保障，是叙述者的自我保护，可这种解释方式是将经历过的危险和恐怖事件以更加夸张的形式再一次呈现出来。上述关于高山牧场的传说有许多版本，它们不但出现在乌里山地区，还出现在伯尔尼、瓦莱州的阿尔卑斯山地区，以及奥地利。在这些传说中，恐怖现象以一种不同于童话的方式被强调出来。一则来自瑞士戈尔茨地区的版本这样说道：“托格尔用严肃坚定的语气命令那个牧民留下来，做高山牧场的首领。其余人可以下山，但不到拐弯处不得回头张望。于是，那牧民留下了，

① 沃坦（Wotan），来源于日耳曼神话，即北欧神话中的众神之王奥丁。

其他人则赶着牲口朝山下走去。当他们走到拐弯处时，回头朝山上望了一眼，可眼前的景象让他们个个魂飞魄散，原来此刻托格尔杀死了那牧民。打那以后，这个地方就被人叫作屠夫山。”然而，在童话中，我们却看不到鲜血淋漓的伤口，无论它讲述的是没有猜中谜语的人被惩罚，或是助人的动物被砍头，还是歹毒的王后被五马分尸。童话里说侏儒怪龙佩尔施迪尔钦将自己撕成两半，可没有人会真的去想象那两半是否一模一样大，就像撕纸人那般，从中齐刷刷地撕开。童话去掉了真实，而传说却迫使我们去想象真实的情景。在童话中，插在城墙上的九十九个求婚失败者的头颅几乎成了装饰品，单单这众多的人数，就很难使我们去同情受难者，并去分担他们的痛苦。但当我们听戈尔茨或格舍嫩高山牧场的传说时，那个悲惨牧民的遭遇却令人毛骨悚然。在童话中，残忍地处死一个人并非消除其美丽的形象，善良的姑娘虽然四肢不全，却丝毫不会令我们产生厌恶之感。而传说却赤裸裸地呈现了如何残忍肢解牧民的细节。不管童话和传说在风格上多么相似，童话中就连彼岸生物一般都身形匀称，而传说中，它们却变得扭曲残缺。这一点在著名的瓦莱州面具中表现得最为充分。用破布做成的蒂提托尔格（或者叫牧民佟舍）变成了奇形怪状的东西。牧民们在他脸上涂抹米粥或奶油，叫他“吃下去”。当他开始吃时，就会渐渐膨胀起来（好几个类似的传说都提到这一点）。在传说中，有些东西令人毛骨悚然，极具破坏力，其影响几乎无孔不入。下面这则希腊童话故事则真正摆脱了传说的特征，并向童话回归。

西米格达里先生或麦糁先生

我们要开始讲童话了。

晚上好！

欢迎大家！

很久很久以前，有一个国王，他有一个女儿。女儿的求婚者人数众多，可她谁也不想嫁，因为她一个都看不上。于是，她想出了一个主意：为自己造一个男人。她取来一公斤杏仁、一公斤白糖、一公斤麦糁，然后将它们掺和在一起，将其捏成一个男人，并把它摆放在圣像前。做完这些以后，她跪了下来，开始祈祷。她整整祷告了四十个日日夜夜。四十天后，这个麦糁人被赋予了真正的生命，大家都管他叫西米格达里先生或麦糁先生。他长得英俊潇洒，气度非凡。很快，麦糁先生便声名远播，无人不知，无人不晓。在一个非常遥远的国度，有个女王也听说了他的故事，于是决定前去抢西米格达里先生。她下令打造了一艘金船，连桨都是用黄金做的，随后便率人朝西米格达里先生居住的城市进发。她对船员们说："你们上岸去，赶紧给我去抓那个著名的美男子，然后将他带到船上来！"城里的人听说来了一艘金船，纷纷跑过去围观，西米格达里先生也来了。船夫们一眼就认出了他，马上一把抓住，将他拖到船上。

晚上，公主一直在等西米格达里先生回家，可左等右等，始终不见他的踪影！她四处打听，才知道他被一个女王掳走了，船已经离开。会出什么事呢？公主该怎么办？她让人加紧做了三双铁鞋，然后便上路去寻找西米格达里先生了。她走遍一个又一个国家，越走越远，走到了世界的尽头，最后来到了月亮的母亲那里。"您好！月亮妈妈！""你好！姑娘，你是怎么来到这块地方的呀？""是幸运将我带来的。您是否见过西米格达里先生？""我上哪儿看见他呀？姑娘，我头一次听说这个名字呢。你坐下来等等我的孩子吧，他满世界转悠，没准儿见过这位先生。"月亮回来的时候，他妈妈问道："孩子，这位姑娘想问你，你在哪儿见过西米格达里先生吗？""我上哪儿看见他啊？我没见过。她应该去找太阳问问，太阳看到的世界比我大，没准儿能看见他。"月亮和他的母亲给了公主一粒杏仁，并对她说："需要什么的时候，弄碎它就行！"

在这个多段落的童话中，制造人偶是第一个情节。随后情节立即展开，并按照童话的方式推进，仅仅这点，就使故事变得轻松、明快、通透。在传说中，事情则往往发生在一个固定的地方，好像被拴住了似的。然而，在以上两种叙述类型的故事中，制作人偶并赋予人偶生命这两个情节却罕见地拥有了许多共同点。童话中的公主用麦糁、白糖和杏仁为自己捏人偶，而关于高山牧场牧民的传说中，人们大多用木头和破布做"托格尔"。在另一个类似的传说中，人们竟然用奶酪块做人偶。公主想为自己造个丈夫；牧民们想做个叫蒂提的玩偶。牧民为玩偶施洗；希腊公主则祈祷上帝赐予人偶生命。公主将人偶摆放在圣像面前；而在乌里山的传说中我们可以看到，蒂提托尔格被置于圣像的一旁。此外，在童话和传说中还营造了哪些别的气氛呢？童话中的人偶英俊完美，没有任何异常特征；而传说中的玩偶却是一块没有形状的东西，并且还会膨胀，具有威胁性。此外，值得注意的是，两则故事都具有非常明确的基本风格。在童话中不但人物英俊潇洒、轮廓鲜明，而且故事情节也铺得很开，且层次分明。从故事一开始，公主的目标就非常明确，她一心为自己造一个丈夫。尽管这里的叙述并不具体，但这种表达方式却让我们在不知不觉中从心理学角度解释了童话。传说中的牧民一开始并没有让玩偶拥有生命的意图，他们也几乎没有料到自己的胡作非为会带来什么后果。在童话中，西米格达里被神灵赋予生命这一点叙述得清清楚楚；而在传说中，一切都含糊不清，人们并不清楚，是何种可怕的力量让这个玩偶拥有了生命。在传说中，给玩偶施洗，并将其置于圣像旁边，是亵渎上帝的做法；而在童话中，公主虔诚祈祷，将麦糁人放在圣像前，让其成为显现神迹的一部分，这是毫无恶意的举动，并没有冒犯上帝。尽管公主对上帝的男性创造物都不满意，上帝还是满足了她的愿望，赐予她一个有生命的麦糁人。那么到底是何种可怕的力量，驱使牧民们在自家简陋的茅草屋里嘲弄上帝呢？对此我们一无所知。童话却明确道出了人物的行为动机，这一点也符合其清晰明快的整体风格。传说的中心主题是让玩偶变成活人，而在童话中，赋予麦糁人生命的这一情节，不过是整个故事的一个插曲。西米格达里先生的出现没有引起惊诧和恐惧，周围的人都欣然接受了他。而在牧民的传说中，面对变成活人的玩偶，牧民们心中却混杂着恐惧、放肆和贪婪的情感。在传说中，不仅展现了一种强烈的宗教情感，而且还展现了情爱方面的紧张感。而在童话中这两种情绪都不存在。公主从容笃定地祈求上帝满足她的奢望，女王也从容笃定地从别人手中抢走了自己想要的男人。可在童话中我们却感觉不到情绪的起伏，所有内心活动都变成了外在的行动，情感和追求都通过动作和手势表现出来，相互的关系则通过馈赠礼物来表达。公主与上帝的关系轻松自如，她与月亮、太阳和星星的关系亦无拘无束。只用三双踏破的铁鞋，便暗示了公主在寻找爱人的道路上历尽千辛万苦。这里又一次将内心感受外在化，完全采用了象征的手法。公主从月亮和他的母亲那里得到了一粒杏仁，太阳和太阳的母亲送给她一颗核桃，而星星和他们的母亲赠予她的是一粒榛子。

公主收下榛子继续往前走。她一路跋山涉水，穿街走巷，终于来到了看守西米格达里的地方。公主扮成乞丐朝王宫走去，她看见了西米格达里，可他却没有认出她。公主什么都没说，她来到仆人跟前央求道："能让我跟鹅睡在一起吗？"仆人们将她带到鹅棚里。第二天一早，当她醒来后，砸碎了那颗杏仁，里面露出一个带有金绞盘和小金轮的金纺锤。仆人们看到了这个奇迹，连忙飞奔到女王那里，把这桩奇事告诉了她。女王听后对仆人说："赶紧去告诉她，将带金绞盘和小金轮的金纺锤给我们，再问问她，她想要换什么。"仆人连忙跑去问乞丐。"我可以把纺锤给你们，"公主扮成的乞丐说，"不过，今天你们得把西米格达里先生带过来一晚上。""可以把西米格达里先生送过去，但我得想点儿办法！"女王说。

晚上，女王给西米格达里先生喝了一种饮料，里面含了催眠药。他一喝下，就呼呼大睡。仆人们将他抬到公主那里，然后拿走了装有金绞盘和小金轮的金纺锤。公主这才开始跟西米格达里先生说话："你怎么还不醒呀？是我呀！是我用杏仁将你做成人的，我还祈祷上帝赐予你生命。我是造出你的那个人。为了找你，我踏破了三双铁鞋。你难道一点儿都不可怜我？我的爱人！"她对着西米格达里先生说了整整一夜话，可他怎么能醒得过来呢？第二天早晨，仆人们过来将西米格达里先生抬走了。女王让他喝了另一种饮料，他又醒过来了。

第二天夜里的情形跟头一天差不多，女王得到了从核桃里变出的金母鸡和金小鸡。榛子里面是金丁香木。不过，到了第三次却出现了转机。

鹅棚附近住着一个裁缝，他整整两夜都听见了公主对西米格达里先生说的话。于是他将西米格达里先生叫到一边，对他说："我的王，我可不可以提一个问题？您晚上都在哪儿睡的啊？”“当然在我的房子里啊！要不还能在哪儿？你为什么这么问呀？”“可是，西米格达里先生，连续两个晚上，我一合上眼睛，就听见鹅棚里的乞丐说话，一说说一夜，她不停地说：‘西米格达里先生，你怎么不醒醒啊？我踏破铁鞋来找你，你却不跟我说一句话！’”西米格达里先生这才恍然大悟。他去马厩备好马。到了晚上，当女王又将放了催眠药的饮料递给他时，他没有真正喝下去，而是假装睡熟的样子。仆人们又将他抬到乞丐那里，并拿走了金丁香木。当公主再次对他诉说自己的痛苦时，西米格达里先生站了起来，将她拥入怀中。他们连忙翻身上马，离开了那里。

第二天一早，仆人们又奉命来抬西米格达里先生……可哪里还有他的影子呀？女王得知西米格达里先生不见了，忍不住失声痛哭，可她该怎么办呢？她当即决定：“我也要为自己造一个男人！”接着，她命令侍从们砸杏仁，并将杏仁粉跟白糖和麦糁掺和到一起，然后她捏出一个人偶。她跪在人偶面前，却并不祈祷，而是大声诅咒。四十天后，人偶腐烂变质，就被扔掉了。

公主和西米格达里先生一起回到了故国，他们幸福地生活在一起，而且越过越好。

这则童话首尾呼应，产生了极强的艺术感染力。这里展现了一种不同于童话固有风格的创作手法：将蒙受神恩的女主人公与没受到恩赐的角色对立起来。后者的诅咒正好与牧民亵渎神明的做法是一致的。在童话中，善良与罪恶、虔诚与亵渎被细致地分配给了每一个人物。所有现实中错综复杂的问题，在童话中都迎刃而解。这不禁让人联想到胡戈·冯·霍夫曼斯塔尔[①]的一句名言，他的感叹犹如在我们眼前展现了一片开阔、空旷的景象：“世间万物在我们的身躯里被沉闷地挤压在一起，卸下这可怕的千斤重压，该是多么令人心旷神怡。”——那么，

① 胡戈·冯·霍夫曼斯塔尔（Hugo von Hofmannsthal，1874—1929）：奥地利剧作家、诗人，是德语文学 19 和 20 世纪之交唯美主义和象征主义的重要代表。

我们该如何看待这个“麦糁人”的主题呢？这类的故事在世界童话中并不常见，可恰恰在希腊和意大利出现了多个版本的故事。在大部分故事中，糖是具有决定性意义的原料，这点给我们带来了启示。从心理学的角度看，我们的希腊公主为自己造了个情郎，她看不上别人，她喜欢的是一个形象，一个她亲手打造的、令自己心醉神迷的形象。她爱的不是别人，她爱的是自己。她心中拥有的这个形象让她觉得甜蜜幸福，她迷恋这个形象，就像亨塞尔和格莱特迷恋用来做小房子的糖一样。用心理学的话来说，就是她为自己树立了一个理想形象，并将这个形象投射到一个人身上。事实上，她原本并不爱别人，只爱自己心中那个甜美的幻影。而故事却安排了她自制的情郎被人掳走的情节。于是，这个一心只想要白糖、麦糁和杏仁的公主，后来不得不踏破三双铁鞋，忍饥挨饿，饱受磨难，直到她的创造物不认识她了，她才能再次得到他。这时糖人已经成为一个独立的人，公主现在爱的是他本人，而不再是公主自己。最后，女王也试图制作一个杏仁糖人，从这点看，故事的结尾似乎使故事又回到了开篇。然而，这个糖人却腐烂变质了。从前的公主后来变成了另一个人。从前的她蒙昧、幼稚、贪吃甜食，后来的她却脱胎换骨，进入了新的人生阶段。她生活得很幸福，“而且越过越好”。不过，那则阴郁沉重的牧民传说却呈现了另一种情形：主人公迷恋自己的创造物，后来却被自己的创造物彻底毁了。

跟传说相比，我们可以看到，在轻松自如地处理主题这方面，童话具有怎样的优势。它使现实得以提炼和升华，并虚化主题，使之脱离现实。而这样做对叙事来说并非全都是损失，有时也是一种收获。在这一过程中，故事的主题变得清晰、简单。用赫尔曼·黑塞①创造的词语来形容：童话是一种“玻璃球游戏”。现实中沉重复杂的事情在童话中却变得轻松简单。童话不仅使各种情感纠葛烟消云散，风轻云淡地叙述犯罪和审判，还能使情爱、神威、魔法失去原有的形态和威力。假如童话中的主人公曾经帮助过一只狼，狼为了报恩给他留下一根狼毫，一旦遇到危险，他只需用手指搓动这根狼毫，狼就会立即现身，出手相助——这

① 赫尔曼·黑塞（Hermann Hesse，1877—1962），瑞士籍德语作家，代表作有《荒原狼》《东方之旅》《玻璃球游戏》等。

样，人与帮助他的动物之间的关系就通过外在的、看得见的形式呈现出来。当主人公在搓狼毫时，我们感觉不到这是巫师在施魔法。而且，当狼毫在主人公的指间搓来揉去时，狼也不必忍受痛苦，更不是在魔法的驱使下不得不赶过来。揉搓狼毫只是一个信号，狼是自觉自愿前来报恩的。所有魔法都能轻而易举地在童话中得以实现。因此，根本不应该在原来的意义上讨论魔法和巫术。魔法在童话中像所有世俗的、情爱的、宗教的事物一样被升华了。将一切元素升华，使得童话能够以变化的形式描述世间形形色色的一切：此岸与彼岸、城市与自然、日月与星辰、森林与海洋、国王与猪倌、公主与灰姑娘、爱情与嫉妒和背叛，婚礼、谋杀、死刑判决、搏斗、权力，奢华与贫穷、魔法与痛苦、诅咒与解脱。整个世界都在童话这个玻璃球游戏中折射出来。还有一则故事跟这个希腊童话类似，女主人公有三件金衣，用来诱惑自己的对手："第一件金衣上面是繁星点点的天空，第二件上面有鲜花盛开的大地，第三件上面是金鱼畅游的海洋。"此外，在另一则希腊童话中，杏仁、核桃和榛子都变成了衣裳："在第一件上可以看到鲜花盛开的五月""第二件上可以看到繁星点点的天空""第三件上可以看到波涛起伏的大海"。大千世界如何被织入衣衫；宇宙间的庞然大物如何以一种可能且有益的形式与人类联系在一起；人类如何存在于天地之间，又怎样吸取天地之精华——我们再也找不出比童话中更美的词句来表现这些了。人类衣裳上的鲜花、繁星和波浪反映出真实世界的鲜花、星辰和波浪，但人类能在这种反映中感受到大地和宇宙，并与之产生连接，单凭这一点，人就能受到眷顾。唯有这种提炼和升华的风格才能使童话吸收世间的所有元素，并通过相互关联的叙述，将这些元素纳入一个更好的秩序，并让听众了解这个更加有序的世界；也只有这种风格，才能让童话像真正的艺术作品那样，把听众带入童话所建立的规则之中，令他们产生身临其境的感受。

6 动物故事

——原始民族的故事

要将欧洲民间童话与世界其他民族的童话故事进行比较，首先必须厘清两点：第一点，我们从《一千零一夜》和其他童话集中所了解的东方文化发达民族的故事，大都是精心加工过的充满艺术气息的作品，其中一部分可能源自民间故事，但其本来面目我们不得而知；第二点，在非洲和美洲的原始民族中流传着大量的故事，可几乎没有出现真正的童话。如果说我们能把欧洲的民间故事清晰地区分为传说、圣徒传说、童话、神话和现实主义的滑稽故事，那么原始民族的故事则几乎无法去分门别类。在欧洲，这种分类研究早已蓬勃兴起。但在原始民族那里，这些故事如同植物的种子一般交织在一起，有待区分和开发。不管是原始民族，还是近东和远东文化发达的民族，都没有像欧洲这样对戏剧进行过如此严格的分类：话剧、歌剧、芭蕾舞剧。在原始民族乃至很多东方民族那里，舞蹈、唱歌、器乐、说唱往往是融为一体的。跟欧洲戏剧一样，欧洲的叙事文学也力求对各种形式进行区分和归类。

在原始民族的叙事作品中，动物故事占有绝对重要的地位，这些故事半是神话，半是寓言，半是童话。原始民族在生活中与野生动物关系密切，他们猎杀野生动物，但又惧怕，甚至崇拜它们，并对它们的威力深信不疑。欧洲童话中的主人公是人，而在印第安人的故事中，动物和日月星辰则是绝对的主角。动物是世界的创造者和统治者，是文化的传播者。人要从水蛇那里骗取水，从青蛙那里骗到火，甚至连睡眠也不是人类自发的，而是从嗜睡的蜥蜴那里偷偷看会的。奉为信仰的神话与随心所欲的玩笑之间的界限到底在哪里，这一点难以确定。然而，有一点是可以证实的，原始民族以及一部分印度的故事叙述者坚信，人有时会被变成动物，或自动变为动物。某些在欧洲童话中具有象征意义的东西，在原始民族的故事中却被当成真正的现实。因此，他们那里几乎没有真正意义上的童话可言。他们会相信巫师或者萨满有能力去往阴间，并从那里取来医治病人的符咒，甚至还能将死去的人召回来。故事本身也被赋予了魔力。印第安人相信通过佩戴羽毛做的头饰，可以获得飞鸟的力量，因此他们也希望通过讲述动物的故事，能够获得一部分动物的威力。亚洲的科里亚克人的故事里曾讲述了大乌鸦如何飞上天空，让连绵不断的阴雨停下来。可这则故事只能在雨天讲，天气晴朗时则不能被提及，因为这是一种让雨停下来的魔法。在这里，我们已经开始接近童话的起源了。白日梦、高烧时的神志错乱、心醉神迷、萨满教的通神、魔法信仰、魔法仪式，这一切都是童话之源。而童话通俗易懂的风格，后来成了一种叙述形式。

如上所述，在原始民族那里，动物故事也能够表现为几种有趣的形式，除了类似于传说和神话的故事，也有近似于寓言的故事。“两只动物比赛”的故事是各族人民都熟悉和喜爱的题材。下面列举一则印第安人的故事：

蜱虫跟鸵鸟赛跑

蜱虫跟鸵鸟想比试比试，看看到底谁跑得快。起跑时，蜱虫蹿到鸵鸟身上，紧紧咬住它的眼角。

鸵鸟跑了一段路后，朝身边瞥了一下，想看看蜱虫是不是也跑过来了。可因为蜱虫正好在它的眼角边，所以它一眼就看见了。

于是，鸵鸟加快了速度。它又跑了一阵后，再一次朝旁边瞥了一眼，发现蜱虫仍然紧跟不放。

鸵鸟拼命往前跑，可就在它快要接近终点时，蜱虫从鸵鸟的眼角往前一蹿，率先到达了终点，蜱虫赢了。

这则故事所体现的现实主义色彩尤为精彩。跟欧洲流传的关于兔子与刺猬比赛的故事不同，鸵鸟并非在到达终点时才看见蜱虫，而是由于视觉上的错觉，误以为蜱虫始终紧追不舍（我们这里也有一种吸血虫，喜欢紧紧夹住狗的眼窝）。当然，这则印第安人的故事没有局限于将现实与幻想巧妙地融为一体，它同时还具有象征的意义。这类关于竞赛的故事都是叙述弱小的动物怎样巧妙地战胜强大的对手。奴隶们靠这类故事聊以自慰，因为饱受压迫的他们只能靠智慧来反抗自己的主人，而他们的主人可能是部落酋长，也可能是白人种植场主。这类故事不但深受非洲部落奴隶们的欢迎，同样，那些被迫为奴的北美黑人和南美印第安人也很喜欢。奴隶主显然位居社会上层，但这些故事想说明的是，这样的社会分层并非一成不变。弱小战胜强大的愿景，如大卫与歌利亚[①]、聪明的侏儒战胜愚蠢的巨人，等等，所有这些故事都源自人们知道、了解或相信那些看不见的、隐秘的、平凡的力量。弱者的智慧战胜了大自然中的巨人，看似微不足道的东西中蕴含着无法想象的威力。因此，即便是像南美印第安人的《蜱虫跟鸵鸟赛跑》这样简短的故事，也需要我们从多个层面进行解读。提起“蜱虫跟鸵鸟”或者“大卫与歌利亚”，我们首先会不由自主地站在蜱虫和大卫这两个胜利者一边。但这两个故事同时也向我们呈现了另一面：弱者能使强者一败涂地。鸵鸟在不知不觉中被当作了人的象征，它一个劲儿地向前奔跑，并不断提心吊胆地朝两边张望，却仍然百思不得其解，最后眼睁睁地被一个几乎看不见的、狡猾的对手打败。如果故事不展现这一面的话，我们也就无法理解，为什么我们一开始就认同蜱虫，而不是与我们人类更加接近的、无助的鸵鸟，轻松滑稽的动物故事就会演变成令人压抑的幻想。还有一些比赛故事的结尾更极端，看似具有绝对优势的大动物最后却被杀死了。比如，智利的阿劳干人这样讲述牛虻与狐狸的赛跑：

牛虻与狐狸赛跑

“咱们一起玩吧，朋友！”狐狸对牛虻说。

“好啊，”牛虻答道，“那玩什么呢？”

“咱们赛跑吧，”狐狸说，“你在这边跑，我在那边跑。”

“好啊。”牛虻说。

---

① 歌利亚是传说中著名的巨人之一，被牧童大卫所杀。

“那棵橡树就算咱们的终点了。”狐狸又说。

“行。”牛虻答应了。

接着，它们开始赛跑。狐狸正准备起跑时，牛虻跳到了它的尾巴上。

狐狸迅速奔跑起来。

飞快地跑了一阵后，狐狸看到了草莓。“我想在这里歇一会儿，吃点儿草莓，”它想，“那只倒霉的牛虻还不知道才跑到哪儿呢！”于是，狐狸便开始吃起草莓来。“再过一小会儿我就到达终点了。”狐狸自言自语道。可眼看它就要抵达终点时，牛虻却连忙起身抢先一步朝前飞去。于是，狐狸输了。

“你输了，把赌注给我吧！”牛虻说。“不给，”狐狸答道，“我都没吃掉你，你偷着乐吧。”于是，牛虻叫来它的同伴，一百只、两百只、五百只、六百只……无数的牛虻从各个地方钻进狐狸的身体，并在它的肚子里猛咬。狐狸跳到水中，牛虻也跟着到水里继续咬。狐狸又想往森林里跑，可还没有跑进去，就被这群牛虻给咬死了。

就这样，通常在印第安人的故事中以狡猾出名的狐狸却成了牛虻这种灰色小昆虫的牺牲品。另一则南美的故事则讲述了乌龟是怎样杀死美洲豹的。乌龟的小儿子哭闹着要玩美洲豹的爪子。狡猾的乌龟将本来要吃它们的美洲豹忽悠得丢了性命。乌龟是怎么做的呢？它爬到一棵长满刺的大树上，再滚下来，毫发无伤。美洲豹看了觉得特别好玩，让乌龟再做一次。这则小故事的结尾是这样的：“美洲豹也想试试，它爬上大树，然后从上面滚了下来，可是它的内脏全被刺破，最后死了。”狡猾的乌龟就这样让不可一世的美洲豹送了命。它诱使美洲豹自取灭亡，这样小乌龟就可以玩美洲豹的爪子了。我们能非常清楚地在这类故事中感受到阴郁的一面，不仅源自我们所处时代的没落感，也因为印第安人本身就对自己的衰落满怀忧虑，他们的许多故事都很沉重、凄苦。有些非洲的故事也是如此。下面我们列举的是东非班图人的故事，故事较长，由一系列情节组成，而且动物也不再是故事的核心。

穆里勒的故事

一个人先后生了三个儿子。一次，大儿子穆里勒跟母亲一起出去挖山芋。他看见一块山芋块茎，高兴地叫道："哎呀！这块山芋块茎长得真好看，像我的小弟弟一样！"母亲却对他说："山芋怎么可能长得像小孩那样好看？"于是，穆里勒悄悄地把山芋块茎藏了起来。母亲把挖到的山芋捆好，扛回家。穆里勒把那块山芋块茎藏在一个树洞里，并念了一句咒语。第二天，他又来到树洞跟前，发现被藏起来的那块山芋块茎已经变成了一个小孩。打那以后，他每天都将母亲煮的饭送给那孩子吃，自己却天天挨饿。父母看到他越来越瘦，便问："儿子，你怎么瘦成这样啦？我们给你做的饭菜都吃到哪里去了？你的两个弟弟可没这样瘦啊！"有一次，饭做好后，他的两个弟弟发现，穆里勒盛上自己的那份，可并不吃掉，而是将它端走，好像准备留起来似的。两个弟弟远远跟着他，偷偷窥探。只见穆里勒将饭放进一个树洞里。两个弟弟连忙跑回家告诉母亲："我们看见哥哥将饭放到树洞里，给那里的一个小孩吃。"母亲不解地问："谁家的孩子会住在树洞里啊？"他们连忙说："好吧，你要是不信，我们带你去看看。"说话间，他们将母亲带到了树洞前。母亲一看，树洞里果真有个小孩！于是，她将那个小孩打死了。穆里勒对此毫不知情，他依旧去送饭，却发现那个小孩已经死了。回到家后，他泪流满面。大家问他："穆里勒，你为什么哭呀？"可他却说："没什么，是烟熏了眼睛。"他们就对他说："那你坐到这边来，这边低些。"但他还是止不住落泪。别人问："你怎么还哭呀？"他依然说："没什么，是烟熏的。"他们只好说："那你拿着父亲的椅子，坐到院子里去吧！"他拿起椅子，走到院子里，接着哭。他一边哭，一边对椅子说："椅子，椅子，快升高，升到父亲用绳子挂在森林里的蜂蜜桶那么高。"话音刚落，椅子"噌"地一下就升起来了，挂在一棵大树上。接着，他又念道："椅子，椅子，快升高，升到父亲用绳子挂在森林里的蜂蜜桶那么高。"这时，他的两个弟弟来到院子里，看到哥哥正往天上升去。他们连忙跑去告诉母亲："穆里勒升到天上去了。"可母亲却说："你们怎么会说哥哥升到天上去了？难道真有一条升天的路吗？"兄弟俩却对母亲说："快来呀，你看！"母亲从屋里出来，看见大儿子正向天上升去。

他母亲喊道：
"穆里勒，回来吧，
回来吧，我的儿，
快快回来！"

穆里勒却答道：
"我不会再回家，
再也不回家。
妈妈，我呀，
我不再回家。
我不再回家。"

两个弟弟也一齐喊道：
"穆里勒，回来吧！
哥哥，你回来！
回来吧！
你回家吧！
快回家吧！"

他却说：
"我呀，
我再也不回家，
我再也不回家。
弟弟们，

我再也不回家，
我再也不回家。”

父亲也来了，呼喊：
“穆里勒，这是你的饭菜，
这是你的饭菜！
穆里勒，看呀！
穆里勒，这是你的饭菜，
这是你的饭菜！”

他却答道：
“我不再需要它，
不再需要它。
爸爸，我呀，
我不再需要它，
我不再需要它。”

伙伴们也来了，他们唱道：
“穆里勒，回家吧！
回家吧！
穆里勒，来吧！
回家吧！
回家吧！
穆里勒，回来！”

伯父也来了，他唱道：
“穆里勒，回家吧！
回家吧！

穆里勒，来吧！
回家吧！
回家吧！”

他却唱着答道：
“我呀，
我不再回家，
我不再回家。
伯父，我呀，
我不再回家，
我不再回家。”

唱完，穆里勒就消失了，大家再也看不见他。后来穆里勒遇到了几个拾柴的人，他跟他们打招呼：“你们好！请问去月亮国怎么走？”那帮人却说：“先帮我们捡些柴火，我们再给你指路。”于是，穆里勒给他们拾了些柴火。他们这才告诉他：“你一直往前走，然后会碰到割草的人！”

就这样，穆里勒又帮割草人割了些草；然后又遇见了农夫，帮农夫种了地；再后来，他又遇见了牧人、收豆子的人、收小米的人、找香蕉杆的人、取水的人。他帮所有人都干了活儿，他们也都分别给他指了一段路。最后他终于来到了月亮国。这里的人吃生食，谁也不认识火，穆里勒就告诉大家如何取火，怎样煮肉和烤香蕉。煮熟的肉和烤过的香蕉味道更美。因此，月亮国国王命令自己的臣民用牛羊从穆里勒手里买下火种。于是，穆里勒有了一大群牛羊。这时，他决定回家了。

大家让他牵上牛，然后他领着牛群动身了。一路走来，他感到十分疲惫。身边的一头公牛对他说：“你这么累，要是我驮着你走，你将会怎样对我？要是有人宰了我，你会不会吃我的肉？”他对公牛说：“不，我不会吃你的肉。”随后，他骑到牛背上，公牛驮着他往前走。他扯开嗓子唱道：

“应有尽有啊，
牲口是我的，好哇！
应有尽有啊，
牛群是我的，好哇！
应有尽有啊，
家畜是我的，好哇！
应有尽有啊，
穆里勒回来了，好哇！
应有尽有啊。”

就这样，他回家了。一进家门，父母就往他的身上涂油脂。他却对他们说：“你们好好给我养着这头公牛，养它到老。就算它老了，我也不会吃它的肉。”当公牛真的老了以后，他的父亲却将牛宰了。这时他母亲说：“难道我们要把这头牛全吃了，一点儿都不给穆里勒留？他为这头牛费了多少心啊！”于是，她将牛油藏在蜂蜜罐里。等到牛肉都吃完了以后，母亲就磨了些面，再将牛油掺进面粉里，做好后拿过去给儿子吃。穆里勒尝了尝，这时，牛油对他说：“你还是敢吃我？我可是驮过你的呀！”接着又对穆里勒说：“我会像你吃我一样吃了你的！”

这时，穆里勒唱道：

“妈妈呀，我告诉过你，
不要把牛肉给我吃呀！”

当他再嚼一口时，他的一只脚陷进了地里。

他还是唱道：

“妈妈呀，我告诉过你，
不要把牛肉给我吃呀！”

接着，他把面团全都吃进肚子里。突然，他的整个身子都下沉不见了。——故事到此结束了。

跟乌里山关于牧民佟舍的传说和有关麦糁先生的现代希腊童话一样，这个故事讲述的也是一个人偶变成了真人，但这里的气氛却与其他故事不同。人偶不是破布做的，也不是糖面捏的，而是一块山芋块茎，一个天然物。然而，恰恰这一点就改变了故事的氛围，里面既没有牧民的目空一切，也没有公主的自恋。一个男孩用他那双明亮的眼睛发现了这块山芋块茎，看出其中正孕育着一个可以朝更高级形态发展的生命。他念了一句魔咒，后来，被藏在树洞里的山芋块茎果然变成了一个小孩，穆里勒省下自己的饭菜喂养他，让他成长。而穆里勒的两个弟弟却泄露了他的秘密。穆里勒的母亲为儿子的健康和生命担忧，所以毁掉了这棵已经变成人的植物。很显然，与穆里勒相比，他的家人要麻木和狭隘得多，但他们无法留住他，那股往更高层次发展的力量似乎已经从被杀死的小孩那里转移到了他的身上。接着，他坐在父亲的椅子上一直往上升，最后升到了月亮国。而他新迈进的王国不仅赋予了他才华和天赋，二者之间还相互影响。穆里勒用行动证明了自己是一个文化传播者，在整个月亮国之旅中，他一直热心传播文化。他给月亮国播下火种，犹如给一个尚处于混沌模糊的世界带来了意识之光。穆里勒是人的创造者、火种和文化的传播者，但最终却成了走向毁灭的悲剧人物。穆里勒的命运让我们一再想起普罗米修斯，然而，这两者的气息又是何其不同。穆里勒并不具备普罗米修斯的那种自我意识，他虽然唤醒了一个更高级的生命，但仍然只是一个幼稚的、心软的、从一开始就被悲伤笼罩的人。不是奥林匹斯山上一位神的咒语让他最终沉到地下，而是无法阻挡的残酷命运将他推到了这一步。所有这一切都比关于普罗米修斯的古希腊神话更加含混不清、黯淡无光和无意识。而恰恰由于其独特的叙述方式才使得故事非常感人，具有真实可信的特点。

在原始民族的故事中常常出现的升天之旅，以及公牛帮助人的情节会让人联想到神话，只是它们比神话更真实，更具传说的色彩。这则故事似乎将神话、童话和传说结合在了一起。如果我们将其视作一则关于文化传播者的神话，并强调这个传播者的艰辛、痛苦、与环境的格格不入以及他最终的毁灭，那么我们就可以把这个故事理解成对早期人类历史进程的描述。正如神话的本质所表现的那样，不断重复，或在开始就完成的进程，会逐渐变成一件轮廓鲜明的事情。但是，我们也可以将整个故事理解成对某种内心经历的形象化呈现，非常感性地表现出某件事情在一个人灵魂深处发生作用的过程。因而，山芋块茎变成的小孩就象征着在穆里勒内心萌生并发展出一个独立的生命，但这个独立的生命却被极为强大的母亲扼杀了，而象征男性力量的父亲之椅和绳子却带领他继续升向天空。穆里勒的月亮国之旅是一次去无意识王国的遨游，他与无意识中滋养出的力量建立了联系，并参与了无意识王国的建设。他耕种土地，获得了牛群。他给自己的无意识带来了意识之光，意识和无意识两个范畴互相渗透。意识消除了无意识世界的黑暗，而无意识又滋养和承载了意识。然而，意识和无意识这两个领域的相遇却隐藏着危险，两者之间的关系并非一帆风顺，人往往会误入歧途，会消耗动物界所给予他的全部力量，最终沉陷下去。这则童话非常形象地告诉我们，穆里勒即便经历过如此伟大的旅行，也绝不比其他人更加优越。他被其他人，主要是他的母亲引入歧途。但假如我们从灵魂深处来解释的话，他之所以会误入歧途，是因为在他的灵魂中还没有产生一种可以与自己现在的认知相匹配的对抗力量。这则故事还有一点也值得称道，即它将到半意识王国（月亮国）的漫游描述成提升而不是下沉。下面同时就是上面，公牛既是穆里勒的仆人又是他的主人，既是他的支柱又是他的毁灭者。“沉下去，或者升上去！我都可以说……”——当浮士德寻找母亲之国时，梅菲斯特这样对他说。精神分析学家在《穆里勒的故事》中看到了母亲的过分束缚将摧毁人的生命力。然而，这些形象所产生的巨大效果，并不是用一句话就可以理性概括的，也无法轻而易举地被翻译成理性的语言。每一位读者、每一位听众都能感受到，故事中谈到了生长与威胁、发展与自我发展、创造性行为与破坏性行为；谈到了牺牲、痛苦、丧失与恩赐、天赋、财富、幸福；谈到了上升、沉沦、灭亡。但是这一切都混杂在一起，不像欧洲童话那般井然有序、泾渭分明。这里面折射出原始民族更单纯、更无意识和更被动的生存方式，同时也许还反映出行将灭亡或面临威胁的民族怀有的无奈与疲惫之感。

如今，非洲艺术对欧洲艺术产生着重要的影响，这并非偶然，也不仅仅是附庸风雅的时髦。深层根源恰恰在于 20 世纪的人又感到了恶魔的存在和灭亡的危险。但是，在非洲艺术中，无论是造型艺术，还是音乐和诗歌，不仅弥漫着魔力和灭亡的气氛，而且也富有韵律、充满生机。《穆里勒的故事》所反映出的张力和层次、对关键性话语平静而不间断的重复、在一件事情的结果中反映另一件事情……这些特点都吸引着我们。不管怎么说，这个故事丝毫不让人觉得单调乏味。前面我们曾提到，原始民族与东方诸民族的戏剧和叙事文学，没有像欧洲这样严格而细致的体裁区分，但我们却从《穆里勒的故事》中看到，一则故事同时就是一部戏剧。故事中的诗行采用的是咏唱的形式。穆里勒与家人告别的场面是：所有人都拥进院子，想阻止穆里勒升天。这个场景可以用戏剧的形式表演，也可以用舞蹈的形式呈现。《穆里勒的故事》未被本文引用的一段文字中，采用了人与鸟儿对话的形式，甚至还表现出某种幽默小品的风格。因此，我们可以将《穆里勒的故事》称作一部小型的整体艺术作品[①]，但它不是一篇纯粹的童话——要在原始民族那里找到纯粹的童话，是非常不易的。

---

① 德国音乐家瓦格纳在歌剧中提倡的将故事情节、音乐、舞台场景糅合在一起的艺术作品。——译注

7 莴苣姑娘

——童话对成熟过程的描写

格林兄弟的《儿童与家庭童话集》第一版中，《莴苣姑娘》是由哥哥雅各布·格林整理而成的，它比后来出自弟弟威廉·格林的那个版本要更加紧凑简洁。

从前，有一对夫妻，他俩早就想要个孩子，却没能如愿。后来，妻子终于怀孕了。夫妻俩的后屋有一扇小窗户，从那里可以看到女妖的花园。花园里长满了各种美丽的花草，但是没人敢走进去。一天，妻子站在窗口朝园子里望去，看见一片菜畦上长着鲜嫩的野莴苣，不觉嘴馋起来。她对莴苣的食欲一天比一天强烈，可她知道吃不着，于是很快消瘦下去，样子可怜极了。终于，丈夫被吓到了，连连追问原因。“啊，要是再吃不到我们屋后花园里的莴苣，我就要死了。”丈夫很爱她，心想，无论如何也要去弄些来。一天晚上，他翻过高高的院墙，急急忙忙割了满满一把莴苣，拿给他妻子。妻子马上把莴苣做成凉菜，一阵狼吞虎咽，很快就吃光了。她觉得莴苣实在是太好吃了，第二天越发想吃，胃口更是大了两倍。丈夫看到，要是不去，他的妻子就会寝食难安，于是又翻墙到了女妖的花园。他刚进去，就吓了一跳，原来女妖正站在他的面前。她怒气冲冲地冲他破口大骂，说他竟敢到她的花园里来偷莴苣。他一个劲儿地请求女妖宽恕，说自己实在是没有办法，妻子怀孕了，如果不满足她的要求，她就会出事的。女妖最后说道：“好吧，我允许你随意来拿莴苣。但是，你必须把你妻子将来生的孩子给我。”丈夫由于害怕，答应一切照办。后来他妻子分娩时，女妖立刻来了，给女孩取名叫“莴苣”，并将孩子带走了。

莴苣长大了，成为世间最漂亮的孩子。她十二岁的时候，女妖把她锁进一座很高的塔楼里。塔楼在森林中间，既没有门，也没有梯子，只是在塔顶上有一扇很小的窗户。女妖要进去时，就站在下面喊：

“莴苣，莴苣，

放下你的头发来，

让我爬呀爬上去。”

莴苣长着一头金丝般细长美丽的头发。一听见女妖的喊声，她就解开发辫，缠在上面的窗钩上，把头发放下两丈来，让女妖攀着上去。

一天，一位年轻的王子穿过森林从塔楼旁经过。这时，他看到面容姣好的莴苣站在塔楼顶窗旁唱歌。听着这甜美的歌声，王子不知不觉深深地爱上了这位姑娘。因为塔楼没有门和梯子，王子无法爬上去，不禁陷入了绝望之中。但他仍然每天都会来森林里，直到后来看见一个女妖走来，听到她冲着塔顶喊：

“莴苣，莴苣，

放下你的头发来，

让我爬呀爬上去！”

王子看到，原来这就是爬上去用的梯子，便用心记住了女妖喊的话。第二天，快天黑的时候，他走到塔楼前冲上面喊道：

“莴苣，莴苣，

放下你的头发来，

让我爬呀爬上去！”

这时，莴苣就解开发辫。头发垂下来后，王子紧紧抓住它们，爬进了塔楼。

接下来发生了什么，人们可以想象得到。当女妖得知莴苣同王子交往时，她剪掉了莴苣美丽的长发，并将姑娘赶到了一个荒无人烟的地方，以示惩罚。后来，女妖用莴苣的金发再一次将王子引诱到塔楼上。当王子发现自己上当后，绝望地从塔楼的窗子纵身跳下，失去了明亮的双眼。双目失明的王子在林子里四处乱走，多年后，终于流浪到了莴苣生活的那片荒蛮之地。此刻的莴苣正带着自己生下的两个孩子在这里过着困苦的生活。莴苣认出了王子，“她的两颗泪珠滴进了王子的眼睛，他的眼睛立刻又变得像从前一样明亮”。雅各布·格林用这句话结束了整个故事。在后来的版本中，威廉·格林做了一些改动、补充和修饰，虽然并非所有修改之处都给故事增色，但有一处改动确实比他哥哥的故事更胜一筹：他不再将花园和塔楼的女主人冠以“女妖”这个动人的名字，而是将她叫作女巫，或者干脆将其称为“巫婆”。这则童话并非源自德国，而是地中海地区。在那里，故事中的老太婆具有鲜明的女巫特征。在希腊，她叫“德拉金”(Drakin)，具有童话女巫的鲜明标志——她是食人女巫。如果我们将相同题材的地中海童话与格林兄弟的这则童话加以比较，就能更加清晰地看出这篇格林童话的含义。这些故事的基本模式大致如此：一个特别想吃莴苣或某种蔬菜的女人，因偷吃花园里的菜被女巫逮住，不得不答应将腹中的孩子将来交给女巫。大部分故事中一般都会约定，在孩子长到十岁、十二岁或十四岁时，女巫就会将其带走。马耳他同类题材的故事中是这样描述这一重要情节的：

> 小女孩渐渐长大了。有一次，她在去学校的路上迎面碰到个老太婆，跟她搭讪。小女孩从未见过这个古怪的老太婆，所以答话很简短。但这个老太婆依然缠着她，非要她帮个忙不可：“孩子，回去告诉你母亲，她应该把答应我的送来！”女孩听完就把这件事忘到脑后去了，只是后来又常常遇见那个老太婆，才想起她先前的嘱咐。最后，老太婆用仅有的一颗牙咬住女孩的胳膊，大叫道：“我这是为了让你牢牢记住让你带的话！”小女孩连忙跑回家，声泪俱下地向母亲讲了那个凶狠的老太婆的事。母亲帮女儿包扎好胳膊，并安慰她。女孩问：“妈妈，假如那个老太婆又找我，我该怎么说呀？你会把答应过的东西给她吗？”“哦，你就对她说，她只要见到那个东西就可以拿走。”女孩把

这句话转告了老太婆。老太婆就把她带走了，带到很远很远的地方。

在另一则类似的来自马耳他的故事中，因为小女孩没有捎口信，那个凶狠的老太婆竟然咬掉了小女孩的一根手指头和一个耳垂。当小女孩告诉老太婆，母亲说可以将答应给她的带走时，老太婆一把揪起小姑娘的秀发。故事这样写道："头发太长，只好让它在地上拖着，那情形就像身后牵着一只羊羔。"姑娘被带进塔楼，背着巫婆或者甚至是在巫婆的指导下学习各种巫术。后来，有一位英俊的少年攀着姑娘的头发进了塔楼。于是，两人决定一起逃走。巫婆一路追踪，但姑娘用巫术迷惑巫婆，或者除掉巫婆。这个基本模式比上述格林童话中的故事更加清楚地表明，从心理学的角度来看，《莴苣姑娘》呈现的是人的成长发展过程。一个人的成长要经历好几个阶段，而且每一个过渡时期都伴随着危险、困顿和恐惧。但是危机都会被克服，成长的道路会越来越光明。怀孕的母亲对某种食物的强烈渴望，象征着对一种神秘的更高价值的向往。她一心想吃的植物只生长在巫婆的花园里，得到它很危险。在这位妻子或者她丈夫的行为中也表现出了人性的弱点。答应将尚未出生的孩子交给可怕的陌生人，说明做父母的并不完全清楚自己的责任，一切听凭命运的安排。孩子在上学路上被强行从受到保护的家庭带走，带走她的还是一个面目狰狞的人，她被巫婆狠咬一口——所有这些细节都是在强调过渡时期的惊恐和不安。据心理学家观察，人从婴幼儿到学童，从学童成长为青年人，然后进入婚姻，第一个孩子的到来——在这些人生重要的过渡阶段中，常常会惊恐地梦见令人恐惧的恶魔。人很难脱离他早已习惯和信任的生存方式，倾向于拼命抓牢自己所拥有的一切。他感到人生的每一次进步和改变都隐藏着死亡，每一次成长的经历、每一次成熟的过程，都需要一颗坚强的心。放手和告别需要勇气，会产生胆怯和恐惧。因此，原始民族创造了属于自己的过渡期习俗，据说这些习俗能帮人消灾辟邪。在我们的婚礼习俗中，至今还残留着这类习俗的痕迹。过渡期如果顺风顺水，就能开始新的人生篇章。在上述来自马耳他的童话中，那位小姑娘不叫莴苣，而是叫小茴香。巫婆咬掉了她的一根手指头和一个耳垂，抓住她的长发拖着走。故事接下来这样写道："她们来到一座高高的塔楼前，没有可以爬到顶上去的梯子。小茴香在塔里待了很多年，巫婆很喜欢她，而且教了她不少巫术。”而另一则马耳他的故事是这样的：“小茴香很快就适应了那里的生活，没过多久就完全想不起她的母亲了，这里的日子太舒服了。”就这样，过去的一切烟消云散，最初显得狰狞可怕的新生活也变得熟悉起来。新的生活赋予了我们新的才能和力量，使生活充满了意义。即便后来王子出现时，莴苣（她在不同的故事里名字不同）惊慌失措，但后来也心甘情愿地跟着他走了。因为新的生活又开始了，以前的生活必须被抛弃和超越。巫婆被欺骗或被打败了，在个别故事中，巫婆甚至跟姑娘和解了，并真心对待这双恋人。《莴苣姑娘》的故事情节是这样划分的：首先通过呈现过渡期的显著特点来展开情节；然后呈现人在经历过成长的痛苦以后，变得更加完满，生活更为丰富；最后，用姑娘和王子的结合来体现成长的完成。

然而，人们不禁会问：孩子们能从这类童话中得到什么？难道真要用女巫的故事来开发孩子的想象力？回答是肯定的，而且这样做甚至很有必要。对于孩子来说，童话中的女巫、魔鬼和妖怪是恶的象征，他们会从这些恶的形象中体会到恶的危害，同时，他们也能由这些故事了解到，邪恶最终都会被战胜，有时甚至能被转化。下文将叙述一个两岁半小女孩的经历，它提供了一个最好的例证，告诉我们孩子在幻想领域具有与危险的邪恶势力较量的真正需求。这个小女孩曾听过小红帽在森林里遇到狼的情节，但对后面的故事还一无所知。后来，她跟着大人去购物时得到了一幅小画，上面画着一只狼躺在老奶奶的床上。她想知道这是什么意思，于是大人这才给她讲了整个故事。在接下来的几天夜里，女孩睡得很不安稳，醒来后总跟家里人说怕狼。为了消除她的恐惧，大人将画上的狼剪下来，然后烧掉，并告诉她再也没有狼了，即便有，也在遥远的俄罗斯。小姑娘这才安心。几个星期后，父亲想带她去森林里玩。走之前，母亲小心翼翼地叮嘱她：“你跟爸爸去林子里找小兔子玩吧！”小姑娘兴高采烈地走了。在楼梯上，小姑娘和父亲碰到了一位上了年纪的房客。他问小姑娘准备去哪儿，出乎父亲的意料，小姑娘的回答非常干脆：“去森林里，找‘乌罗斯狼’去！”心理学家约瑟菲娜·比尔茨（Josephine Bilz）讲述的这件事清楚地说明，即使是年幼的孩子，也有随时去面对危险和可怕事物的力量。借助父亲的力量，女孩不想去找善良无害的小兔子玩，而是要去找狼。如果我们在给孩子的童话中将残忍行为和罪恶形象都剔除干净，那么肯定是错误的。更何况童话中的一切并非真实的描述，而是象征性的。更确切地说，童话中邪恶的形象并不是活生生的人，而是作为罪恶的象征。亨塞尔和格莱特战胜了老巫婆，并不是打败了凶恶的巫婆本人，而是战胜了罪恶本身。假如莴苣姑娘（或者叫小香菜、小茴香）在塔楼里忘记了母亲，这并不是说她真的无情无义，而是表现了她必要的内心解脱。

我们认为，童话描写了重要的生命过程。尽管故事展现在我们面前的考验、危险、灭亡、拯救、成长、成熟、发展，都不是真实的画面，但正因为如此才更加引人入胜。而且，由于欧洲童话不厌其烦地向人们展示，怎样去追求更为丰富和崇高的生活，所以它们不但充满光明和喜悦，而且还包含着有趣和轻松的幽默。魔鬼在传说中往往是傻头傻脑的，经常被骗，它们在民间戏剧中可能变成滑稽角色，或者变成小丑。同样，童话中的巫婆也往往是滑稽的喜剧角色，容易披上喜剧的色彩。在《亨塞尔与格莱特》中，巫婆住在一间用姜饼做的小房子里，后来被格莱特骗了，自己爬到炉子里，被活活烧死。这种邪恶自取灭亡的画面并不可怕，而是像玩闹一样。

地中海地区流传着两则关于莴苣姑娘的童话，都充满诙谐幽默的色彩，令人发笑。而下面这则来自意大利的童话，开头部分就已经加入了这种幽默。妻子迫不及待地想吃香菜，夜里悄悄溜进巫婆的园子里偷菜。

> 巫婆不知道是谁偷了她的香菜，很想当场抓住那个小偷。于是，她钻到那片香菜地附近的地底下，只露出一只耳朵，想听个仔细。那妻子来偷香菜时，误将巫婆的耳朵当成了蘑菇："啊，这蘑菇真漂亮！"她伸手去抓，准备摘走这朵蘑菇。就在这时，巫婆跳了起来，咬牙切齿地大喊道："啊哈！我本来想吃了你的！可为了你腹中那个无辜的孩子，我饶了你。不过，你得答应我，假如你生下的是个男孩，那孩子归你；要是个女孩，你必须将她交给我。"

在许多同类题材的童话中，姑娘在塔楼里的生活也被描写得妙趣横生。我们在前面讲的来自马耳他的童话中看到，当英俊的小伙子来塔楼看小茴香时，老巫婆突然回来了。

小茴香连忙将小伙子变成一个小凳子。过了一会儿，老巫婆说："把那个小凳子递过来，让我搁搁脚，太累了！""老奶奶，这里有那么多凳子呢，用别的凳子吧！""不，这个凳子肯定特别特别舒服！"说着巫婆将双脚搁到那个凳子上，哈哈大笑起来，因为她肯定通过某种巫术知道了这个凳子是谁变的。她在塔里待了几天，闭门不出。后来她终于还是走了。当她再回来，在塔楼底下喊话时，小茴香赶紧将小伙子变成了一根缝衣针。

不一会儿，老巫婆说："把那根针递给我，我想剔剔牙！""老奶奶，干吗不用你送给我的那根漂亮的针当牙签呢？""不了，就用它吧，它最适合我的牙缝，而且能把我这嘴牙剔得干干净净！"就这样，老巫婆拿着可怜的小伙子变成的针，在她满嘴的黑牙中剔来剔去！还有一次姑娘不得不把小伙子变成一顶帽子，巫婆立刻将它戴在自己光秃秃的脑袋上，而且连续几天顶着这顶帽子四处晃悠！最后，小伙子终于忍不住对姑娘说："小茴香，这里没有你我的容身之处，我们必须逃走！"

显然，巫婆是在拿这对年轻恋人取乐，她不是用言语，而是用行动拿他们寻开心，就像真正优秀的民间童话那样，其幽默并非来自机智俏皮的语言，而是来自引人发笑的行为和情节。在许多类似的法国童话中，男女主人公则想方设法智斗巫婆。巫婆弄来一只鹦鹉监视他们。英俊的王子来到塔楼，为了防止被巫婆发现，便藏在一块镶有花边的布下面。这时鹦鹉就大声叫起来："教母，教母，王子在花边布下！"佩西纳特（女主人公）连忙找借口应付。于是，巫婆想测试一下鹦鹉的本领。她问鹦鹉："今天天气如何？"佩西纳特事先料到了她会问这个，便在鹦鹉眼前的窗户上倒了些水，于是鹦鹉对巫婆说："下雨了。""你骗人。"巫婆说。第二天，佩西纳特在窗户上撒些面粉，于是鹦鹉就说下雪了。第三天，佩西纳特用豌豆迷惑鹦鹉，鹦鹉就告诉巫婆下冰雹了。这样几次考验下来，巫婆觉得鹦鹉简直就是个撒谎精。于是，这对机智的年轻人总算暂时能消停几日。在类似的意大利故事中虽然没有鹦鹉，取而代之的是会说话的家具，但这个主题仍然颇受欢迎。

在巫婆的房子里，所有的东西都会说话，就连砖瓦也不例外。因此，维米莉亚请王子帮她一起做两三碗通心粉。通心粉做好后，她一勺一勺地分给屋里所有的东西……巫婆回来，四处找不到维米莉亚，就向房子里的东西打听，但谁都没有告诉她，因为它们都得到了通心粉。可维米莉亚却忘了门背后还有一只平底锅。于是这只平底锅向巫婆告了密：维米莉亚给大伙吃了通心粉，让它们别说，但她忘了给它吃。巫婆听后大怒，一把将平底锅扔在地上："这么说，假如她也给你吃了，你就不会说啰！"说完，她立刻跳出窗子，去追赶那两个逃走的人。

由此可以看出，这些不起眼的民间故事中到处都有笑料。我们再来看看，在马耳他的那两篇童话中，小香菜或小茴香在逃跑和被追踪时发生了些什么。这两则童话中，女主人公都从塔楼里拿走了具有魔力的线团，用来阻止巫婆的追赶。当小香菜将绿线团扔在地上时，立刻出现了一座大花园，园丁正在与鸽子嬉戏，巫婆向他打听：

"朋友，你有没有看见一对逃跑的年轻人？""今年的菜特别便宜。"园丁答非所问。巫婆很生气，只好又问了一遍。园丁说："是的，就连菜花也很便宜。付半个索尔多[①]，我就给您一大颗又白又包得紧的。""你这头蠢驴！那两个人是朝太阳升起的方向逃走了吗？""没有太阳，蔬菜不长啊！"老巫婆实在没有耐心再问了，继续往前跑去。尽管那对年轻人已经跑出去很远了，巫婆还是差点儿追上了他俩。

从蓝线团中变出的是大海，巫婆吃力地游了过去。从红线团中变出的是火

① 索尔多，曾经的意大利铜币。

焰，巫婆最后葬身火海。就像《亨塞尔与格莱特》的故事一样，害人的终究会自食其果。用来对付巫婆的恰恰是巫术本身，而小香菜却与王子有情人终成眷属。所有恶毒的巫术最终都将失效。

纵观所有《莴苣姑娘》同类题材的故事，我们不但能够发现，这些故事都风格轻松愉悦、情节妙趣横生，而且我们还会发现这些故事的结局都与格林兄弟的《莴苣姑娘》大相径庭。只有格林童话中的莴苣姑娘被赶到了荒野里，并生下了一对双胞胎。她的心上人在绝望中跳出窗外，导致双目失明。多年后，他的眼睛在莴苣姑娘泪水的浸润下才重见光明。这个结尾可能是某一感伤时期多愁善感的产物。事实上可以确定，格林兄弟并不是在民间采集到这个故事的，而是从一位 18 世纪小说家的作品中发现了这个莴苣的故事。在格林兄弟看来，这位小说家也是在民间听到了这个童话，然后对它进行了精心的修饰和扩充。他们认为，只要将这篇小说的内容简化，给它洗尽铅华，就能得出一篇优秀的德国童话，这就是后来被收入《儿童与家庭童话集》中的《莴苣姑娘》。而实际上，出现在 18 世纪小说中的那个德国故事，只是一篇法国女妖故事的译文。这则童话是由路易十四的一位宫廷女作家于 1698 年根据一篇法国民间童话改编的，它的结尾部分与真正的民间童话毫无相似之处，不过是那位名叫德 · 拉 · 福斯小姐的贵族女作家的杜撰罢了。尽管格林兄弟对这个结尾不太满意，但还是接受了，因为他们始终相信，这是根据德国民间童话改编的。然而，他们却想错了，真正的民间童话故事的结尾完全是另外一种情形，它们讲述的是莴苣和恋人的各种逃跑方式，并详细呈现追捕他们的巫婆怎样三次被魔法阻碍或误导，最终被除掉的过程。它采用的是一种优美而清晰的童话结构，有三重节奏，每一个阶段都与另一个阶段不同，每次设置的障碍都会变换形式。真正的童话都会重视形象的含义、听众的直观想象和感受到的节奏感，同时它也会给幽默留下足够的空间，而在格林兄弟的《莴苣姑娘》中却丝毫感觉不到幽默诙谐的存在。"莴苣"这个名字是由那位 18 世纪的小说家翻译过来的。在德 · 拉 · 福斯小姐的法国女妖故事中，女主人公被称为佩西纳特。因此，格林兄弟的版本中有些不真实之处。然而，它却深深打动了听众和读者。这证明了格林兄弟叙事艺术的不凡：它能够从一个繁复的现存故事中，打磨出一篇优秀的童话，而且还是《儿童与家庭童话集》中最受欢迎的故事之一。他们为这则 17 世纪的女妖故事重新赋予了民间童话的风格。他们创作的“莴苣，莴苣，放下你的头发来，让我爬呀爬上去”的诗句，听起来如此古朴而神秘，因而长期以来一直被视为古代诗歌的延续，并被认为是这个童话源远流长的见证。格林兄弟的这个版本其实距今时间并不长，但我们了解到的同类题材的其他故事，却能够追溯到数个世纪前口头流传的古老民间童话。这些民间童话的最初形态消失在遥远的古代，而对其创作者的情况我们更是一无所知。

8 谜语公主

——狡黠、诙谐和智慧

民间童话的基本主题之一是搏斗。主人公必然征服恶龙或其他怪物，战胜恶毒的巫师、女巫或一群强盗。在一篇现代希腊童话中，与王子搏斗的是一个小矮人。

> 侗塔身高只有五拃[1]，牙齿却有两拃长。所以，大家也管他叫"牙人"。王子看他身材这么矮小，便一脸不屑地从城堡走下来，准备杀死他。这时，只见侗塔收起长牙，从嘴里吐出十个跟他一模一样的男子，个个全副武装。搏斗开始了，王子轻松地砍死了那十个人。只见侗塔又收起长牙，这时，四十个小人一跃而出，一齐跟王子搏斗。可怜的王子寡不敌众，最后被对方杀死。侗塔娶走了公主。

后来，王子起死回生，在另一次不同方式的搏斗中，他打败了面目可憎的侗塔，因为公主的计谋助了他一臂之力。

> 晚上，侗塔打猎归来。吃完饭，公主问他："你要是爱我的话，那你告诉我，你究竟有什么法宝，怎么能从嘴里吐出那么多武士？这股

① 拃：量词，指张开大拇指和中指（或小指），两根手指间的距离。——译注

威力是从哪里得来的呀？”侗塔听了哈哈大笑，对她说：“你担心这个呀！我的威力一直藏在扫帚里。”公主不信他的话，但仍然拿起扫帚，用自己最漂亮的衣服将其打扮一番，并像对待真人一样爱抚它、亲吻它。侗塔见状笑道：“你别装模作样了，难道这扫帚是人吗？你把它装扮成这样！”接着，他又告诉公主：“山上有一头野猪，我的力量藏在它身上。它要是病了，我也会生病。它要是被打死了，我就会病入膏肓。它的肚子里有三只鸽子，假如有两只被杀，我的手脚就没法动弹。要是第三只鸽子也被杀了，那我必死无疑。”

这样，王子便知道了怎样才能制伏这个面目狰狞的牙人。还有一些民间童话饶有兴趣地叙述了可怕的巫师与其学徒之间变化多端的较量。师徒都会变身成各种动物，每次都是大动物试图吃掉小动物——小动物变成了一把谷子，巫师则变成公鸡，将谷子一粒一粒啄掉，但往往最后一粒谷子突然变成一只老鹰，结果了公鸡的性命。

搏斗和竞赛在童话中所起的重要作用，让我们不难猜想，这些故事最初可能形成于骑士文化盛行的社会环境中。搏斗是人类存在的基本元素，它在骑士制度中所彰显出的鲜明的仪式感，只不过是对普遍存在的人性的极其风格化的展现。童话热衷于描述搏斗，这表明它乐于采纳有关人类生存的基本主题，这点也与童话生动的情节设置相吻合。童话是一种叙事性文学，是对所发生事件的外在呈现，但同时对事件的探讨往往会悄然上升到精神的层面。要战胜可怕的侗塔不能单靠对打，而是要用计谋从精神上战胜他。亨塞尔和格莱特也是靠计谋才战胜了巫婆。亨塞尔从马厩的栅栏里伸出来的不是手指，而是一根小骨头，是为了让巫婆以为他还没有长胖，没法杀了吃掉；格莱特则让巫婆给自己示范怎样才能爬进烤炉。在法国那则关于莴苣姑娘的童话中，巫婆让鹦鹉监视莴苣，但姑娘却知道怎样对付巫婆和鹦鹉。如果说在上述列举的这类故事中，加入了聪明机智的成分，那么，在许多其他的童话中，聪明和智慧则完全成了故事的核心。谜语童话就是如此，它们主要讲述聪明的出谜者和机智的解谜人之间的故事。这类故事中最受欢迎、最著名的形象当数谜语公主，她要么出谜语，要么自己解谜语。波斯童话《图兰朵》就是其中最优秀的作品，曾经激发出许多诗人和作曲家的灵感。在18～20世纪，先后有卡洛·戈齐[①]、席勒曾撰写过有关图兰朵的剧本，贾科莫·普契尼[②]写过《图兰朵》的歌剧，在贝托尔特·布莱希特[③]的遗著中还有对席勒剧作的改编本。图兰朵不愿意结婚，她给所有求婚者出谜语，猜不出来的人都会掉脑袋。最后来了一位叫卡拉夫的王子，能准确答出公主提出的三个问题：

> “告诉我，什么东西在每个国家都有，而且是所有人的朋友，但却忍受不了自己的同类。”
>
> “啊，我的公主，”卡拉夫答，“是太阳。”“他说得对，”学士们都高声喊道，“是太阳。”
>
> “哪一位母亲生下孩子，”公主继续问道，“可等他们长大后，又把自己的孩子吞掉？”
>
> “是大海，”这位王子接着答道，“因为汇入大海的百川也源自大海。”

在提最后一个问题时，为了迷惑解谜人的眼睛，扰乱他的心智，图兰朵揭开面纱，露出自己光彩夺目的面容，但卡拉夫第三次还是答对了。

> “哪一种树上的叶子，一面是白的，另一面却是黑的？”卡拉夫回答说：“是年岁，它一半是白天，一半是黑夜。”

以上就是这则波斯童话的内容。在席勒的戏剧中，公主所提出的问题略有不同，而且字里行间充满诗意，内容丰富而庄重。有几处地方席勒十分精彩地呈现了童话的精神实质。比如，他在开场白中这样描写城门的铁杆：“一个个梳着土耳其发型的脑袋，耸立在铁杆顶端，对称地排列在城门上，作为面具装饰着门

---

① 卡洛·戈齐（Carlo Gozzi，1720—1806），意大利诗人、散文家和剧作家。

② 贾科莫·普契尼（Giacomo Puccini，1858—1924），意大利歌剧作曲家。

③ 贝托尔特·布莱希特（Bertolt Brecht，1898—1956），德国剧作家和诗人。

楣。”童话远离现实且善于升华的特征，将那令人毛骨悚然的场面进行了风格化处理，使之变成了装饰物。这样做虽脱离了现实，但却使思想得到了充分的体现。席勒假借宫廷侍从之口说出对公主执着于出谜的不解，这段写得饶有趣味：

——换了别人，也许会让自己的追求者
去做血腥的、艰难的冒险：
同巨人搏斗，
在巴别的将军就餐时制伏他，
恭恭敬敬拔掉三颗白齿。
找会跳舞的水、会唱歌的树、
会说话的鸟——
可她不搞这些！偏偏只喜欢谜语！
三个巧妙的问题！
猜谜人可以舒舒服服、
干干净净地坐在温暖的房间里，
用不着湿鞋！
用不着拔剑！
只需亮出自己的机智和敏锐。[①]

这一段话描述了一个过程，一个恰恰属于童话的过程。童话乐于叙述所发生的事情，不描写情感、气氛、内心的冲突和思考过程，而是努力将所有内在的情绪和思考置于具体的情节之中。童话不会直接告诉我们，第三个儿子善良、诚实，而是会通过具体的情节向我们展示：他如何将自己的面包分给乞丐，并友好地回答乞丐的问题，而他的两个哥哥却不将点心拿出来，还将问路的乞丐戏弄一番。童话拥有“至高无上的优先权”——卡尔·施皮特勒[②]曾这样说道，这种叙事

① 引自张威廉译《杜兰朵》第 30 页，江苏人民出版社，1983 年。——译注

② 卡尔·施皮特勒（Carl Spitteler，1845—1924），瑞士作家。

文学至高无上的优先权，可以“将一切变成生动的故事情节”。然而，正因为童话不偏重心理描写，而是纯粹而清晰地描绘外在的事件，这些事件就变得透明且清晰，这点我们在其他叙事类型的作品中却是无论怎样都找不到的。童话描绘了外在的过程，但这些过程似乎是精神化的、自我升华的。童话的宠儿并非牧羊人和铁匠，而是国王和公主，它乐于叙述的不是煤炭或庄稼，而是金子、银子和玻璃。所以，比赛的主题最后升华为猜谜比赛也就不足为奇了。童话在其呈现方式上不仅特别偏好线条分明的东西：刀剑与指环、宫殿与通道、小盒子、房间和上浆的衣服，而且它还特别热衷于表现两个聪明人之间的激烈较量。童话喜欢这种纯粹形式化和尖锐化的叙述客体。从这个意义上说，童话框架内的奇迹，也只是其整个叙述风格最终和最极致的结果。

席勒借图兰朵的口，详细道出了她行为的理由：

> 王子，还有时间。放弃这冒险的尝试吧！
> 放弃吧！从大殿退下去！
> 苍天知道，那些谰言都是谎话，
> 说我严厉和残酷。
> ——我不是残酷，我只要求自由生活。
> 我只不愿隶属别人；这种权利，
> 即便是最卑下的人，
> 也在娘胎里天生赋有，
> 作为公主我要捍卫它。
> 我看到整个亚细亚，
> 妇女都受到侮辱和奴役。
> 我要为受苦的同性，
> 对傲慢的男子报复，
> 他们除了粗健之外，
> 比纤弱的妇女别无优势。
> 造物给了我理智和敏慧，

作为我捍卫自由的武器。
——我根本不想了解男人，
我憎恨他，蔑视他的傲慢和狂妄——
他向一切珍宝伸出贪婪的双手；
一切赏心悦目的，他都想占有。
造物用美色装扮了我，
赋予我才智——为什么世界上
高贵者的命运总被人疯狂追逐，
而平凡者却能安然守璞藏拙？
美色定要成为某个人的掠夺物吗？
美是自由的，它像太阳，
灿烂地在天空造福万物。
美是光明的源泉，令万众赏心悦目，
美绝不是某个人的婢女和奴仆。①

在这里，席勒放弃了童话的风格。童话中的人物不会如此长篇大论，而沉默寡言也不是人物的劣势。作为真正的童话公主，图兰朵的行为皆出自内心的需要，她无须为自己的行为寻找理由，她所做的一切也并不是在与歧视妇女的陋习做斗争。席勒用他充满智慧的话语，破坏了这个童话故事的美好与自然。在这一点上，我们感受到了为什么真正的民间童话的情节和人物会具有如此强烈的象征意义。童话故事中的担纲者不是个性化的人物或者某个性格类型的人，而只是一个单纯的人物。正因为如此，这些人物才拥有了多种多样的意味——人们既可以轻而易举地将他们视作宇宙或精神力量的代表，也能简单地将他们看成现实中的人。然而，席勒笔下的图兰朵那充满理性的自我辩护，却在顷刻间使得这个人物的意义变得狭隘了。她似乎不过是一个天资聪颖又爱出难题的个人。在民间童话中，这个出谜语的公主却不仅仅是一个人物形象，我们既可以将她当成一个个

① 引自张威廉译《杜兰朵》第46—47页，江苏人民出版社，1983年。——译注

体，也可以将她理解为这个世界的象征——这个世界不断给我们抛出难解之谜，倘若我们无法正确解开这些谜语，就会面临毁灭的危险。

图兰朵的三个问题在内容上已经暗示了，这些赌命的谜语都与宇宙有关。在古希腊俄狄浦斯神话中，斯芬克斯之谜的谜底是人。而图兰朵谜语的答案却是太阳、大海和年岁。这种对人类空间的超越属于童话特有的形式。太阳、大海和年岁之树都是童话热衷选取的巨大而清晰的画面，令我们把目光投向人类生活于其间的包罗万象的宇宙。只要观察一下其他谜语童话，我们马上就会知道，这些并非图兰朵故事所特有。以聪明的农家女为主角的滑稽故事流传甚广。在各式各样的版本中，有时是两个农夫为一块田地或一头母牛发生争执，而法官往往会判那个猜对他谜语的人赢。争执的双方中常常是那位富裕的、狠心的农夫答错，而那个无辜的穷苦农家女却帮父亲（另一位农夫）猜出了所有的谜语。比如，法官问：什么东西最肥？富人答：肥肉。而聪明的农家女却答：土地。法官问：什么东西最甜？富人说是蜂蜜，而农家女却说是睡眠。什么东西最白？不是富人心目中的牛奶，而是太阳。什么东西最高？不是教堂尖塔，而是星星。富裕农夫的思维只局限于其生活环境和财产范围，而机灵的农家女却能想到整个世界。显然，这里不应将这个聪明的农家女仅仅理解为现实中的人物，从她身上还能看到穷苦农民灵魂中的某种力量。

在大多数谜语童话中不会出现魔法和奇迹，因此，有人将其算作所谓的中篇小说式童话故事。但是，它们仍然是真正的童话：虽然脱离现实却形象生动，具有强烈的象征意义，而且，它们还倾向于将整个世界都囊括其中。谜语在童话中不是一种陌生的元素，下面这则来自布列塔尼的有趣童话很好地证明了这一点。故事的开头是这样的：

> 从前，有一位法国国王。他有个女儿。这位公主整天除了猜谜和解答各种难题，其他什么都不做，以至于到后来就再也找不到能够难倒她的问题了。不管谜语多么纷繁复杂、难以捉摸，对她来说都易如反掌。
>
> 公主下令在全国张贴告示：凡能给出一则让她三天内猜不出谜语的人，不论出谜者是何人，她都将与其成婚。若是被猜出，出谜者一

律格杀勿论。

于是，求婚者从全国各地蜂拥而来，甚至还有人从遥远的异国千里迢迢地赶来。求婚者形形色色，不仅有王子，也有烧炭工和乡村裁缝一类的人。所有的人都认为自己的谜语最难猜。公主站在王宫庭院里一个高高的阳台上，身着红裙，头戴金冠，王冠正中嵌着一颗钻石做成的星星。她手持白色权杖，盛气凌人，冷若冰霜，俨然一副暴君模样。那些死在她手里的求婚者不计其数。这天，站在阳台上的公主照例像往常那样立即说出了谜语的答案。很快，那个可怜的求婚者就被四个凶恶的大汉抓住，并被残忍地绞死了。

这时，在布列塔尼有一位名叫方什·德·克尔布里尼克的年轻贵族。他虽非绝顶聪明之人，但也想去公主那里出一则谜语。一天，他在军中结识了一个机灵鬼，名叫小杰克。克尔布里尼克把自己去求婚的打算告诉了这个小机灵鬼。小杰克问他准备了什么样的谜语，这位先生小心翼翼地试着将两则自己冥思苦想出来的谜语说给小杰克听，让他猜猜试试。

“猜一猜，我把什么东西扔到房顶，它的尾巴却还在我的手上？”

“线团，”小杰克笑着说，“这也太容易了，连五岁的孩子都猜得出。再出一个吧！”

“我把一样东西扔到房顶，后来一看，它变成了三样。”

“是鸡蛋！鸡蛋打碎了，就可以看到蛋白、蛋黄和蛋壳这三样东西。不行，这个谜语还是太简单了。要想跟公主较量，这还差得远呢。您带上我吧，到时您完全按照我的建议办，保证您能成功。”

年轻贵族的母亲想把儿子留在家里。当她发现实在阻拦不住时，就给儿子和小杰克敬了两杯烈性毒酒，为他们辞行。可是小杰克察觉到了危险。他背着这位贵妇，偷偷把毒酒倒进马的耳朵里。傍晚时分，两匹马突然倒在地上，死了。四只喜鹊（在另外一些版本中是乌鸦）去啄马肉，结果也被毒死了。小杰克带上死喜鹊，在邻村把它们掺在面粉里，做成了八块小蛋糕。后来他们在一座恶名远播的森林里遇见十六个强盗，强盗们逼迫他俩一起吃晚饭。他俩把八块用喜鹊做的蛋糕送给强盗作为酬谢。强盗们一口气将蛋糕全吃了，很快便一个个东倒西歪，倒地而亡。现在，小杰克已经知道，该给公主出什么谜语了。

当他俩离巴黎大概还有十二里路的时候，小杰克对同伴说："我们马上就要到巴黎了，得考虑一下正经事了。您琢磨出让公主猜不到的谜语了吗？可不能太简单了。""除了让你猜过的那两则，我没想出别的。"克尔布里尼克先生答道。"那我说一个，您一定要用心记住。您要对公主说：'我们离家时，一共是四个。四个中有两个死了。后来四个死于两个。我们把四个做成了八个。十六个又因为八个丧命。现在我们四个到您这儿来了。'您听懂了没有？""没有，我的朋友。我什么都没明白。请给我解释一下，这些都是什么意思。""没有比这个更容易的了。从您家的克尔布里尼克城堡动身时，我们一共是四个。这四个是指您、我，还有我们的两匹马。""是的。""'四个中有两个死了。'这两个就是我们的马。我们在启程时把毒酒灌进了它们的耳朵，它们就死了。""我懂了。""'四个死于两个。'这四个是指我们第二天早上在死马身上发现的喜鹊。""没错。""'我们把四个做成了八个。'这八个就是我们用四只喜鹊做成的八个毒蛋糕。""哦。""'十六个又因为八个丧命。'这十六个是吃下蛋糕后中毒死去的强盗。""是这么回事。""'现在我们四个到您这儿来了。'我们用强盗的钱买了两匹马。两匹马加上咱俩不就是四个吗？就像我们离开克尔布里尼克城堡时那样。我说清楚了吗？""清清楚楚！这则谜语公主永远也猜不出来！""现在把谜语复述一遍。您必须牢牢记住它，这样才能说给公主听。""好吧，我说给你听一遍。没有比这个更容易的了：当我们离家时，我们是四个。四个中有两个死了。两个中又有三个死掉……""错了，错了，不是这样！再听我说一遍，然后马上跟着说一遍。"小杰克又把谜语迅速重复了一遍，克尔布里尼克很想模仿，但还是说得颠三倒四。一路上，克尔布里尼克不停地练习。他又花了两天的时间，才终于能将谜语像模像样地背诵出来，并做出解释。第三天，他们到了巴黎。小杰克对他说：“您现在就去王宫，到公主跟前，把谜语说给她听。但要小心，千万别说错。”“放心吧，我现在能够像你一样说得清清楚楚，而且解释得头头是道。”

上述这则布列塔尼的童话故事具有法国童话的风格特征。法国童话喜欢夹杂着某些讽刺意味的东西，它们既不像德国童话那样率真，也不像俄罗斯童话那样古朴。法国童话既掺杂了矫揉造作的修饰，同时又体现了某种程度的现实性。上述童话的发生地点并非随意虚构，它从大家熟知的一座布列塔尼的农庄开始，然后径直奔向整个法国的中心——巴黎。仆人比主人更聪明，这一点接近对现实社会制度充满幽默感的批判。而我们在前面那个贫苦农夫女儿的身上却几乎不会联想到类似的东西。这个农家女不仅能够胜过国王和有钱的农夫，而且也比自己的父亲这位可怜的农夫更聪明。但是，在某一点上，这则布列塔尼的故事却与在全世界广为流传的无数同类题材的故事是相同的：谜语是从童话的情节中产生的。在其他童话中，主人公离家外出，满怀信心地去完成一项外来的任务，尽管他其实并不知道该如何去做。跟他们一样，克尔布里尼克也相信旅行会给自己带来有益的启发。在别的童话中，通常是一个小矮人或一只会说话的动物给主人公提出一个关键性的建议，或者献给主人公一个有用的宝物，而在这个故事里发挥这一作用的，却是一个机灵的小兵。格林兄弟认为，童话并不是随心所欲编造出来的，在某种意义上它是自发产生的。在上述这则故事以及大量同类题材的故事中，自发产生的谜语有力地证明了格林兄弟的这一观点。年轻贵族任意编造的谜语毫无用处，而从他们的经历中产生的谜语却能获得成功，公主再聪明也无法破解谜底。偏重情节的童话会从情节的发展中产生谜语——这是童话的叙述方式所带来的出人意料却令人信服的结果。

因此，谜语在童话中不是外来的成分，它被牢牢置于故事的整体结构之中，而且与童话的风格也十分吻合。童话与谜语在本质上是相近的。在有些方言中，比如洛林和埃格兰的方言，童话和谜语是用同一个词指代的。我们在二者中都能感受到神秘和离奇，而这种神秘和离奇看起来也像轻松的游戏。跟童话的起源一样，谜语的起源也仍有争议。争议的根本问题是，谜语到底是否植根于宗教的神秘崇拜？而这种宗教的神秘崇拜是否向其信徒们提出了涉及世界奥秘的难解之谜？谜语这一形式是否表明，人类觉得自己的生命和这个世界的神秘莫测彼此相关？或者谜语只是那些机灵鬼的游戏，他们借此为自己的随机应变而沾沾自喜？没有偏见的人既能在谜语中，也能在童话中感受到这两点。同样，谜语和童话在诞生之初，就已经对探索存在的奥秘和体会塑造艺术形象的乐趣发挥了作用。所有民族都熟悉谜语、童话或类似童话的故事。但是，世界上既有许多十分擅长编造童话的民族，同样也有喜欢猜谜语的民族。印度人就特别乐于提出和破解复杂的谜语，或提出谜语一般难以回答的问题。一些钻牛角尖的“是非问题”常常在他们的故事中出现。在此仅举一例说明：如果丈夫和朋友均被斩首，却在复活时被错换了脑袋，那么这位妻子应该属于谁呢？正确的答案是：妻子不能属于那个被错安了丈夫脑袋的身子，而应属于那个换成朋友脑袋的身子。为什么呢？“因为在婚礼上新郎是用右手牵走新娘的，而这只右手是躯干的一部分。”这类谜语故事很可能流传到波斯、北非和欧洲。然而，并不是每则谜语童话都可以追溯到印度。每个民族都潜藏着对出谜和解谜的浓厚兴趣。同样，出谜者和解谜人也并非总是公主或农家女。机灵的少年和普通的男子也经常出现在故事里，那则流传甚广的关于皇帝与修道院院长的滑稽故事就说明了这点：修道院的羊倌披着院长的衣服来到皇帝面前，机智地回答了那些难以应对的问题（诸如“天有多高”“海有多深”“我值多少钱”等问题）。这些故事里，仆人比主人聪明，羊倌比修道院院长有智慧，陶匠比大臣更有头脑，其首要的意图并非进行社会批判，而是体现出其具有更加广义的象征性。跟灰姑娘、傻瓜或长疥疮的马驹故事一样，这个故事也在不知不觉中向我们证明，那些不起眼的、被轻贱的人才是真正宝贵的。从这个意义上来说，许多童话中的人物都是谜一般的人物，他们一开始并不以真面目示人。例如，灰姑娘就以自己的方式乔装成了“出谜公主”：她没有用语言给王子出谜，而是以谜一般的形式登场。而王子最终也不是用语言，而是用行动揭开了谜底。

童话一直对诗人有特殊的吸引力，谜语童话尤其受到他们的青睐。戈齐、席勒、布莱希特都先后创作过图兰朵题材的作品。20 世纪 40 年代，卡尔·奥尔夫[①]又将格林兄弟版本的《聪明的农家女》改编成剧本并谱了曲，让这则童话中的女主人公登上了歌剧舞台。莎士比亚在《威尼斯商人》中让求婚者给美丽的鲍西娅出谜，在《泰尔亲王配力克里斯》中让主人公配力克里斯经受猜谜的考验。人们普遍倾向于把童话看作是一种沉入民间的文学艺术作品，就像人们看到农民穿戴上了城市流行的服饰一样。也许我们对童话的起源可以做出这样的或类似的解释，但可以肯定的是，这种在民间流传的童话始终能够反作用于高雅的文学创作，并且使它们得到滋养和创新。浪漫派诗人诺瓦利斯认为，童话就是“诗歌的准则”，他坦言，“一切富有诗意的东西必定像童话一样美妙”。今天，我们并不完全认同这种观点，但显而易见的是，像所有诗歌一样，使这个世界千变万化的童话是文学创作的一种基本形式，诗人不断地从中获得力量和灵感。

① 卡尔·奥尔夫（Carl Orff，1895—1982），德国作曲家、音乐教育家。

9 童话中的主人公

——童话中的人物形象

我们在探讨童话时提到的主人公，女性多于男性，这是偶然现象吗？我们提到过玫瑰公主，还有用麦糁、白糖和杏仁为自己捏丈夫的希腊公主、《小地牛》中善良的小玛格丽特，以及莴苣姑娘、谜语公主、聪明的农家女。而与之相比，被提及的欧洲童话中的男主角却只有屠龙者和机灵的出谜人小杰克。这种女性占多数的现象是否具有代表性呢？我们所选择的故事是不是反映出了实际比例？假如要问哪些童话人物最著名，我们会立刻联想到玫瑰公主、灰姑娘、白雪公主、小红帽、莴苣姑娘、杂毛丫头、《霍勒太太》中的金姑娘等女主人公形象。即使在《亨塞尔与格莱特》《小弟弟和小姐姐》这些故事中，也是由女孩扮演主要角色。若要举出几个男主角的名字，还真有点儿使人感到为难。《铁汉斯》和《大拇指》中的主人公也许可以算得上，但《勇敢的小裁缝》《强壮的汉斯》和《汉斯交好运》中的主角却都被归为滑稽故事的人物。那么，该如何解释这种多数为小女孩或者成年女子占主角的奇特现象呢？上述所有这些女主人公均出自格林兄弟的《儿童与家庭童话集》。尽管其他类似出版物不计其数，但是格林童话至今几乎仍然是流传在各个社会阶层的真正的童话的唯一源泉。格林童话的主要读者多为女性，今天的孩子们也是首先通过母亲、外祖母、姨妈、幼儿园女教师或小学女教师接触到童话的，因此童话的女性主角占多数也就顺理成章的事了。不管男孩还是女孩，都更愿意接近女性而不是男性。他们生活在由母亲、幼儿园女教师、小学女教师为主的环境中，而不是由父亲或男教师组成的圈子里。而成年男子记忆中的那些童话都是他们在孩提时代所熟悉的。在由男性决定时代面貌的今天，寻求平衡的需求变得十分强烈和鲜明。不仅社会习俗使女性受到特别的优待，而且自中世纪晚期出现宫廷抒情诗和对圣母的崇拜以来，女性形象在艺术中也占据了中心地位。在绘画和小说中女性一直受到宠爱，她们在童话中同样扮演重要角色也就不足为奇了。数个世纪以来，童话始终是最生动、对底层社会影响最为深远的艺术表达形式之一。女性作为人类中更加接近自然和天性的那部分，自然而然地会以自己在艺术和童话中的显著地位，与男性思维创造并由男性掌控着技术和经济组织的社会体系分庭抗礼。

然而，上述这一点也会受到时间的制约。讲故事的人不一定总是女性占大多数，人们的生存方式也并非总是打上强烈的男性思维烙印，并因此催生了在艺术中保持平衡的强烈要求。除了格林兄弟的《儿童与家庭童话集》，如果我们还翻阅过迪德里希斯出版社的多卷本《世界文学中的童话》，或勒特出版社的童话集《各民族故事大全》，就可以断定，男女主人公占的比例至少是大致相当的。总体上看，尤其在神话故事中，男性的比例甚至超过女性。然而，有一点是再明显不过的：童话的核心始终是人。对于传说和圣徒传说我们不能下此结论，因为这类故事描述了彼岸世界对我们生存的这个世界的渗入。神话叙述的是众神的故事，原始民族热衷于动物故事，而欧洲童话的主人公却始终是人。在古希腊人的想象中，早先的各种动物之神具有人的形象。古希腊文化中的人文思想已成为欧洲文化的基本要素。因此，如果我们的童话不像原始民族的童话那样偏重讲述动物的故事，而是围绕人展开，那么就必须将其与欧洲或印欧文化的特质联系起来。

欧洲童话呈现的是人的形象，表现的是与这个世界产生交集的人。由于孩子在最为敏感的年纪对童话有需求，而且今天几乎所有孩子都会听大人讲述或朗读童话，他们自己也会阅读大量童话，因此，我们有必要探讨一下，孩子从童话中究竟获得了一个怎样的关于人的形象？我们是不是可以说许多故事描绘的其实是一个统一的人物形象？从某种意义上来说是的。虽然童话的男女主人公时而是一个快乐的冒失鬼，时而又是一个沉静的受苦人；时而是一个懒汉，时而又是一个勤劳的帮手。他们既机灵狡猾，又真诚坦率。在有的故事中他们是机灵鬼、沉着冷静的解谜人、勇敢的斗士，而在另一些故事中却又是傻瓜，或是一遇到困难就惊慌失措、痛哭流涕的人。在童话中，既有富有同情心的善良之人，又不乏冷酷无情、背信弃义之辈。童话根本没有提到主人公社会等级的差异——无论是公主还是灰姑娘，是王子还是猪倌。也许我们仍有必要探讨一下，这难道不正是令我们感到疑惑的地方吗？尤其值得注意的是，故事中的主人公社会地位的差异往往只是表面的。牧鹅姑娘实际上不是民间女子，而是被自己的侍女强迫降低身份的公主。每天清晨引起美丽公主注意的小花匠原本是一位王子，他看上去是个癞痢头，其实是在金发外面绑了一张动物皮。因此，童话中同一个人物往往也会迅速改变形象：一会儿满头疥疮，一会儿金发飘飘；一会儿是被人瞧不起的灰姑娘，一会儿又是众人赞叹、衣裳华美的跳舞女子。而那些被人当作傻瓜的人往往是所有人中最聪明和最有智慧的。此外，即便是真正的猪倌，也可能机缘巧合娶到公主，而贫寒的姑娘也能嫁给王子或国王，并由此跻身王室之列。在童话中一切皆有可能，不仅可能发生各种各样的奇迹，也可能出现上述提到的神奇机遇：最卑微的人可以跃上最高贵的阶层，而那些身居高位的人，如恶毒的王后、王子、公主、大臣也会跌入谷底，遭受灭顶之灾。

因此，有人曾相信，童话能给穷困潦倒的人、备受歧视的人、一事无成的人带来希望。仅仅做出以上这种心理学和社会学上的解释还远远不够，童话和其他所有关乎人性的作品一样，它不但充满梦想和希望，同时也反映出了社会的紧张关系和人的欲念。但这也只是表面的看法。童话的形象直接产生象征意义。在人们的想象中，国王、公主、龙、女巫、金子、水晶、柏油、灰烬这些概念，要么是尊严、高贵、纯洁的化身，要么代表危险、兽性、深渊；要么是真诚和真实的化身，要么代表肮脏和虚伪。而且，如果童话不厌其烦地讲述一无所有者获得财富，女仆变成王后，满头疥疮变成浓密的金发，蛙、熊、猴、狗变成美丽的姑娘或英俊少年，就能让我们直接感受到人类的转变能力。故事的重点不是从奴仆到主人这种社会阶层的跃升，也不是被抛弃的孩子得到关注和承认，它呈现的是更加本质的东西，即人类摆脱非本质的东西的束缚，从而接近自己真实的存在。当真公主被迫沦为牧鹅姑娘时，那位地位卑贱的侍女以为自己占据了统治地位，这就意味着人类虚伪、卑鄙的一面占了上风，压制着真正高贵的一面。假如王子娶的不是真新娘，而是巫婆的丑女儿，那么他就会迷失自己，把自己交给一个陌生的魔鬼。这是心理学家的看法，他们从童话的描述中推导出人物心灵的发展过程。尽管这些特殊的解释常常很大胆，但当童话叙述主人公征服恶龙，娶公主为妻，并由此成为一国之君时，足以表明，在童话的创作者和接受者的感受中，故事涉及的不仅仅是那些表面的情节。金发取代了癞痢头；亨塞尔和格莱特战胜了女巫，并找到了金子和宝石；丑陋的动物变成了可爱的公主或英俊的王子。可以笼统地说，童话刻画了人的成长和成熟过程。每个人心中都有一个人生目标——成为国王。戴上王冠象征着飞黄腾达，意味着上升到能够企及的最高社会等级。每个人心中都有一个秘密王国，而表面的王位、公主及其新郎这类形象之所以令人趋之若鹜，之所以在民主的国家依然被人津津乐道，是因为他们的象征意义。成为国王不仅意味着拥有权力。在现代社会，国王和王后几乎不再拥有外在的权力。可以说，他们已经摆脱了这种表面的权力，并由此获得了更大的荣耀。登上王位象征着自我实现的完成。在童话中举足轻重的王冠和王袍，让内心崇高的光辉散发出来，这令人想起圣徒传说中圣像头上的光环，一样由里而外熠熠生辉。当金姑娘在霍勒太太那里经受考验后，浑身洒满金雨，谁都会相信，这个场面表现的是这位姑娘心灵的美丽。有的童话女主角从头发里梳出金花，或者她们每迈出一步，地上都会开出鲜花，我们都会直接将这些看成具有象征意义的情节。无论对于炼金术士还是普通人来说，金子都代表着人类和宇宙更高级的完善。如同金子和华服一样，王位在童话中也具有象征意义和力量。荣格派的心理学家认为，娶动物新娘或嫁动物王子，国王娶在森林里迷路的无臂或哑巴姑娘为妻，公主和羊倌成亲，这些都象征着人类灵魂中内在的对立面的结合，象征着对被低估的生命的承认，象征着人性整体的成熟和完整。

总之，童话一直在描写某种提升，即主人公如何战胜死亡的威胁，完成看似无法完成的任务，跟公主或王子结婚，得到王位，获取金银财宝。一个能够超越自己、具备攀登人生顶峰的天赋且能够达到辉煌顶点的人——这就是童话主人公的典型形象。具体地说，这是童话人物特质的一个方面，因此我们可以更加确信，孩子们在聚精会神地听童话时，虽然不能理解其中的全部含义，却能感受到什么更为重要。让孩子们着迷的不是主人公社会地位的提升，而是他们如何克服艰难险阻，最终进入光明世界的过程。童话将这个光明的世界描绘成太阳王国或群星闪耀的王国，有时候也描绘成一个超凡脱俗的人间王国。

然而，仔细考察一下童话中出现的各种人物形象，我们还能从另一面了解人物。童话的主角大多是漫游者。传说中的故事一般发生在主人公的家乡或附近地区，而童话的主人公则往往是走南闯北之人。他们外出的原因各有不同：要么是父母太穷无法将他们留在身边，要么是某种使命驱使他们奔向远方，要么是某项竞赛吸引他们远走他乡，要么就是纯粹为了冒险而浪迹天涯。在一则低地德语童话中，父亲将大儿子和二儿子送去受罚，而让小儿子外出漫游以示奖励。这非常清晰地表明，童话采用各种方式把主人公描述成一位漫游者，无论是让主人公浪迹天涯，抑或是漂泊到天边、到海底、到地下的某个王国，或者到世界尽头的某个王国。就连童话的女主人公也常常会被引诱到遥远的王宫，或被化身动物的丈夫拐骗到那里。主人公四处漫游或飞到远方的情节直接给读者一种自由自在、轻松愉快的感觉，而童话的其他特征强化了这种印象，并让人感到振奋与舒畅。传说中的故事总是囿于主人公祖祖辈辈生活的村庄，一心盯着那些非同寻常的现象，使故事中的人物显得迟钝、拘谨。相比之下，童话中的人物更加天马行空。

传说中的人物容易激动，喜欢冥思苦想，并且耽于幻想；而童话主人公往往没经过深思熟虑，便从一个地方走到另一个地方。即便遇见来自另一个世界的人，他也只将其视为帮手或对手，既不会对他们感到好奇，想做进一步了解，也不会对他们生出多少神秘的恐惧感。童话不会将主人公描述成东张西望的人和令人害怕的人，而是刻画成漫游者和行动者。传说中的人物身处邻里乡亲之中，生于斯，死于斯。他们在自己生活的城市或乡村生了根，深山老林里的野人、水精和地神是其远近生存环境的组成部分。而童话主人公则会离家外出，而且往往是独自上路。即便有时是两兄弟同时出发，他们也会在某个十字路口各奔东西，每个人都孤身历险。通常他们不再返回故乡。当主人公出发去解救一位公主，或完成某项艰巨任务时，多半并不知道该采取什么方式。不过，他会在路上碰到一个小老头，并将面包分给小老头吃，然后这小老头就会给他出谋划策，告诉他怎样才能达到目的。或者主人公会碰到一头野兽，上前帮它拔出令它疼痛难忍的刺，他会由此获得动物的帮助，而这头心存感激的动物恰恰具备帮助主人公完成任务的本领。在传说中，人们多半求助于神父或修士驱鬼送神，而童话主人公往往孑然一身前往异国他乡，并经历重大冒险。神父或修士不仅是乡民中的一员，大家都知道他们是从哪里获得帮助他人的力量，这些力量来自教会的圣物，来自上帝的恩宠。而童话中那些助人的动物和其他来自天国的生物通常也跟故事主人公一样独往独来，主人公在接受他们的建议和魔法帮助时毫不迟疑，并在千钧一发之际使用这些建议和魔法，但事后便丢在脑后，不会绞尽脑汁去琢磨这些神秘的力量和施以援手者的来历。对于童话中的主人公来说，自己所遇到的一切都是自然而然发生的，他会理所当然地接受这些自己在不经意间获得的帮助。童话常常将幼子、孤儿、受歧视的伙夫或穷羊倌作为故事的主角，这样做的目的都是为了让主角作为一个孤立的人在故事中出现。就连王子、公主、国王这些社会顶层的人物，也会以自己的方式遭遇调包、隔绝和孤立。

数个世纪以来，传说和童话一起在民间流传，互相取长补短。传说一半是自发的，一半是在民间俗语的朴素传统影响下产生的。那么，我们是否可以说，传说提出了令人不安的问题：人究竟为何物？世界到底是什么？而童话的起源几乎与普罗大众无关，它们大多出自伟大的诗人之手，也许出自所谓内行和宗教诗人之手，因此可以说它们以某种方式对上述问题做出了回答。在传说中我们感受到的是人的恐惧，主人公虽然在生活中整日与自己的同类为伍，但最终他要面对的却是一个难以理解的神秘世界，一个给他带来死亡威胁的世界。而童话中的主人公虽然没有认清这个世界的终极关系，却依然笃定地被引领着在这个危险而陌生的世界行走。德语中“童话的主人公”一词在其本义上就是具有天赋的人。彼岸的天赋向他泉涌而来，帮助他战胜一切艰难险阻。童话中也会提到没有天赋的蠢人，他们一般是男女主人公的哥哥或姐姐。这些人为人虚伪，心地恶毒，嫉妒成性，冷酷无情，邋遢放荡，但所有这些还不是最主要的，最关键的是这些人都得不到身边的动物和小矮人的帮助，更得不到神恩的庇佑。听故事的人绝不会对这样的人产生同理心，而只会跟主人公心心相印。主人公虽然形单影只，但正因为他无拘无束，所以才能与一切重要的事物建立联系，并走遍天涯。在大多数情况下，无意中的善举使他赢得拥有魔法的动物或其他来自彼岸的帮助。这种行为本身不必符合狭义范围的道德标准。懒汉也属于童话热衷讲述的人物，这样的人往往具备一种最受欢迎、最被需要的能力——所有说出口的愿望都能实现，而不必费举手之劳。《青蛙王子》中的女主人公一直不愿兑现自己的诺言，她既不善良，也没有同情心，更谈不上有丝毫的责任感。她最后抓起那只纠缠着她的青蛙往墙上摔去时，是想置它于死地，却并未料到自己的这一举动恰恰暗中满足了那个神秘的条件，无意中解救了被魔法变成青蛙的王子。童话的主人公总是做正确的事，做正确的选择，他们是上帝的宠儿。而传说中的人物，如果其定位不是滑稽角色，大多数就会被描写成得不到恩宠的失败者，尽管他与邻里乡亲的关系密切而又深厚，但终究是孤立无援和无依无靠之人，要独自承受一切。童话之所以将主人公描述成独往独来的人，是因为他独立于固定的社会关系之外，不受任何约束，因而可以随时随地与世间的任何事物建立联系。童话的世界里不仅有大地，而且还涵盖整个宇宙。但传说中的人物，表面上看属于某个村民团体，每逢关键时刻，其内心却是孤苦无依的。童话的主人公看起来孤身一人，实际上却具备与世间一切建立联系的能力。因此可以说，童话和传说中的主人公都是真正的人物形象，传说表现的是人处于社会底层时的生命状态：虽然身处规矩有序的社会团体中，仍会觉得自己是一个被抛弃的人，被抛入他看不清全貌也无法理解的危险世界之中。而童话虽然也描写失败和消极人物，但其主人公仍能在对事物的根本关联毫不知情的情况下适应这些关系，并承受住这些关系所带来的种种压力。其实，童话的主人公也并不将世界作为一个整体来了解，但他相信它，因而也会被世界所接受。他就像被一块看不见的磁铁引导着，梦游般迈着坚定的步伐走在正确的道路上。他既是孤立的，又与一切保持着联系。

童话是关于人以及人与世界关系的一种富有诗意的幻想，数百年来，这种幻想给听众带来了力量和信心，因为他们领悟到了内在的真谛。即便一个人看似遭到了抛弃和背叛，在黑暗中艰难地摸索着，然而，在其整个生命的历程中，他不是仍能得到来自各方的帮助，并一步一个台阶坚定地走下去吗？童话不但给人们带来信心和保障，同时还勾勒出了鲜明的人物形象。主人公虽然孑然一身，却能随时随地与外部世界的一切建立联系。在当今这个失去个性、民族主义泛滥、虚无主义大行其道的时代，我们的孩子如果能够通过接触到大量童话，将对这类人物形象的认知铭记于心，一定会大有裨益。这种人物形象所产生的影响，要比童话通过整体风格产生的影响更大。如我们常常看到的那样，童话结构所使用的技巧自成一体：故事线索清晰，叙述方式平面化、升华化，但每一个情节和主题又各自独立——只有这样，它才能不费吹灰之力地将一切嫁接到一起。童话的人物形象，特别是主人公的形象，产生于整体风格之中，这给人物赋予了一种说服力，同时这种说服力也感染了具有现实思考能力的听众。

每一种童话类型所讲述的故事，我们都可以无所顾忌地将之解释为人类心灵成长或者宇宙发展过程的象征。但每一则童话对此都有特殊的表达方式。一位美丽姑娘的眼睛被残忍地挖出来，很久以后又被装回去，而重见光明的眼睛竟然比从前明亮七倍。另一位女主人公则被狠心的婆婆锁进一只箱子，并挂在烟道里，不给任何食物，直到她丈夫从战场归来。可这个终日被烟熏火燎的女子却并没被饿死，最后从箱子里出来时竟然变得比从前更加年轻漂亮、光彩照人。诸如此类的故事，会使听众觉得历经磨难能使人变得纯净而强大。提到童话的智慧，人们通常会想起个别童话故事中的这种特殊的表述方式。然而影响更大的却是民间故事所描绘的关于人和世界的整体图景。它在大量的叙述中不断重复，深深地打动了听众——从前的听众是目不识丁的成人，如今主要是孩子。那么，这种图景是否符合我们今天的生活和世界观呢？

现代文学（如小说和戏剧）都有一个特征——回避英雄人物。这点在自然主义文学中已经显露端倪：悲剧的主角不再是国王或贵妇，而是马车夫和女仆；作品中出现的往往不再是个别人物，而是群体形象，如纺织工人。现代小说热衷于描述非个人的力量，以及潜意识和超个人的力量和情节。凡是单独出现的人物一般都不是主要角色，而是所谓的被动的角色或负面的角色。对当代文学产生过深远影响的弗兰茨·卡夫卡[①]的短篇小说，在批评家看来是与童话格格不入的作品，但其实二者也有某些共同之处。和童话一样，卡夫卡的作品首先突出的并非人物的个性、人格和特点，人物的意义只是扮演角色，是故事的担纲者和承受者。他们和童话中的人物一样无法主宰自己的命运。他们在自己无法理解的世界中漂泊，却又无法挣脱这个世界的束缚。童话中的人物和卡夫卡小说中的人物还有一个相同之处：他们都无法看透自己所处世界的内在联系。然而，同样面对

① 弗兰茨·卡夫卡（Franz Kafka，1883—1924），奥地利作家，被誉为西方现代主义文学的主要奠基人之一。

的是不可理解的世界，卡夫卡笔下的人物张皇失措、绝望挣扎，而童话的主人公则能泰然处之。童话诗意地表达了一种信任，相信我们安全地处在一个合理的世界，即便我们看不清也参不透整个世界，但仍然要明智地顺应它，坦然地生活、行事。现代小说喜欢刻画被动的、负面的角色，其实童话也并没有完全排斥这种角色。童话讲述一个蠢汉、一个垂头丧气的人坐在石头上哭泣，不知道该如何自救，可他们最终总会得到别人的帮助。童话喜欢将负面的角色描述成不起眼的人、遭到冷落的人、无依无靠的人，但是它会让这些人在一夜之间变得有权有势、地位显赫、才华横溢。民间童话并不能完全迎合现代人的趣味，但是它能使人们摆脱空虚感，并给他们带来信心。深受启蒙运动和现实主义影响的成年人对童话不以为然。然而在现代艺术中，童话的魅力却无处不在。这些作品回避外在现实，仅仅从这一点就可以看出它们接近童话的特质。现代艺术将动物、人、植物和物体充满想象力地融合在一起，就像童话将世间一切联系起来一样。现代建筑艺术追求轻巧、明亮和通透，热衷于建筑的非物质化、材料的精炼化，而材料的精炼化恰恰是童话风格的基本特征之一。童话具有将清晰剔透的表现与神秘莫测的意义相结合的特点，我们在现代抒情诗和弗兰茨·卡夫卡的作品中都能找到这一特点。卡夫卡说过，真正的事实总是不逼真的。W.H. 奥登[①]曾写道："在我看来，民间童话给我们带来享受的方式，与马拉梅[②]的诗歌或抽象派绘画差不多。"我们对这一说法并不感到惊讶。因为童话是短篇小说、诗歌乃至艺术的一种基本形式，其风格化、升华化和抽象化中透露出的自然性和确定性，使它成为文艺作品的真正典范。我们不会再将它视为孩子和不谙世事之人纯粹的消遣物。心理学家和教育家都知道，对于孩子来说，童话是帮助他健全心智的一个重要因素，是助人成长的最首要的一步。艺术理论家们则在将现实与非现实、自由与必然性统一的童话中，看到了文学创作的最初形式，而这一形式为所有文学和艺术创作打下了基础。我们曾试图说明，童话还描绘了一种从其整体风格自然产生的人物形象。童话的风格是独立的，同时它又与其他文艺作品有着千丝万缕的联

① W.H. 奥登（W.H. Auden，1907—1973），英国著名诗人。

② 斯特凡纳·马拉梅（Stéphane Mallarmé，1842—1898），法国象征主义诗人和散文家。

系。童话的主角是独来独往的人，正因为如此他才能跟一切建立联系，他是潜在的贯穿一切的人。童话的风格及其人物形象具有经久不衰的生命力。因此，尽管不少成年人对童话抱有片面的、唯理论的认识，但我们仍然希望，我们的孩子和我们的艺术不会失去童话。

10 文学创作中的奇迹

如果从广义上来看“奇迹”一词，它可以被解释为一种超自然力量进入普通现实。我们发现，“奇迹”在文学的萌芽阶段就曾扮演过重要的角色。古代神话的主题大多围绕“诸神的奇迹”和“被神话的人的奇迹”而展开，在文化发达民族的史诗中，奇迹广为流传。戏剧的情况也基本如此，它们由古希腊、古罗马和中世纪的礼拜仪式演变而来。欧洲中世纪的戏剧主要包括：演绎耶稣复活奇迹的复活剧、赞美耶稣诞生奇迹的圣诞剧、颂扬圣徒奇迹的传奇剧。就连抒情诗最初也以吟诵奇迹居多。促使奇迹发生的咒语（大多为治疗疾病），是最早有文字记录的德语文学创作。童话、圣徒传说、传说讲述的都是人与彼岸的生命以及彼岸的世界相遇的故事。而且，并非只有民间文学才会叙述彼岸之旅，代表西方精神的高雅文学作品也会让其主人公踏上奇迹的国度，带领他们进入阴间冥府，例如：荷马的《奥德赛》、维吉尔的《埃涅阿斯纪》、但丁的《神曲》、歌德的《浮士德》。然而，早在歌德所处的时代，文学领域里反对奇迹在诗歌中占统治地位的斗争便开始了。这场斗争是由启蒙运动引领的，所产生的结果便是 18 世纪末和 19 世纪现实主义文学的萌芽。现实主义文学不借助任何外来奇迹的力量，便能将读者牢牢吸引住。在 1740 年时，瑞士诗学家博德默尔[①]和布赖丁格[②]还将奇迹视

① 博德默尔（Johann Jakob Bodmer，1698—1783），瑞士历史学家、作家和批评家，对瑞士早期德语文学做出了贡献。
② 布赖丁格（Johann Jakob Breitinger，1701—1776），瑞士作家、德语文学评论家。

作真正富有诗意的内容，他们赞美弥尔顿的史诗描写了超越现实的世界。可是到了 1779 年，在莱辛[①]新出版的《智者纳旦》中，不仅没有出现天堂和地狱、天使和魔鬼，而且还旗帜鲜明地反对传统的奇迹信仰。莱辛所创作的纳旦将文学创作和现实生活的奇迹拉下了神坛，但并非以轻浮草率的方式，而是抱着对上帝造物的敬畏之心。在进行深入探讨前，我们先列举作品中纳旦与女儿蕾霞及其侍女达雅的谈话片段。

富商纳旦的房子着了火，可他正好不在家，女儿蕾霞被一位年轻的圣殿骑士从熊熊烈火中救了出来。后来蕾霞一直没有找到自己的救命恩人，而在她的记忆中，这位圣殿骑士的白色披风就像天使的翅膀，因此她相信自己遇见了奇迹。她想说服父亲，是天使救了自己。

蕾霞：您不是自己告诉过我，天使的出现是可能的，上帝会给那些爱他的人创造奇迹吗？我爱上帝。

纳旦：上帝也爱你，所以不断为你和你这样的人创造奇迹。是的，上帝一直在为你们这么做。

蕾霞：这样的话我乐意听。

纳旦：怎么啦？难道就因为救你的是一位圣殿骑士，你就觉得这算不上奇迹？就觉得这是一件十分自然而平常的事？真正的奇迹，有可能而且应该是日常生活中的平凡琐事。没有这种普遍意义上的奇迹，一个有思想的人就很难将孩子们一心称作奇迹的事称为奇迹，因为孩子们只会对最不平常和最新鲜的事充满好奇。

达雅（对纳旦）：难道您非要用这种难以琢磨的话，让她本来就很紧张的大脑崩溃吗？

纳旦：让我说下去！我的蕾霞真的认为，如果是被人所救就算不上奇迹吗？可这个人自己必须先被拯救，这也是一个不小的奇迹。是的，这是一个不小的奇迹！因为，有谁听说过，萨拉丁曾经赦免过一名圣殿骑士？

---

① 莱辛（Gotthold Ephraim Lessing，1729—1781），德国剧作家、戏剧理论家。《智者纳旦》是莱辛于 1779 年发表的五幕思想剧，主人公名为纳旦。

“真正的奇迹，有可能而且应该是日常生活中的平凡琐事。”这句话不仅是纳旦谈话的核心，而且也是近代人虔诚的信条。唯有天真单纯或麻木迟钝的人，为了对上帝产生敬畏之心，才需要异乎寻常的事物，需要奇迹和神迹。而成熟的人则在日常生活、平凡琐事和朴素的大自然中理解奇迹之事。纳旦想把他的女儿培养成一个成熟的人，可他知道，用抽象的话语是无法做到的。因此，他连忙抓住侍女达雅的话进行反驳：

达雅：纳旦，假如让我说，我想问，以为自己是被天使拯救的，而不是被人救出来的，这有什么坏处？如果想成是被天使所救，是不是更能体会其中不可思议的奥秘？

纳旦：太狂妄了！彻头彻尾的狂妄！一只铁锅希望被一只银钳从火中取出来，好以为自己是只银锅。呸！你还问，这有什么坏处？我倒想反问一下，这又有什么好处？你所说的可以“感觉离上帝更近”，纯属无稽之谈，是在亵渎神明。单凭这一点，就没有什么好处。是的，这绝对有坏处。过来，听着！——你们，尤其是你，特别想回报那个救你的人——不管他是天使还是凡人。对吗？那好，你们又能给天使什么了不起的回报呢？你们可以向他表示谢意，向他诉苦，为他祈祷，让自己融化在对他的崇拜中，能够在节日为他斋戒、施舍。可这一切毫无意义。因为我始终觉得，你们这么做，给自己以及你们最亲近的人带来的好处，远比天使得到的好处多得多。天使不会因你们斋戒而发福，不会因为你们施舍而发财，不会因你们的崇拜更荣耀，不会因你们的信任更强大。不是吗？他是一个人！

纳旦严厉谴责他心爱的女儿沉湎于幻想的虚荣和多愁善感，而且不给她留出反驳的时间。紧接着，他再次针对女儿主仆二人之前的反驳给以决定性的回击：

纳旦：你们这些残忍的幻想狂！假如这个天使——假如救你的这个

人现在生病了呢？……

蕾霞：病了？

达雅：病了！他才不会生病呢！

蕾霞：我浑身发冷！达雅！我的额头平常总是热的，你摸，现在一下子变得冰冷了。

纳旦：他是一个法兰克人，在这里水土不服。他很年轻，扛不住他那个阶层的繁重劳动，受不了挨饿之苦，不习惯放哨之累。

蕾霞：病了！他生病了！

达雅：纳旦只是说，有这种可能。

纳旦：他现在躺在那里，既没有朋友，也没钱请朋友来照顾他。

蕾霞：啊，父亲！

纳旦：他躺在那里无人照料，得不到劝告和安慰，成了痛苦和死亡的俘虏！

蕾霞：在哪儿？他在哪儿？

纳旦：他为一个素昧平生的女子跳进火海，只要是有人被困，他就会救……

达雅：纳旦，别再刺激她了！

纳旦：他并不想认识被他救出来的人，甚至不想再见到她——免得人家再感谢他……

达雅：不要刺激她了，纳旦！

纳旦：他也没有要求再见到她——除非她需要再次被救。只要有人等待解救，他就会去。

达雅：别说了！您看！

纳旦：这个人奄奄一息，没有什么能使他振奋了。除了这件事，他再也没有别的想法了。

达雅：别说了！您会要了她的命！

纳旦：可你毁了他！这点你是做得到的。蕾霞！蕾霞！我给你的，不是毒药，而是良药。你赶紧清醒吧！他没有生病，根本就没有生病！

蕾霞：真的？他没有死？没有病？

纳旦：当然没有死！因为上帝赞赏发生在这里的善举，就会在这里行善。去吧！但是要记住，想入非非要比行善容易得多。垂头丧气的人总喜欢沉迷于幻想，只是为了逃避行善的责任，然而他们当时并不一定清醒地意识到了这点。

我们不难看出，莱辛是属于“教育世纪”的。这个世纪产生了像卢梭和裴斯泰洛齐这样的教育家。纳旦不仅使女儿逐步认识到，她必须相信他得出的结论，同时他还借助女儿丰富的想象力，来实现他教育和启蒙的目的。蕾霞本来将拯救她的圣殿骑士臆想成天使，现在，纳旦让她运用非凡的想象力，设想她的救命恩人可能已经生病。就这样，蕾霞被治愈了，她克服了耽于幻想的习气，不再轻易相信所谓令人赞叹的奇迹，不再想入非非，而是谦卑而冷静地看待现实，并依照自己的责任行事。

即使作为普通人，我们眼前的大自然也充满了种种神秘和神奇的事物。这一谦卑的认知在 18～19 世纪结出了最美丽的果实，无论在现实生活中，还是在科学和文学领域中。诗人萨洛蒙·格斯纳①曾说过：“从令万物生机勃勃的太阳到最细小的植物，这一切都是奇迹。”另一位苏黎世人——约翰·卡斯帕尔·拉瓦特尔②将人类称为“大自然最高级和最令人费解的奇迹”。他意味深长地对比道：“四十天不吃不喝依然安然无恙，是一个奇迹；而四十年靠食物和水将生命维持下来，也是一个奇迹。”汉堡人巴托尔德·亨利希·布罗克斯③将世界称作“一本书，从它的内容中能看到真正的奇迹！不仅用眼睛，而且是用全部感官。啊，不可思议的书！啊，奇迹——ABC！我站在里面，既是读者，也是字母”。克洛卜施托克④这样吟诵道：“在我四周，一切都是万能的！一切都是奇迹！我怀着深深的敬畏注视着万物。”这些都是 18 世纪的声音。在 19 世纪，阿达尔贝特·施

① 萨洛蒙·格斯纳（Salomon Gessner，1730—1788），瑞士作家、翻译家、画家。

② 约翰·卡斯帕尔·拉瓦特尔（Johann Kaspar Lavater，1741—1801），瑞士学者、诗人。

③ 巴托尔德·亨利希·布罗克斯（Barthold Heinrich Brockes，1680—1747），德国诗人。

④ 克洛卜施托克（Friedrich Gottlieb Klopstock，1724—1803），德国抒情诗人，启蒙运动的重要代表之一。

蒂夫特[1]没有用“奇迹”一词，却道出了其至关重要的实质——在奇事与自然相对立的背后，存在着更为普遍的对立：在异乎寻常的事物与不引人注目的事物之间，在非凡的宏大事物与寻常小事之间，都能发现如此的对立关系。施蒂夫特在其短篇小说集《彩石集》的前言中这样写道：

> 空气四处飘散，水儿潺潺流淌，庄稼茁壮成长，大海波涛滚滚，大地披上绿装，天空光芒四射，群星熠熠生辉……这一切在我眼里都是那么壮观；而来势凶猛的雷雨、劈裂房屋的闪电、卷起波涛的风暴、喷出火焰的山脉、地动山摇的地震……却并不比上述现象更加雄伟壮阔，在我眼里反倒更加渺小，因为它们只是那些更高法则所产生的作用。它们在个别地方零星出现，而且是单方面原因所产生的结果。让贫妇小罐里的牛奶往上升腾并溢出的力量，跟将火山熔岩向上推，并使熔岩从山上向山下滚动的力量是一样的，只不过后者更加引人注目，能够更多地吸引无知和散乱的眼光。研究者则将思考的重点放在整体而普遍的事物上，因为只有从这些事物中才能认识世界的伟大之处，也唯有它们才是维系世界的根本。

被称为“敬畏诗人”的奥地利作家阿达尔贝特·施蒂夫特不厌其烦地描述了这一悄然发生的奇迹——大自然和人类之间的各种关系，并尽可能保持原汁原味，不歪曲、不粉饰。《彩石集》也许是19世纪文学中最为独特的成就，施蒂夫特怀着深深的敬畏之心观察和赞美人世间的一切，尤其是那些不起眼的、日常的凡人琐事。歌德也曾以长篇叙事诗《赫尔曼与窦绿苔》表明，诗中的那座小城和普通市民，跟荷马笔下的贵族英雄一样，值得用六音步诗行赞颂。与人相遇、与大自然相遇、与命运相遇——这些“相遇奇迹”的意义取代了圣徒传说、童话和英雄奇迹带来的充满诗意的感动。

与此同时，诗体叙事文学越来越退居次要地位，诗歌中那些显而易见的奇

① 阿达尔贝特·施蒂夫特（Adalbert Stifter，1805—1868），奥地利作家，作品以描绘生动的自然著称。

迹被散文体叙事文学中的优美所取代，虽然这些美好并不引人注目，甚至难以察觉，但却多姿多彩。然而，尽管如此，真正的奇迹所产生的魔力并未从文学作品中彻底消失，像格哈特·豪普特曼[①]这样一位激进的自然主义者，居然也出人意料地重新撰写了圣徒传说剧和童话剧，如《汉蕾娜升天记》和《沉钟》。曾经被奉为信仰的奇迹之所以能在文学作品中成为意象，恰恰是因为它在读者眼里不再是真实和现实的。

这里还应该提及一部在信仰奇迹时期问世的作品，大家认为它所叙述的内容是真实的，同时又感受到了它的象征意义。

莎士比亚的戏剧《麦克白》描写的是一个破坏成性的暴君麦克白，但剧中还谈到了另一个君王——仁慈的英格兰国王。两个因不堪忍受麦克白暴政而逃走的苏格兰人，跟医生谈论起仁慈的英格兰国王所创造的奇迹：

> 马尔康：王上出来了吗？
>
> 医生：出来了，殿下；有一大群不幸的人们在等候他医治，他们的疾病连最高明的医生都束手无策，可是上天给他这样神奇的力量，只要他的手一触，他们就立刻痊愈了。
>
> 马尔康：谢谢您的见告，大夫。（医生下。）
>
> 麦克德夫：他说的是什么疾病？
>
> 马尔康：他们都把它叫作瘰疬。自从我来到英国以后，我常常看见这位善良的国王显示他奇妙无比的本领。除了他自己以外，谁也不知道他是怎样祈求着上天。可是害着怪病的人，浑身肿烂，惨不忍睹。一切外科手术无法医治的，他只要嘴里念着祈祷，用一枚金章亲手挂在他们的颈上，他们便会霍然痊愈。据说他这种治病的天能，是世世相传永袭罔替的。除了这种特殊的本领以外，他还是一个天生的预言者，福祥环拱着他的王座，表示他具有各种美德。[②]

---

① 格哈特·豪普特曼（Gerhart Hauptmann，1862—1946），德国剧作家、诗人和小说家，德国自然主义文学代表作家，1912 年获诺贝尔文学奖。

② 引自朱生豪译《莎士比亚全集》第八卷，第 373 页，人民文学出版社，1986 年。——译注

医生和王子的对话，勾勒出了创造奇迹的英格兰国王的形象。这个奇迹在于，国王只要用手触摸一下，那些得了不治之症的人便可痊愈。从中我们发现了一种因素，一种看似与基督教的奇迹概念不可分割的因素，那便是耶稣创造的奇迹中大部分是治愈病人的奇迹。因此，奇迹不是或者不仅仅是一种神力的彰显，而且还肩负着造福他人的使命。英格兰统治者的治病能力证明他是真正的国王。在很久很久以前，国王和教士由同一个人担任。金制王冠能够使人联想到圣像头上耀眼的金色光环。真正的国王可以成为臣民的救星。《麦克白》中这位英格兰国王能使病人康复，这一点生动地比喻他还肩负着医治国家创伤的使命。而苏格兰国王麦克白却使自己的国土满目疮痍。并且，据说英格兰国王的这种治病本领还会传给他的继承人，这表明了这种本领的原则性意义，即英王不是作为个人拥有这种神奇的本领，而是作为国王才会获得它。因此，从医生与王子的对话中所产生的是国王本该具有的真正形象，它与唯我独尊的麦克白形成鲜明的对比：麦克白非但不救人，还滥杀无辜；非但不建设家园，还毁坏一切。他使自己的国家陷入混乱，最终也在这混乱中自取灭亡。麦克白可怕的暴行充斥着整个舞台，而救治病患的神圣国王形象却仅仅浮现在观众的想象中，因为他只出现在医生跟王子的对话中，而正是这一点赋予他特别的光彩。奇迹源自彼岸世界，在该剧中，莎士比亚让奇迹在舞台的彼岸出现。其实在舞台上呈现奇迹并不难，然而，这位伟大的诗人却宁可在精神层面呈现奇迹，以唤醒观众去思考，而不是用活生生的人物在舞台上展示奇迹。倘若将具体的形象呈现到观众眼前，那么“真正的国王”这个形象未必会如在观众的想象中那般光彩照人。莎士比亚勾勒创造奇迹的英格兰国王只用了寥寥数笔，而且这一形象也仅仅是出现在观众的想象中，但在这部充满暴虐和狂乱的悲剧中，他却构成了黑暗中的一抹亮光。

黑暗中的亮光，这便是世间奇迹的含义。奇迹作为黑暗中的光明存在于民众和诗人的想象中。奇迹并不是为了证明创造奇迹者的力量，相反，其本意是治愈他人。近代文学为读者描述的是拯救和救治之类的壮举。当伊菲革涅亚进退维谷时，她问：“我要不要祈求女神创造一个奇迹？”接着，她又问：“难道我的心灵深处没有力量？”歌德在《伊菲革涅亚在陶里斯岛》中，描写了伊菲革涅亚从单纯无知地在奇迹中生活到相信神奇力量的过渡。天真年幼的伊菲革涅亚是一个无助的牺牲品，女神的奇迹拯救了她。成熟后的伊菲革涅亚却无法再靠奇迹获救，她必须自己创造奇迹。她通过冒险去做看似不可能的事，不仅解救了自己和兄弟，而且还拯救了存在于自己和那些野蛮人心中的众神形象。“我还没有奋斗到自由的洞天。”浮士德在他的生命结束时这样说道。

> “唯愿我从此同魔术断了来往，
> 把所有咒语统统忘光；
> 自然啊，让我站在你面前只是一个男子，
> 才不枉辛辛苦苦做人一场。”①

在格哈特·豪普特曼的《艾玛努埃尔·克文特》中我们读到：“奇迹的创造者就是暴行的实施者。”18～20 世纪开展了一场反对奇迹的斗争，认为奇迹就是外来的暴行。然而，作为光明出现的奇迹却仍然得到赞美。伊菲革涅亚也是光明的使者，她的存在和做出的决定就是奇迹，这一奇迹能够使这个世界变得美好。治愈、转变和变形、复活都是奇迹的本质。

尽管经历了各种启蒙，但对于诗人和读者来说，奇迹的本身始终充满着诗意的魅力。无论施蒂夫特将对大自然的崇拜呈现得多么优美，对人世间朴实而逼真的描绘是多么精彩，倘若那些异乎寻常的、超越现实的事物和奇迹从文学作品中全然消失，那文学该会变得多么贫乏。对于浪漫派诗人来说，“使我们超越寻常现实进入幻想世界”才是诗意本身。20 世纪的剧作家弗里德里希·迪伦马特②宣称：“在戏剧中，超现实性必然与现实性相对立。”而事实上，我们并不认为，20 世纪的文学将充满幻想、奇妙和神奇的事物排除在外。在作品中，奇迹虽不再被视为现实，却具有了象征意义，且呈现出来的方式也多种多样，即便奇迹仅仅是裹上了一层荒诞的外衣，而不是以不可思议的形式出现。

在浪漫派看来，奇迹之花象征着黑暗能够与光明相连，人间能够与天国结

---

① 引自绿原译《浮士德》第 428 页，人民文学出版社，1997 年。——译注

② 弗里德里希·迪伦马特（Friedrich Dürrenmatt，1921—1990），瑞士剧作家、小说家。

合。人间的黑暗与天国的光明相遇，是在奇迹中才会发生的事情，浪漫派以及其他诗人对此类奇迹的描述乐此不疲。

浪漫派不但痴迷于童话和奇迹，而且也乐于将奇迹和神奇的事物作为创作素材，现代文学在某些方面也延续了浪漫派这种对奇迹的热衷。在本书上部的结尾之处，我们应该回忆一下沙米索[①]的《彼得·施莱米尔的神奇故事》，它讲述了一个人出卖自己影子的故事。作者描写的影子与身躯神奇分离的瞬间给人留下了难忘的印象。身穿灰衣的谦逊买主是一个不起眼的男人，他向目瞪口呆的施莱米尔提出，拿一个幸运口袋换取施莱米尔的影子。

> "仁慈的先生，请您检查并且试验一下这个袋子。"他把手伸进口袋，拿出一个中等大小的、缝得很结实的钱袋子。钱袋子是用坚韧的科尔多瓦皮革制成的，上面还系着两根结实的皮带。他把钱袋递给我。我将手伸进去，从里面掏出十枚金币，接着又掏出了十枚，然后又是十枚接着十枚……我连忙向他伸过手去："好吧，咱们成交。我同意拿我的影子换你的钱袋。"他握了握我的手，随后毫不犹豫地跪在我的面前，我看见他非常麻利地把我的影子从头到脚轻轻地从草地上移开，然后将影子卷起来、折叠好，放进口袋里。他站起身来，又向我鞠了一个躬，然后回到玫瑰花丛中。我仿佛听到他在轻轻窃笑。我紧紧捏住钱袋的带子。四周的大地洒满阳光，而我却没有了知觉。

"而我却没有了知觉。"彼得·施莱米尔这样说道。故事的前面还提到过："我一阵昏眩，眼前像有双倍多的杜卡特[②]金币在闪耀。"在此，奇迹没有给人带来光明，而是使人眼花缭乱、意乱神迷。这不是上帝创造的奇迹，而是魔鬼撒旦制造的奇迹；不是造福的神术，而是作祟的巫术。尽管杜卡特金币令施莱米尔眼花缭乱，但他的脑海中始终还残留着一丝模糊的记忆，记得魔鬼原本也是一个光

---

① 沙米索（Adelbert von Chamisso，1781—1838），德国诗人、作家，浪漫派的代表人物之一。他的《彼得·施莱米尔的神奇故事》也译为《出卖影子的人》。

② 杜卡特，14 ~ 19 世纪在欧洲通用的古意大利金币。

明的使者。《彼得·施莱米尔的神奇故事》描述了主人公（现代小说中“非英雄”的前身）[1]在毫不知情的情况下落入罪恶圈套的过程。为什么主人公不能用自己的影子去换取一个永不枯竭的钱袋呢？何况影子又不是灵魂。用金钱至少能够行各种善举，做许多理性的事情，而影子却是无关紧要的空洞之物。然而，施莱米尔随之体验到了，人类总是会排挤与自己不同的人，哪怕这个人像影子那样无足轻重。最后施莱米尔终于醒悟了，当他知道那个神奇的钱袋子是魔鬼的玩意儿以后，便不再想要它了。他扔掉了钱袋，用最后几块钱币买了一双旧鞋，可他没有料到，这竟然是双七里靴[2]，这双七里靴毫不费力地把他带往陌生的大陆。就这样，施莱米尔在放弃钱袋这一魔鬼之物的同时，获得了到处寻觅和探索人间自然奇迹的可能性。幻想家变成了探索者。在这一点上，沙米索当属于莱辛的追随者，他引领主人公放弃幻想，从而进入到能够实现奇迹的现实中。但与莱辛不同的是，沙米索又一次借助了一个幻想的物体——那双神奇的七里靴，是它将彼得·施莱米尔从幻想和奇迹的世界带进上帝创造的自然世界。“在我的四周，大地充满阳光 ”——故事一开头就有这般描述，然而，施莱米尔却用了很久才学会欣赏“阳光普照人间”这一奇迹，尽管他是在没有影子的情况下，冒险直面明晃晃的太阳。在《彼得·施莱米尔的神奇故事》中，作者用童话战胜了童话，用奇迹征服了奇迹。显然，在沙米索看来，童话和奇迹对于文学创作都是不可或缺的。

① 德文中“Held”一词包含“英雄”和“主角”的双重含义。最早的文学作品大多叙述的是关于英雄的故事，现代小说中则经常塑造小人物、失败者这类“非英雄”的故事。——译注

② 童话中一步能跨七里的靴子。——译注

下部

今天依然如此
——关于民间童话的思考

1 童话中的形象

一说起童话，最先浮现在人们脑海中的便是一系列形象：王子和公主、国王和王后、猪倌和牧鹅女，还有森林、马、龙、狼、女巫、宫殿、钟塔，以及太阳、月亮和星星……我们的记忆链从开始到结束，充满了这些光彩夺目的形象。要知道，这并非偶然。讲童话的人首先想到的是王子和公主，他们是童话中的理想形象，是故事情节的操控者。我们每一个人都有意或无意地在他人身上、在我们自己身上寻找王子和公主的影子。如同让·保尔①所说，这是在寻觅“值得赞美的理想人物”。不言而喻，王子和公主是具有象征意义的人物形象，他们是人类高贵形象的代表，而高贵的人物、美丽的形象及漂亮的服饰是人们对童话的期待。莎士比亚的传奇剧《暴风雨》中的女主人公米兰达，在平生第一次见到年轻貌美的人时，就曾经感叹过：“这样的殿堂不可能容留一丝丑恶。”——然而她没有想到，此刻吸引她的这些美丽的人中，却有几个包藏着祸心。如同莎士比亚戏剧呈现的那样，在现实生活中，外表美丽的人反倒往往会干出丑恶的勾当，徒有其表的人会让人们对美丽的期待落空。即便在童话中，也会出现恶毒的王后、残忍的公主，富丽堂皇的宫殿里也会有可怕的事情发生。民间童话并不像第一眼看上去那么简单明了。不过，从整体上看，它们并不复杂。金碧辉煌的宫殿、美丽动人的王子和公主、熠熠生辉的日月星辰给童话打下了印记，这美好的一切唤起

① 让·保尔（Jean Paul，1763—1825），德国小说家，代表作《泰坦》等。

了听众和读者心中的希望，让他们觉得高贵、威严、充满阳光的生活并非遥不可及，人人都有飞黄腾达的可能。在此，我们不妨再引用一句莎士比亚的话：

> 因为你们中没有谁是卑微和丑恶的，
> 你们个个眼里都闪烁着高贵的光芒。

这是亨利五世对自己军队中的普通士兵说的话。在童话故事中，猪倌原本是一位王子，牧鹅女其实是一位没有暴露身份的公主。我们可以相信童话所说的，每个人的身上都具有潜在的高贵基因。

然而，童话也向我们展示了最高贵的价值也会遭到毁损。国王生病了，必须得到救治，于是他的儿子们被纷纷派出去寻找活命水，或者去捉回一只神鸟，神鸟的歌声能让国王康复如初。同样，公主正面临某种威胁，比如一条龙想吞食她或掳走她，或已经将她掳走，她必须得到解救。在这类故事里，往往都是美丽而高贵的人遭遇危险和威胁，需要保护和救助。在许多童话中不断重复的场景便是，故事主人公（猎手、渔夫或扎扫帚人的儿子）走进一座四处挂着黑纱的城市，救出可怜的公主。格林童话中就有这样的故事：

> 最小的弟弟（猎人）……来到一座城市，城里四处挂满黑纱。他走进一所客栈，问店主，为什么这座城市挂满黑纱。店主告诉他："因为我们国王的独生女明天就要死了。"猎人忙问："她病得快断气了吗？""没有，"店主说，"她现在还活蹦乱跳呢，可她明天非死不可。""怎么会有这种事？"猎人不解地问。"城外有一座高山，山上盘踞着一条恶龙，每年都要得到一位少女，不然就要降灾给整个国家。到现在所有的少女都献给它了，只剩下国王的女儿。然而它还不肯放过，明天必须将公主交给他。"猎人接着问："那为什么不杀了那条恶龙呢？""唉，"店主回答说，"不知道有多少骑士曾试图杀了那条恶龙，结果都把命丢了。国王曾答应，谁能杀死那条恶龙，他就将公主许配给谁，而且国王死后，屠龙者还可以继承王位。"

猎人没再说什么。第二天一早，他带着自己的野兽上龙山去了……向恶龙献少女的时辰到了，国王、元帅和宫廷大臣们都陪着公主走出宫殿。她抬头看见远处站在龙山顶上的猎人，以为是恶龙在那里等她，便不肯上去。可一想到整个城市都危在旦夕，她又不得不迈着沉重的脚步往山上走去。国王和大臣们悲痛万分地回去了，元帅却奉命留下来，从远处观察事情的进展。

这则广为流传的屠龙者童话有许多版本，但所有版本后面的情节基本一致：年轻的男主人公在陪伴他的动物（一头熊、一头狮子，或具有魔力的狗）的帮助下，最终战胜了恶龙，让险些成为牺牲品的公主脱离了恶龙的魔爪。然而，到此，公主仍然未能真正获救，她还会再次遭到威胁：奸诈的元帅或者一位粗鲁的烧炭工冒充搭救公主的英雄，强迫她嫁给自己。可就在公主将要与冒名顶替者举行婚礼的紧要关头，真正的屠龙英雄挺身而出，再一次将公主解救出来。

公主与恶龙的形象不但常在童话故事中出现，在神话中也出现过（比如古希腊神话中关于珀尔修斯和安德洛墨达的传说）。这些故事的生动描述，使我们对公主和怪兽的形象十分熟悉，因而我们都乐于赋予它们更加深刻的含义。最美丽、最崇高和最高贵的往往并非纯粹偶然地在某些时刻、某些地方出现，而是在其本质受到了威胁时才显现出来。这种威胁有时来自外部，有时来自内部。有些童话还叙述过“体内藏蛇”的故事。俄罗斯有一则关于沙皇之子西拉和他的魔法师助手“伊万什卡－白衬衫”的童话，其情节跟《跳舞跳破了鞋子》的故事大同小异：公主本来与一条六头恶龙相爱，后来西拉王子迎娶公主时，他必须按照魔法师助手的指令，用枝条鞭笞公主——这是驱除魔障的第一道程序。经过三次夜间搏斗后，魔法师助手伊万什卡终于将恶龙的六个脑袋都砍了下来，但这依然没能完全解除公主身上被施的魔法。这则俄罗斯童话的结局是这样的：

一年后，西拉王子请求国王准许自己回家看望父母。国王表示应允，公主也跟西拉王子一起动身了。半路上他们停下来休整，并搭起了帐篷。“伊万什卡－白衬衫”堆起柴堆，将其点燃，然后操起利剑，将公主拦腰砍断。

西拉王子伤心得号啕大哭 。

“你别哭，她会活过来的！”伊万什卡对王子说。他刚刚将公主劈开，从她的肚子里就爬出各种各样的蛆虫。

“看见这些虫子了吗？所有这些可恶的鬼怪都是你妻子肚子里长出来的。”“伊万什卡－白衬衫”对西拉王子说。

说罢，他将所有蛆虫烧个精光，然后再将公主的身子凑在一起，并在她身上喷上起死回生的活命水。一眨眼，公主便复活了，而且变得和从前一样温柔。

“再见，西拉王子！你不会再见到我了。”说完，伊万什卡便消失得无影无踪。

西拉王子走到海边，登上船，扬起帆，带着美丽的妻子向自己的故国驶去。

公主与恶龙的关系非常复杂。恶龙不仅在我们眼前，而且还在我们身上。在这个故事中，恶龙不仅仅是公主的对手，同时也是她的情人。因此，公主不但身体要得到搭救，灵魂上也要得到解脱，要剔除内在的恶魔。童话以令人印象深刻的画面，给我们呈现了这一内在的转化过程。童话的听众在栩栩如生的描述中理解精神上的真实。从表面上看童话是虚构的，而其内在含义却是真实的。童话不具有现实性，并不直接反映现实，或者说它只反映有限的外在现实。但即使童话呈现的不是现实，它依然呈现了真实。

童话中的龙是邪恶的化身。面对恶龙，除了战斗，别无选择。恶龙被征服，被消灭，像《亨塞尔与格莱特》中的女巫，或者格林童话中的《小红帽》里的恶狼一样，逃脱不了这样的命运。然而，在童话中并非每只猛兽都异常凶恶、无可救药，也不是每只猛兽都必须被除掉，它们也可以发生转变。与诗人充满想象力的寓言故事相比，我们更偏爱这些数百年来口头流传的欧洲民间童话，它们不厌其烦地讲述着这样的故事：野生动物如果不被伤害和追捕，就不会威胁人类的生存，甚至可能成为人类的帮手。

亲爱的猎人，放我一条生路吧，
我愿送你两只幼崽。

《两兄弟》这篇童话中的狼、熊和狮子都曾发出过这样的请求。这是我们熟知的关于屠龙者的故事，幸免于难的动物留下它们的幼崽，后来成了两位主人公忠实的帮手。在其他故事中，动物不但没有受到伤害，甚至还得到了帮助。比如，在一则童话中，狼恳求主人公高抬贵手，并帮它拔出爪子上的刺。后来，为表达自己的感激之情，狼送给猎人一根狼毫：一旦猎人遭遇危险，只需用两根手指夹着这根狼毫转动一下，狼就会飞奔而来，施以援手。坏事可以变成好事，只要处理得当，对手可以变成帮手；破坏性的力量不需要被摧毁，就可以转化成有益的力量。这种智慧在童话中演绎得非常生动，听故事的孩子不但容易理解，而且也乐于接受。只有通过故事形象，孩子才更容易接受智慧；只有通过故事形象，这种对事物本质的认识才能被孩子接受和消化。但是，假如故事中的狼没有转变，只是危险和凶恶的存在，孩子们依然会坚信，他们不应该逃避与这种危险力量的较量。心理学家约瑟菲娜·比尔茨曾经观察过一个两岁半的女孩，小姑娘特别喜欢听小红帽的故事。比尔茨将自己的观察做了如下记录：

在接下来的几天夜里，孩子睡得很不安稳。她一醒来就说怕狼。家里人对此一筹莫展，只得将童话书中的那幅画找出来，将画上的狼剪下来，然后烧掉。在后来的几天夜里孩子安静了，不过白天的时候，仍会不断追着大人问狼后来怎么样了。家里人一再告诉她，这只恶狼被烧死了，再也没有狼了，即便有，也在遥远的俄罗斯。几个星期后，孩子的父亲想带她去附近的森林里玩。一切都准备好了，可妈妈还是不太放心，对孩子说："你跟爸爸去林子里找小兔子玩吧！"小姑娘兴高采烈地走了。在楼梯上，小姑娘和爸爸碰到了一位年长的房客，他随口问小姑娘准备去哪儿。小姑娘的回答大大出乎爸爸的意料："去森林里，找'乌罗斯狼'去！"那口气干脆利索，没有一丝犹豫……小女孩的兴趣点竟然不是无害的兔子，而是那只已经被烧掉的吃人恶兽。即便恶狼的故事曾经连续数夜让这个敏感的孩子深陷恐惧，她依然想主动去会一会那只“乌罗斯狼”。这表明她准备面对这个可怕的猛兽。但她必须拥有战胜恐惧所需要的力量。她在寻找一种形式上的较量。……她牵着父亲的手，说明她准备借助父亲的力量，去经历一次比跟无辜的野兔子玩更令她激动的体验。

许多童话都讲过这样的故事：令人恐怖的动物外表突然改变了，它有了另一张脸，变成了动物王子或动物新娘。小妹妹被许配给熊或狮子，一旦这些动物不再遭受欺骗或拒绝，就会立刻变成一个英俊的王子。同样，丑陋的动物新娘，如癞蛤蟆、老鼠、猴子，也会变成美丽的公主。诗人诺瓦利斯在一部未完成的作品中曾对此做过以下论述：

许多童话都具备这样的重要特征：当不可能的事变成可能时，当另一种不可能出人意料地成为可能时；当人战胜了自己，同时也就战胜了大自然时，奇迹便出现了。而奇迹令他感到愉悦的这一瞬间，正是不愉悦被接受的瞬间。……熊在被爱的瞬间变成了王子……也许当人们欣然接受世间的不幸时，不幸也会产生类似的变化……每一种疾病也许都是两个生物之间更亲密联系的必然的开端，是爱的必然的萌芽……在任何地方，最好的事物不都是伴随疾病而开始的吗？……世间原本就没有绝对的恶，也没有绝对的祸……铲除了恶，善才能得以实现和传播。

浪漫派诗人诺瓦利斯的这一探讨，象征性地指出了民间童话反复出现的令人印象深刻的形象。

跟动物一样，使童话别具一格的其他大多数形象也具有两面性。前面已经提到过，美丽的公主也可能像恶狼一样危险。谜语公主向求婚者宣布，谁能猜出她的谜语，谁就能成为她的丈夫，但猜不出来的就会掉脑袋——这里的“掉脑袋”就是指该词字面的含义，而不是指什么引申意义，城墙上挂着的那些不幸求婚者的脑袋令人侧目。残忍的波斯公主图兰朵，是这类题材的故事中最为家喻户晓的。提起这些冷酷无情的谜语公主，我们首先会想到格林童话中的《海兔》：

从前有一位公主。她的宫殿有着高高的屋顶，屋顶下紧连着一个大厅，厅里开着十二扇窗户，分别朝着不同的方向。公主只要走上大厅，朝四面八方眺望，整个王国都尽收眼底。在第一个窗口，她已经比别人看得清楚；到第二个窗口，还要看得更清楚些；到第三个窗口，则一目了然了。依次类推，走到第十二个窗口，她已经可以把地上和地下的一切看得真真切切，没有什么能逃过她的眼睛。正因为如此，她变得高高在上，目空一切，大权独揽，不愿服从任何人。而且，她公开宣布不会嫁给任何人，除非此人能在她的眼皮底下藏起来，让她无法找到。假如有人试图藏起来，而又被她找到，此人就会被斩首示众。宫门前已经有九十七根柱子上挂着人头，很长时间都没人再前来送死了。公主心满意足，心想："我要自由自在地过一辈子了。"就在此时，又有三个兄弟前来碰碰运气。老大以为钻进石灰洞里就保险了，公主却在第一个窗口就发现了他，随即差人将他拉出来砍了头。老二藏进宫里的地窖，公主同样在第一个窗口看到了他，他也被斩首了，脑袋挂在第九十九根柱子上。老三来到公主面前，请求给他一天时间考虑考虑，同时哀求公主发发慈悲，一旦自己被发现，请再给他两次机会。要是第三次也失败了，他将不再吝惜生命。因为他人长得英俊，请求得又那么诚恳，公主便说："好吧，我答应你，但你也不会走运的。"

了解童话规律的人都知道，这第一百根柱子上不会再有被砍的脑袋出现。在希腊的民间童话中，甚至还有公主亲手用自己追求者的脑袋搭建塔楼。

过了一段时间，最小的王子打算出门，去寻找世间最美的女子为妻。他锁上宫门，跃上宝马，踏上征程，前去赢娶佳人。然而，想要娶这绝色美女的王子很多，却无人如愿。公主把这些人都杀了，并用他们的脑袋搭建了一座塔楼。现在，塔楼上还缺一个脑袋，也许咱们王子的脑袋正好去填补这个空缺。

即便公主没有亲手杀了这些求婚者，也能置他们于死地。玫瑰公主在宫殿里沉睡，无辜的她对周遭发生的一切一无所知：宫外的篱笆长满带刺的玫瑰，许多王子试图穿过篱笆，却都被玫瑰刺中，挂在篱笆上悲惨地死去。因为按照女妖的魔咒，公主要沉睡一百年，王子们来的时机不对。尽管如此，依然不断有王子前来，信誓旦旦地说："我不害怕，就想去看看这位美丽的玫瑰公主。"虽非出自本意，但这个沉睡的玫瑰公主也跟恶狼一样危险。狼有可能成为人的帮手，而公主却可能夺人性命。可是受到威胁的王子依然一心寻找美丽的公主，想尽办法要得到她。

具有双重含义的还有宫殿、钟楼和森林。人们会在森林里迷路、走失，凶恶的强盗、女巫、野兽也大多在森林中栖身，森林常常会将人吞噬。可与此同时，那里也是各种奇遇和冒险的发生地。在格林童话中的《森林中的三个小矮人》里，恶毒的继母让可怜的继女在冬日里穿着纸衣服去林子里采草莓。小女孩在冰天雪地中来到一所小房子，这里住着三个小矮人。他们让小女孩把自己的那块小面包分给他们吃，还让她清扫后门外的积雪。谁知，扫掉积雪后，地里冒出许多红彤彤的草莓，全部已经熟透了。小女孩装了满满一筐子，回家去了。这一主题并不少见，一则斯洛伐克关于十二个月份的故事里，被白雪覆盖的堇菜帮助一个可怜的继女摆脱了困境。即便在森林里遇到吃人恶魔的威胁，仍然能够绝处逢生。亨塞尔和格莱特揣着小石子走进森林，后来却带着宝石和珍珠回家了。莴苣姑娘的塔楼既是安身处，也是囚笼，它将女主人公与世隔绝起来，然而正是这种隔离才使她有机会接触到英俊的王子。在另一些有关莴苣姑娘的故事中，她不仅是女巫囚禁的对象，也从女巫那里学到了许多本领。比如，她学会了一些巫术，使得她后来能够化险为夷。宫殿也是童话热衷于描述的场所之一，这里既是王国富丽堂皇的象征、奇迹发生的场所，同时又往往是危险之地。像城墙一样，宫墙上也能挂满不幸求婚者的头颅。在宫殿里，通常不得踏进第十二或第十三间房子，擅入者必定大祸临头。然而，即便是这间危险的屋子也会具有双重性：擅入者不顾禁令打开房门，虽然一开始会陷入困境（如放出了可怕的魔鬼），但最终却又能由此达到比未进过这间屋子时更高的目标。

太阳、月亮和星星给童话主人公带来的往往都是有益的馈赠。但它们也可能突然变脸，产生出神秘恐怖的力量。格林童话《七只乌鸦》叙述了小妹妹怎样解救中了魔法的哥哥们，故事里的太阳和月亮就是另一副面孔：

> 小姑娘随身只带了父母的一枚戒指做纪念，一个长面包充饥，一小壶水解渴。她还带了一把小椅子，在累了时可以坐坐。
>
> 她一个劲儿地走啊、走啊，一直走到世界的尽头。她走到了太阳跟前，可太阳太热了，热得可怕，还生吞小孩。她掉头就跑，逃到月亮那里。月亮冷冰冰的，可怕而残忍，一看见小姑娘便说："我闻到了人肉的气味！"她吓得赶紧逃走……

在大多数情况下，日月星辰都是童话主人公的朋友，它们赋予童话辽阔的世界、浩瀚无垠的宇宙。童话力图包罗万象，它必须带领主人公超越尘世，不管是把他们带到世界尽头，还是将他们带入天庭地府，或者只是让他们与天国中的人相遇。彼岸的世界也有森林，彼岸世界中最为耀眼的就是日月星辰。我们可以清楚地看到，民间童话并没有沉迷于对大自然的狂热崇拜，也没有为读者和听众生动描绘置身于大自然的感觉，而是另辟蹊径：它描述大自然的威力（常常是日月星辰和四面来风）赋予男女主人公超凡的能力，以帮助他们实现自己的目标。在有些童话中，它们会给女主人公披上镶着金箔、银片和星星的衣裳。在几篇意大利和巴尔干的童话中，我们还听说过一种编织着世间所有鲜花的裙子，或者裙衫上嵌着大海里所有的鱼和波浪。大自然仿佛悉数被收入童话女主人公的衣裳。童话中的人物并没有感觉到自己置身于大自然，但是他们与大自然息息相关，并且获得大自然的馈赠，而这些馈赠又折射出人类与日月星辰、鲜花、动物和海洋之间充满恩典的关系。

我们将童话称为包罗万象的文学作品，因为除了鲜亮夺目的人物形象外，也会有很多不起眼的形象。在一系列人物中，那些古怪的人物被刻画得尤为出彩，如傻瓜、小弟弟、灰姑娘、猪倌、牧鹅姑娘。无论故事怎样多姿多彩，一些不起眼的东西总会一次次地突然出现。例如，有人建议主人公从所有马鞍中挑选一副最不起眼的、最破旧的，正是这副破马鞍具备神奇的魔力。这个情节并不是简单地暗示做人要谦虚朴素——童话一般不会这样刻意地进行道德说教，它要满足更广泛的需要。除了高贵和伟大的，必然也有渺小和卑微的；除了美的，还有丑的；除了光彩夺目的，还有不起眼的。浑身长满疥疮、瘸腿或三条腿的马是神马，而其他的马则不是。民间童话通过这些方式告诉我们，人类对表象与真相之间存在矛盾的认知。

民间童话将其听众或读者——今天主要是儿童，带入一个形象的世界，并给他们的灵魂提供滋养。文学等艺术创作最首要和最原始的成就之一，就是将事物从错综复杂的现实中提炼出来，一一展现在我们面前。在这一点上民间童话无可挑剔。童话将人和动物、树木和建筑物、世间万物和彼岸的力量都隔离起来，然后将他们呈现在我们面前。歌德的戏剧《大自然的女儿》从某种意义上可以称得上是童话剧，它曾这样劝导我们：

出去吧！快快越过这块土地，
穿过他乡，你将看到，
世间万物都在幸福地飘荡。

民间童话的主人公热衷于到处漫游，行走四方，这样的故事给听众带来了丰富而又适度的景象。听故事的人足不出户就能获得亲临其境之感。故事中的景象和人物并非信手拈来，而是经过精心筛选的，它们相互协调，含义深刻，这是民间童话的特殊价值之所在。童话中的形象给孩子们带来了一种对存在本质的启蒙。

至于经常有人提出的民间童话是否残酷这一问题，显然也已经找到了答案。女巫和龙是邪恶的象征，听故事的人在想象的层面与邪恶进行较量，邪恶必将被战胜。对于孩子们来说，邪恶的形象就是邪恶本身。孩子们的心智尚未成熟，无法完全理解更细微的区分。但是他们总能渐渐成长起来。除了恶龙、食人妖、女巫和女巫般的继母这些绝对邪恶的形象之外，童话还塑造了一些没有被杀死的野兽，它们要么变成了人类的帮手，要么直接变成了英俊的王子和公主。这些形象更能使孩子开阔视野。

那些堆砌在城墙上和宫墙上的脑袋，以及被挂在刺玫瑰篱笆上的王子后来怎么样了呢？正是这后一种形象，即《玫瑰公主》中挂在篱笆上的王子形象，使我们懂得了民间童话是怎样描述事物的。对那些可怕的场景，它往往只用寥寥数笔做些简短的提示，而不会连篇累牍、喋喋不休。听故事的人也不会去想象，那些挂在刺玫瑰篱笆上的王子们腐烂的尸体是什么样的。那些来得不是时候的求婚者的悲惨结局，在故事里只是一种标志，它是失败的标记，而不是复仇带来的结果，更不是对他人苦难的幸灾乐祸。童话将灵魂和精神的发展以及命运的过程，清晰地呈现出来。童话中极端的惩罚和奖赏是贯穿整个童话的风格元素，甚至那些在木桩上挂成一排的求婚者的脑袋，也并不是多么可怕的景象，它们几乎只起到了装饰作用，是为了强调人数众多，而人数众多便意味着去个性化。所以，童话倾向于将此一笔带过。童话中没有描绘过砍头的情景——从未出现过，它不喜欢赤裸裸地表现血腥的场面（这与人类历史上某些阶段正好相反，那时杀人现场被公开，供人“观赏”）。想要了解童话本质的人，都必须耐心细致地关注这些叙述方式。

2 民间童话的叙述方式

关于民间童话的起源我们知之甚少，所有相关的探讨都尚无定论。有些研究者认为，童话的形成应该可以追溯到新石器时代晚期，而另一些研究者却指出，直到中世纪末期，真正的童话才得以发展。有的人认为，童话萌芽于远古时代祭司馈赠给人们的智慧格言；而有的人觉得，先是骑士史诗传入民间，再由民间以独特的方式加工打磨，发展出童话这一叙述方式。不过，无论怎样，有一点是无可辩驳的：数个世纪以前，格林兄弟及其后继者所整理记录下来的那些童话，在欧洲各地都是口口相传的。最早的德语童话是马丁·蒙塔努斯（Martin Montanus）于 1560 年前后记录的关于“小地牛”的故事，从中可以看出，16 世纪或更早的童话，采用的是与 19 ~ 20 世纪童话相同的叙事方式。这则关于“小地牛”的童话属于跟《灰姑娘》和《一只眼、两只眼和三只眼》相同的类型。我不打算再重述《小地牛》的详细内容，之所以提及它，只是想用它证明，的确存在一种属于童话这一文学类型的风格，而且这种风格一直保持了几个世纪之久。在此，我想对民间童话这种特殊的叙述方式做一个概述。

上一章我们曾探讨童话中的各种形象，而这些形象在故事中并非毫无关联。它们被设置在一个特定的事件中，嵌入到一个更大的整体中，而这个整体比现实世界的整体更加简单明了。那么，童话的叙述过程到底具有哪些特征呢？

首先值得注意的是，紧张与放松、期待与实现在童话的情节推进中发挥着重要的作用。一个父亲将三个儿子派往远方，三个儿子将会经历怎样的冒险？他们如何克服险阻？他们能够完成艰巨的任务吗？一对恋人逃离恶魔或女巫的控制，他们能够逃脱吗？他们三次险些被抓，又三次侥幸逃脱，直到第三次他们才真正脱险。公主被献给恶龙，难道她真的没救了吗？早期的童话叙述者十分确信，自己在讲述一个扣人心弦的故事，因此每当讲到激动人心的时刻，他会突然停下来，说自己讲得口干舌燥，需要喝杯酒润润嗓子，才能继续讲下去。

不得不承认，这是一种特殊的悬念，在童话中占主导地位。大部分经常听童话的人往往是行家里手。那些听别人讲故事的人，或自己读童话的人，也大多听过或读过其他童话。因此，他知道，故事中最小的儿子会经受住考验；也知道，女巫将被智取，恶魔终被征服，恶龙定被屠灭。所以，故事能否抓住听众，并不完全取决于到底会发生什么事。人们可以猜想到，这种紧张气氛主要是围绕故事情节的推进展开的：这对恋人究竟是怎样逃脱女巫追捕的？姑娘从女巫那里学会了巫术（她甚至可能就是女巫的亲生女儿）。有一次她将一把刷子扔到身后，这把刷子变成了一片森林，或一片灌木丛。在其他类似题材的故事中，被施了魔法的可能是一把扫帚，或一片叶子、一根荆棘，它们的作用都是一样的。一旦女巫穿过了森林，姑娘就会在身后再扔块石头，于是石头变成一座山，或者扔出一把梳子，梳子会变成山脉。姑娘扔下的也可能是一块肥皂，很快身后会升起一座肥皂山，女巫只好爬山。于是，便会出现一段童话中常见的诙谐幽默的情节：女巫奋力爬山，但总是爬到半截儿又滑下来，爬再久都是白费力气。最后，姑娘在身后洒了一滴水（在幽默的变体中，她也有可能洒下一滴啤酒或牛奶），很快水变成了湖，女巫要么淹死在湖里，要么她想喝光湖水，但最后也失败了。在另一些类似的故事中，姑娘变成了一棵树，与她一起逃命的情郎则变成了树上的鸟。或者，姑娘变成了一座花园，小伙子变成园丁；或姑娘变成教堂，小伙子变成牧师。这样的情节也叙述得绘声绘色、妙趣横生。马耳他有一则类似《莴苣姑娘》的童话，故事的主人公不叫莴苣，而是叫小茴香。当她跟一个英俊少年从女巫的塔楼中逃走时，带走了三个有魔力的线团。

女巫在他们身后拼命追赶。过一会儿，她停下来四处张望，想目测一下身后跑过的路。但就在那一瞬间，那对逃跑的人也转过身来，看见了老巫婆。小茴香连忙扔下一个线团，少年立刻变成了一座花园，而小茴香则变成了一朵野玫瑰，在风中不停地摇晃着。老巫婆冲进花园问园丁：“你看见一个英俊少年和一个长发姑娘了吗？”“我们这里有美丽的玫瑰……”“我不要玫瑰。我只想知道，你有没有看见一对逃跑的恋人！”“我还种了甘蓝和卷心菜，卖得很便宜！”这时，老巫婆伸手去摘那朵在风中摇晃的野玫瑰，但园丁立即将她吼住，并打了她的手一下。巫婆又朝四周看了看，这时候，那两个人早已跑出很远的一段路了。老巫婆见状拔腿便追，眼看着将要赶上了，可就在要抓到他们的瞬间，她又回头张望了一下——与此同时，第二个线团使出魔力，将小伙子变成了教堂，而小茴香变成了教堂里的钟。老巫婆冲到教堂前，像先前问园丁那样，问教堂司事。那司事回答：“难道你没听见钟声响起来了吗？弥撒马上就要开始了。”老巫婆还缠着他问，有没有看见一对年轻男女。教堂司事终于不耐烦了：“你小心点儿，你再在这里胡搅蛮缠，当心亵渎了神明，丢了灵魂……”

故事就这样继续发展下去……这则根据民间口头流传的故事记录整理下来的童话，采用了一种大家所熟知的滑稽主题，即关于听觉障碍者的滑稽主题。同时这个故事也证明了民间童话诙谐幽默的基调，虽然有时不乏严肃，却总不失轻松的特点，这样倾听或阅读童话故事的人就能欣赏到有张有弛的内容。然而，如果有人说是各种不同的情节设置，是主题的不断变化，让听众感到紧张刺激，这也许是个错误的答案，或者至少是不完整的说法。因为我们从孩子那里知道，他们一次又一次地想听同一个故事，甚至还会要求大人以同样的语言和语气来讲。稍有改动，他们会立刻指出讲错了。正是那个烂熟于心的故事让他们听得全神贯注。这是童话听众想要经历的紧张感，也是有针对性的紧张感，是孩子所渴望的对期待与满足的基本体验。孩子们在听童话时，正在形成一系列不定型的感知。此刻，一个变化但有序的世界令他们着迷。听故事的人确信，自己的期待一定不会落空。大多数情况下，目标都是一步步实现的，情节的设置遵循三部曲原则。民间童话绝不是随心所欲编造出来的，其想象力也并非天马行空，而是受到严格约束。故事中不可能真的出现恶龙将公主吃掉的情节，每个细节都有规律可循。从未有童话叙述公主是凭着自己的机智从恶龙的魔爪中逃脱出来的，打败恶龙的必须是男主人公。听故事的人已经预先知道了，但还是满怀期待，愿意再听一遍。由此不难证明，童话拥有一种固定的、明确的力量，不断重复加深了这种力量的作用。变化和交替会同时带来一种自由自在、生机勃勃的感觉。

其次，除了紧张感以及期待与满足的体验，童话还给听众呈现了重复和变化这两个基本现象。两兄弟一起外出完成某个任务，三位公主需要得到解救，三条恶龙必须被除掉，要连续三次从遥远的王国运来珍宝——童话常常用几乎完全相同的语言来叙述几段情节。有一篇石勒苏益格－荷尔斯泰因的童话印证了这点，这是一个关于为生病的国王寻找活命水的著名故事。

最小的王子已经骑马走了很远，来到一所小房子前，里面住着一位年逾古稀的老太太。王子上前敲门，老太太打开门。她看见小王子，十分惊讶地说："孩子，你打哪儿来呀？已经好几百年没人来过我这儿了。"王子说："我是国王最小的儿子，被派出来替我父亲取活命之水、美丽之水和青春之书。"老太太说："孩子，我帮不了你，可我有一个妹妹，住在离这儿两百里远的地方。没准儿她知道该怎么帮你。"这么远的路程把王子吓到了，他说："我怎样才能快点儿走完这两百里路呢？"老太太说："我的马厩里有一匹马，它能日行两百里。你骑它去吧。"王子很高兴，老太太还给王子准备了丰盛的食物。酒足饭饱后，王子就留在老太太那里过了夜。

第二天一早，王子骑着老太太的马飞奔而去，傍晚就赶到了老太太的妹妹处。王子上前敲门，老太太打开门，十分惊讶地说："我的孩子，你打哪儿来呀？已经好几百年没人进过这屋了。"王子说："我是国王最小的儿子，被派出来替我父亲取活命之水、美丽之水和青春之书。"老太太说："孩子，我帮不了你，可我有一个妹妹，住在离这里三百里远的地方。没准儿她知道该怎么帮你。"王子很郁闷地说："这么远的路我怎么赶得过去呀？"老太太说："我的马厩里有一匹马，它能日行三百里。我把它送给你。”王子很高兴，老太太给王子准备了丰盛的食物，并让他在家里借宿了一夜。

第三天一早，王子骑着老太太的马飞奔而去，傍晚就赶到了老太太的妹妹处。王子上前敲门，老太太打开门看到他，感到十分惊讶：“孩子，你打哪儿来呀？已经好几百年没人来过了。”王子说：“我是国王最小的儿子，被派出来替我父亲取活命之水、美丽之水和青春之书。”老太太说：“我倒是可以告诉你这些东西在什么地方，可是要拿到却很难，离这里有四百里地呢。”王子难过地说：“可是取不到这些东西，我就没法回家。那里如此遥远，我怎么赶得过去呀？”老太太说：“我的马厩里有一匹马，它半天就能跑四百里。我把它送给你……”

民间童话中这种重复比比皆是，可它的吸引力究竟在哪儿呢？如果我们想到孩子——童话的目标读者，就会立刻认识到重复对于人类生存的意义。只有通过不断重复，才能熟能生巧地掌握一些技艺。对于行动来说，重复具有不可或缺的意义，对于认知来说也是如此。从某种角度看，每一次认识都是重新认识。孩子们乐此不疲地重复已经看过或听过的东西，就证明了重复的重要性。还有一点：重复往往意味着模仿。童话的某段情节亦步亦趋地模仿着前面的一段情节。对某种模式的效仿不但对于孩子非常重要，对于整个人类文化也意义非凡。童话的重复具有一种近乎神圣的特征。后来所述的内容不能与第一次不同，但也并不完全一致。变化与重复相结合，规则的限定与含义的丰富，束缚与自由的统一，赋予了童话特有的面貌。这些特质使童话成为人类生存，乃至一切具有生命力的事物存在的一种模式。在探讨靠施魔法得以逃脱的情节时，我们已经介绍过几种变化的形式。这里，再以《灰姑娘》为例，不过，我们讲的不是格林童话中的《灰姑娘》，而是指同一类型的灰姑娘的故事。在第一个故事中她必须从炉灰中拣出豌豆，在第二个故事中要拣出扁豆，第三个故事却要拣出菜豆。最适合童话的变化是定型的变化：对比和升级。一个姑娘美丽，一个姑娘丑陋；一个善良，一个恶毒；一个衣着光鲜，一个衣衫褴褛。看上去长满疥疮的脑袋，实际上满头金发。小花匠娶了公主，大拇指或者小裁缝战胜了巨人。除了这些对比之外，第二种形式的变化是升级。在升级中，规则与自由在小范围内和谐地融合在一起：第三个儿子最善良，第三位公主最美丽，第三件衣服最华美，第三项任务最艰巨；出现的第一条龙有三个脑袋，第二条龙有六个脑袋，第三条龙有九个脑袋。升级并非随心所欲，而是有规律地呈现出三次或三级，这又从一个侧面证明了童话对固定形式的追求。这种无处不在的追求所带来的纯粹的结果是对极致的偏好。故事的男主人公要么是王子，要么是贫儿。奖赏和惩罚一样极致：要么得到公主和王位，要么丢掉性命。童话中所谓残忍的惩罚是整体风格的要素之一，这种风格本质上使一切变得清晰和明确。就连奇迹也适应了这种风格：刹那间，姑娘变成了玫瑰，巫婆变成了小溪，少年变成了小鹿。童话不喜欢渐进式的改变，而是习惯于突然的转变。

同样，童话热衷于将一切事物呈现得鲜明清晰。它偏好鲜明的轮廓、清晰的线条，喜欢提及棍子、宝剑、动物毛，或小盒子、箱子、坚果、鸡蛋，会不厌其烦地谈到梳子、小屋、城堡。童话中的侏儒怪不像传说中的类似形象一样栖身在山洞里，而是住在小房子里。它最后将自己撕成两半：人们看到了它撕开后的清晰线条，看到了两半一模一样的身子，可谁也没有联想到被撕裂时的血腥场面。传说中的波吕斐摩斯住在山洞里，可童话中的他却住在城堡里。轮廓模糊的山洞迷失在灰暗的大地上，可以说是民间传说的象征，而城堡却以其清晰的垂直和水平线，以及里面的楼梯、塔楼、城垛和房间成为童话的象征。像童话一样，城堡本身就是一个精神产物，而山洞却是天然形成的。传说中还经常会出现废墟，它是大自然遗留下来的，其线条也残缺不全。断壁残垣上杂草丛生。然而，时光荏苒，童话中的城堡却永远纯净清晰地呈现在我们眼前。对固定形式和尽善尽美的追求，使得童话乐于采用白、黑、红、银、金这些纯粹、明亮和醒目的色彩，尽量避免使用混合色和过渡色，从未提到过红棕色、嫩紫色和淡绿色。甚至连混合色绿色这样一种体现大自然生机勃勃的色彩，在童话中也失去了存在的权利。尽管童话会不厌其烦地提到森林，却从未或几乎从未出现过类似“绿色的森林”这样的惯用表达方式。它会说“大森林”，或者“幽暗的森林”，因为这些对于情节具有重要意义——人们会在大片幽暗的森林里迷路，而“绿色的森林”却只能烘托气氛。童话尽量避免诗歌喜爱的绿色和棕色。童话中的森林会呈现银色、金色或铜色。童话偏爱所有的金属和矿物，因为它追求坚固、明确、永恒和不朽。它会让活生生的东西变成金属和矿物，比如：一根手指变成了金的；所有人都变成了石头；步行穿过紫铜色的森林；如果有人折断一根树枝，它会发出“叮当”的响声。

在 1812 年出版的第一版格林童话中，灰姑娘穿的鞋先是银的，后来是金的。而在 1697 年佩罗记录整理的童话中，灰姑娘穿的却是玻璃鞋。它们都非常符合欧洲童话的风格——对金光闪闪、外形坚固、晶莹剔透这种尽善尽美之物的追求。但是，格林兄弟的童话在后来的版本中淡化了这一风格。在最初的版本中明明白白写的是“银鞋”，后来却只写成“用银线和丝线绣成的鞋”——这样写显然更现实、更合理，却削弱了童话的特质。由此可以看出，即便像格林兄弟这种童话领域杰出的耕耘者，也会面临风格上的不确定性。针对佩罗的反对意见则更加强烈。巴尔扎克和利特雷指出：穿玻璃鞋是荒谬的——尤其是灰姑娘其中的一只玻璃鞋掉了下来，居然没有摔碎。他们认为，女主人公穿的鞋子其实是皮鞋，要么是毛皮鞋。一代又一代民俗学家都相信并接受了这一“科学”的解释，并嘲笑那些居然想象出玻璃鞋的人是多么幼稚。1968 年，终于有人站出来为玻璃鞋这一说法进行辩护：法国学者马克·索里亚诺（Marc Soriano）指出，童话中的荒谬是合理的存在，并赞赏佩罗作品的幽默感。如果索里亚诺同时观察到了童话中的玻璃山和玻璃马车，以及童话对玻璃和水晶的偏爱，他的论证便更具说服力。与皮鞋相比，玻璃鞋显然更适合童话。对童话的风格和形式有所了解的人，都不会被巴尔扎克和利特雷现实而理性的论断所迷惑。

童话中运用的数字也是固定和公式化的：三、七、十二、四十、一百是故事中出现得最为频繁的数字。而且，故事几乎总是以“从前……”这句套话开始，以“如果他们没有死，那么他们到现在还活着呢”的固定表达结束。此外，还有格言一般的固定表达方式：

吹吧，吹吧，微风，
吹走他的小帽……

童话结束的时候也可能出现几行诗。比如俄罗斯童话在描述王室婚礼的场面时，就是用诗句结尾的：

我也参加了婚礼。
美酒和果汁，
流过我的胡须，
却滴不进我的嘴里。

由此我们不难看出，童话的语言总是不断凝结成固定的形式或诗句。民间童话将现实风格化，它不描写具体事物的各种细节，而是从中提炼出抽象化的东西，犹如一种数学图像，一种晶莹剔透、线条分明的水晶玻璃。童话不是现实主义的作品，而是近乎抽象的艺术。

如同我们在探讨其叙述对象、色彩和语言方式时所看到的那样，民间童话在情节设置上也具有固定、清晰、明确的特点。它并不热衷于细节的描述，而是偏爱果断向前发展的情节。提到主人公来到某座城市时，童话往往对那里的一草一木、风土人情甚少提及，只会描述那些对于情节发展有用的人和物，比如：街上的房子披着黑纱，或涂成黑色，因为这是将公主献给恶龙的日子。相反，诗人创作出来的童话反倒会热衷于描写诗情画意的小城风光。海因里希·海涅在其《北海集》[①]中曾描绘过这样一座海中童话之城：

我躺在船舷边，
似梦非梦，睡眼迷离，
俯视着清晰如镜的水面，
看得深而又深——
一直深入海底。
起初似乎有昏暗迷蒙的雾嶂，

① 引自张玉书译《海涅选集 · 诗歌卷》，第 244 ~ 245 页，人民文学出版社，1985 年。——译注

可是渐渐地色彩鲜明、轮廓明朗，
只见教堂的拱顶和钟楼，
最后看见整个的一座城市，
它异常清晰，像日光照耀一样，
古色古香，荷兰风光，
熙熙攘攘，人来人往。
举止稳重的男子身披黑色大氅，
戴着绉纱白领圈和荣誉的金链，
长长的佩剑，长长的面庞，
大踏步走过人群密集的中心广场，
走向台阶高高的市政厅，
手持王笏宝剑的皇帝石像，
在门前站岗。
不远处有一长排一长排房屋，
房子的窗户明亮如镜，
一排排菩提树修剪成金字塔形，
少女们在那里散步，绸衣窸窣有声，
她们纤细的身材窈窕轻盈，
如花似玉的脸庞被黑色的小帽
和纷披的金发裹得严严紧紧。
衣衫华丽的小伙子们身着西班牙的服装，
昂首阔步从旁走过，点头频频。
年迈的妇人，
穿着过时的褐色衣裙，
手里握着念珠和经文，
踅着碎步，
急匆匆走向教堂的大门，
嘹亮的钟声和悠扬的管风琴声
催人把步伐加紧。

民间童话的叙述者恐怕不会想到，要以这样的方式去描绘故事的场景。他们会提到一些事物，但并不会一一详尽描述。构成民间童话之魂的不是渲染气氛，而是铺陈情节。阳光透过阴暗的树叶挥洒而下，编织出五光十色的景象——如此充满诗意的森林世界只会出自诗人的笔下，而不会出现在民间童话中。民间童话自有其独特的美，它的美很大程度上取决于故事线一目了然，情节线明确简单。与传说完全不同的是，童话让故事中的人物完全摆脱了家庭和乡土的束缚，让他们进入广阔的世界。而且这些人物并不是结伴而行，而是先后出发，或者至少是独自朝着不同的方向走去。童话将每个人物隔离开来，即便一开始是众人陪伴出发，主人公在做出最重要的冒险前，也一定会将他们打发回去。例如，在异国他乡娶了公主的格劳宾登羊倌。

> 过了些日子，他（羊倌）对公主说："我想回趟家，去看看母亲，还有父亲。我想在母亲去世前再见她一次。"公主说："我很惊讶，你终于想起你的父母了。你只管去吧，但记得带上军队，至少得带一百人保证你的安全。""没关系的，我一个人就行。"吉翁说。"那不行，要这样我就不放你走了。"公主坚持道。最后，羊倌决定带四十个人上路。途中，他想到第二天就到家了，于是对随行的士兵说："你们都回去吧，现在我一个人走就行了。"因为他是王储，所以士兵们只能按照他的吩咐返回了。

童话中的人物大多形单影只，所以在语言上采用修饰词时也是单一的，如"一位老国王""一个美丽的姑娘""一个丑老太婆"。如果故事中出现红眼睛和流鼻涕的巫婆，那一般是编选者习惯性加上去的。真正的民间童话只喜欢用"一个老巫婆"或"一个丑巫婆"之类的简短名称。在意大利童话中有一个固定的表达方式："una bella ragazza"，翻译时不得随意改变，不能一会儿译成"一位妩媚的姑娘"，一会儿又译成"一位美貌如花的姑娘"，而是要严格按照固定的表达方式译成"一位美丽的姑娘"。童话不会具体描写美丽，只会呈现美丽所产生的效果。一则匈牙利童话中有过这样的句子："草地太美丽了，就算有人能直视夺目的太阳，也无法将目光投向草地。”一则希腊童话这样描写道：“公主美得让人不敢直视。”罗马尼亚童话中写道：“就算有人能直视太阳，也无法忍受宫殿夺目的光辉。”还有一则匈牙利童话叙述道：“她从头上梳出两朵美丽的花儿，人们也许能承受太阳的炫目，却无法消受这花朵的美丽。”民间童话就是如此严格地遵循着莱辛从《荷马史诗》中读出的那些叙事文学的规则：修饰词的一致性，呈现美的效果，不描写美本身。莱辛在谈到从静止到运动、从共存到单一的变化时指出：童话喜欢将性格特征体现为具体行动。比如，它并不会说：“小儿子很有同情心”，而会直接叙述小儿子如何将自己的面包分给一位老人。

童话的情节线受到任务、禁令和条件的严格限制，尽可能让事情在最后关头才得以顺利解决，将明确的奖赏或惩罚作为故事的终结点。奇迹也严格约束着故事情节的发展。童话主人公无法擅自决定自己的行为，他的所作所为要被任务、建议、馈赠以及来自各方的帮助所左右。看不见的内心世界不属于童话的范畴。也可以说，童话将内在的一切都转化为外在的一切，将藏于灵魂深处的一切都转化为可见的一切。

在童话里，世界升华了。事物都清晰可见，世界变得轻快而明亮。童话不会提到澎湃的激情，也几乎不触及深沉的痛苦。当七只乌鸦的小妹妹为了打开玻璃山而切下自己的手指时，我们既听不到她内心的任何纠结，看不见鲜血淋漓的场面，也不会联想到小姑娘从此永远残疾了。故事只字不提切下手指后姑娘必然会感受到的钻心之痛，呈现在我们眼前的只有情节，没有心灵的感受。因此，即使是看似残酷的惩罚，也并不让人感到可怕。受折磨的是故事中的人物，而不是活生生的人，这类痛苦在童话中鲜有详细叙述。民间童话并不津津乐道于残忍的故事，因此，从这个意义上说，它们丝毫都不残忍。同时，其他的情感在童话中也升华了、消散了。童话故事经常会提到求婚和婚礼，却从不涉及真正的情爱。关于施展魔法的叙述也是如此，尽管许许多多的童话中都会提到施展魔法的过程，但是我们感受不到施展魔法本身所带来的紧张感。原始民族的巫师，即萨满，他们在施巫术时精神会高度紧张，甚至进入恍惚的状态。可在童话中，施展魔法和巫术都显得易如反掌，主人公只需要用手指夹着狼毫转动几下，狼就会赶来搭救他。童话中出现了许多来自阴间的形象，但丝毫没有阴森的气息，这点与民间传说大相径庭。童话不探讨真正意义上的激情、欲望和魔力，也不会提及时间和历史。传说的叙述常常追溯到远古，或是展望到后世，而童话则不然。玫瑰公主沉睡百年后依旧年轻美丽。女巫挖出姑娘的眼珠，扔到炉子后面，后来那两颗眼珠又会重新装进姑娘的眼眶。在童话世界里不会有人去考虑，那两颗眼珠可能已经腐烂的现实情况。童话展现的是一个不朽的世界，它解除一切束缚，让故事中的人和事从时间和一切社会关系中解脱出来。它们孤立地呈现在我们面前，不受任何条条框框的限制。远古和未来世界的人不会同主人公有任何关系，同时代的人在故事中也无足轻重。

上述一切，即所有抽象化和理想化的一切，并没有使童话变得贫乏和空洞。恰恰相反，在童话中，那些混乱、复杂、多元的现实被归纳在清晰、纯粹的形式中。本质的东西取代了时间和空间。同时，只有理想化才能使童话容纳这个世界。正因为它是理想化的，才能以有限的篇幅容纳丰富的主题，就像玻璃球一样，将人类生活的种种折射其中。童话的世界包罗万象，整个宇宙都囊括其中：有太阳、月亮、星辰和风；有动物世界——在同一个故事中不但会出现水中动物，甚至还会出现空中和陆地动物（如鱼、乌鸦和海兔）；有树木、鲜花和石头组成的世界；还有人类自己创造的世界——城市、宫殿以及其他。涉及人类的内心世界时，童话会讲述敌意与友谊、破坏与救助、战争与和平、幸运与失败，还会探讨责任、考验、危险、搏斗、背叛和忠诚。当然，童话中也少不了美味佳肴和睡觉之类的生活琐事，可以说，对于异乎寻常的大事和日常生活的琐事，童话无所不包：自然与家庭、求婚与结婚、农夫与国王、士兵与市民。童话用升华的方式包含了生活的所有模式。我们试图掌握欧洲民间童话叙述风格的共同本质，这种风格决定了童话的面貌，在所有国家、所有民族那里都能够重新找回它们。人们常常会惊讶于远隔千山万水的地区竟然会出现相似的童话，并试图通过故事的流传或人类普遍存在的心理需求，来解释这种题材的相似性。同样值得注意的是，民间童话的风格在不同时期和不同地区也相似得惊人。因此，所谓童话是在各地区和民族间流传时造成了相似性的说法就站不住脚了，因为叙述方式无法像故事题材那样容易被接受。然而，如果叙事风格在任何地方都非常相似，则证明了这种风格属于童话故事。我们可以看到，即便风格遭到了破坏，它在人们口口相传的过程中又能得以恢复。对比鲜明、逐步升级、放弃描述——这些属于童话的独特风格即便失去，也会重新找回。叙述者和听众都渴望表达形式清晰、明确，做不到这两点，就不是童话了。

但是，许多叙述者都拥有自己独特的语气，童话的面貌也会染上地方色彩。从童话中我们可以看到，各民族童话基本相似的风格与地方、民族或叙述者个人所赋予的特色之间相互影响，这种影响属于束缚与自由的变化交替。这些是我们在童话中能够观察到的。基本结构与不同叙述者施加的改变和不必要的修饰之间的反差，对于眼光独到的行家来说具有独特的魅力。瑞士山区的格劳宾登州与意大利北部的瓦尔泰利纳接壤的地方，有一则童话叫《会开饭的小桌子》，其中摆上桌的食物有火腿肠、格劳宾登肉、奶油、米饭、榛子和许多瓶瓦尔泰利纳葡萄酒。而在格劳宾登的其他童话中，提到了另一些当地的特产，如香肠和奶酪。在著名的童话《魔鬼的三根金发》中，主人公路过一座城市，那里的水井都干枯了。而格劳宾登的一则童话，说的是一个村子里没有水，从村庄路过的男孩被村长叫过去（不是被召到国王面前）。村长说，假如男孩能让村子里的井冒出水来，就能得到跟自己体重一样多的金子。在西班牙一篇关于魔笛的童话中，主人公是绵羊倌，当他得到魔笛这件神奇的乐器后，就让羊群跟着乐曲跳舞。但是格劳宾登童话中的山羊倌却完全不同，他虽然作为王储荣归故里，但老乡们都不相信他能继承王位，他只好去放羊。

从这天起，他每天清晨都会爬上高山牧地，吹一声口哨，然后说："我想让我的山羊四处走走，晚上再回到这里！"山羊都很听话，这样，他整天都能歇着了。他痛痛快快歇了几天，觉得有点儿无聊了。他也不能白天黑夜都睡觉啊！由于他已经习惯了军队的训练，便想到是不是可以拿山羊当士兵操练一番。他将山羊都召集到一块平地上，吹了一声口哨，然后就开始对山羊发号施令。山羊也完全按照他的指令行动。渐渐地，他开始将山羊分成四列纵队，从大到小前后排着，然后命令它们开始操练。一切进行得很顺利。晚上回家的时候，他让山羊四只一排，排着队向村子进发。村里的人都在一旁看着，笑得前仰后合，可羊倌还是觉得特没意思。

有一天他想，要不试试让山羊用后腿走路吧！“我想让我的山羊都只用后腿走路！”果不其然，所有山羊都用后腿立起来，他这样训练了一会儿，接着将羊群散到草地上，让它们吃个够。不久，他动身回家了。快要看到村庄时，他让山羊停下来，排成四队，公羊走在队伍的前列，后面是从大到小依次排好的母山羊。他吹了声口哨，说道：“现在，所有羊用后腿立起来！”果然，所有羊都立起来了。他像带领士兵一样领着羊群继续往前走去。进村时，大伙儿见状都快笑破了肚子，但他的父母却没有笑，心想：儿子要么成了个巫师，要么成了别的什么，总之不是个寻常人。还有些人心中也暗暗认为，眼前的事的确太古怪了。可羊倌仍不满足。有一天，他又想：我要给每只羊一根棍子，让它们夹在前腿之间当武器。他在山上让几只山羊试了试，果然成了。这时他说：“我要给每只山羊都砍一根棍子。”

现在让羊倌去砍他的棍子，我们回头谈谈公主，因为羊倌需要三个星期才能将所有棍子备齐呢。

此类具有地方特色的改编非常美妙和诙谐，却并未对童话的风格产生什么影响，只是在表面上做了轻松的、令人耳目一新的改编。我们此前所总结的那些民间童话的基本风格依旧没有改变。无论童话的表现形式怎样变化，它的结构和叙事方式在任何地方、任何时间都基本固定不变。

3 七只乌鸦

在格林兄弟版的《七只乌鸦》里，父亲派七个儿子中的一个外出取水，好为小妹妹行救急洗礼。其他六个兄弟也跟着跑出去了。大伙儿争先恐后地去取水，不料，手忙脚乱中水罐掉到井里去了。

> 他们（七兄弟）站在那里，一时不知该怎么办，谁也不敢回家。父亲一等再等，却总不见儿子们回来，便很不耐烦地说："这帮无法无天的孩子！肯定玩得把正事都忘了！"他非常担心小女儿来不及受洗就死去，气得大声嚷嚷："真恨不得这七个小子全都给我变成乌鸦！"话音未落，他便听见头顶上有翅膀扑腾的声音。抬头一看，只见七只羽毛漆黑的乌鸦向远方飞去。

父母无法收回自己的诅咒，身边只剩下小女儿。令人欣慰的是小女儿一天天长大，而且越来越漂亮。很长时间里，小姑娘压根儿不知道自己还有七个哥哥。后来，她终于知道了曾经发生的事情，十分自责，内心再也无法平静。于是，她踏上了寻找和解救哥哥们的征途。

> 小姑娘随身只带了父母的一枚戒指做纪念，一个长面包充饥，一小灌水解渴，还有一把可以歇息的小椅子。

她一个劲儿地往前走啊走，一直走到了世界的尽头。她走到太阳跟前，可那太阳热气逼人，非常恐怖，而且还生吞小孩。她吓得拔腿便跑。她跑到月亮那里，可月亮太阴冷、太残忍。一见小姑娘，月亮便开口说道："我闻到了，闻到了人肉味儿！"小姑娘闻声连忙逃走了。她来到了星群中，星星们对她都很友好。每颗星星都坐在自己特定的小椅子上。只有启明星站起来，递给小姑娘一只小鸡腿："没有这只小鸡腿，你打不开玻璃山，你的七个哥哥就被关在玻璃山里。"

小姑娘接过小鸡腿，仔细包进一块帕子里，然后又往前走。她走了很久很久，终于来到了玻璃山前。山门紧锁，她准备取出那只小鸡腿，可当她打开手帕时，却发现里面什么都没有。她把好心的启明星送给自己的东西给弄丢了！这可怎么办呀？她想救哥哥，可是没有打开玻璃山的钥匙。善良的小姑娘掏出刀来，割下自己的一根小手指，把断指塞进锁孔，幸好门真的打开了。她走进玻璃山，迎面碰到一个小矮人。那人说："孩子，你找什么呢？""我找哥哥，那七只乌鸦！"姑娘答道。"乌鸦先生不在家，要是你愿意在这里等，那就进来吧。"小矮人说。接着，小矮人用七只小盘子和七只小杯子将乌鸦的吃食端了进来。小姑娘从每只盘子里吃上一小块面包，从每只杯子里喝上一小口水，然后将带在身上的戒指放进最后一只杯子里。

突然，天空传来一阵翅膀的扑腾声，小矮人说："乌鸦先生们回来了。"果然乌鸦们都飞进来了，它们各自寻找自己的盘子和杯子，准备吃东西。不一会儿，就听到它们接二连三地嚷嚷道："谁吃了我盘子里的东西？谁喝了我杯子里的水？是人的嘴碰过我的食物。"当第七只乌鸦将杯中的水喝完时，戒指滚到了它的嘴边。它仔细一瞧，发现原来是父母的戒指。它激动地说："要是咱们的小妹妹来了，咱们可就得救了！"躲在门后的小妹妹听到了，立刻走了出来。七只乌鸦也都立刻恢复了人形。他们抱在一起互相亲吻，然后高高兴兴地回家了。

格林兄弟的这篇童话采用儿童的口吻，使用大量表示"小"的词缀，讲述了一个奇特的乌鸦故事。故事的背后究竟隐含着什么？这正是童话需要做出解释的一部分。但是我们不能随心所欲地理解童话，而是要仔细厘清每个故事的主题，然后将整个故事与同类题材的童话联系起来再加以探讨。首先要指出的是：七只乌鸦的故事并非孤立的存在，它是在许多国家广为流传的大量类似故事中的一个。格林兄弟的这篇童话取材自两个不同的版本。一开始，他们特别喜欢在维也纳流传的一个版本，后来在漫长的采集过程中，他们又根据美因河地区的版本加以整理和改写。如今的人会尽量原汁原味地复述听到的传说和童话，但格林兄弟则常常尽量通过糅合不同的文本，写出一个理想的故事。因为他们相信，在童话中还残留着某些古老神话的因素，所以，他们不拘泥于逐字逐句原封不动地记录故事，而更多的是忠实于岌岌可危的古老神话遗产。在散落于民间的故事中，他们依稀看到了神话的微光在闪耀。因此，他们有时会敢于用一个故事去充实另一个故事。

在他们的童话集中还有两篇跟《七只乌鸦》相近的童话：一篇是由黑森州的两个故事组合而成的《十二兄弟》，另一篇是《六只天鹅》。《六只天鹅》是威廉·格林后来的妻子多尔特辛·维尔德于 1812 年给格林兄弟讲述的。约翰内斯·博尔特（Johannes Bolte）和乔治·波利夫卡（Georg Polivka）在其对格林兄弟的《儿童与家庭童话集》的论述中，指出了大量由多个文本组合而成的故事。如果说在格林兄弟的童话集中，同一主题既在乌鸦的故事中出现，又在天鹅的故事中出现，那么在其他童话版本中，展现这一主题的动物更是多种多样，如石勒苏益格－荷尔斯泰因地区故事中的雄鹿、特兰西瓦尼亚地区故事中的猪、法国故事中的绵羊和白公牛、俄罗斯故事中的狼和鹰、波兰的鹳、匈牙利的大雁和鹤、挪威的鸭子、意大利的鸽子……主题不变，而作为主角的动物却不断改变。这究竟意味着什么呢？许多迹象表明，这些动物往往带着死亡的气息。男孩常常化身为鸟类，而鸟是一种有灵性的动物。在原始民族的信仰中，它是已死之人的一种变化形式。其他的动物也存在这种可能。但在鸟类中，这种假设尤其明显，而在鸟类中占主导的是乌鸦，它被认为是死亡之鸟或死神的陪伴者。天鹅也是这类动物，黑白两色都是死亡之色。此外，在个别版本的故事中，父亲的确希望儿子们死去，并准备杀死他们，格林童话中的《十二兄弟》便是如此。另外，七兄弟被父亲诅咒后被赶往玻璃山，而玻璃山是死亡之山。在远古的信仰中，山往往是死神的栖息地。埃及的金字塔是一座人工筑建的山。在信仰基督教的时代，高山上的冰川被视作有罪灵魂的所在地。山里还藏着鬼怪和小矮人，他们宣称自己是亡灵。在《七只乌鸦》的故事中，小妹妹在玻璃山遇到的第一个人便是小矮人。死亡神话会提到死者要攀爬玻璃山。1890 年记录下来的一则立陶宛的民间传说，就讲述了这样一个故事：

> 从前，人们习惯于将剪下来的指甲藏到胸前的口袋里，而不是将其扔到地上，因为他们相信，人死之后，要通过一座玻璃桥爬上玻璃山。

死去的人要带上指甲或动物的爪子，才能够爬上死亡之国里的玻璃山。不止一个故事提到，玻璃山必须通过一块骨头才能打开，这表明玻璃山即死亡之山，只有同类才能降住同类，只有死亡之骨才能打开死亡之山，这是某种同类相近的魔法。最后，故事也暗示了亡者世界里的月亮和太阳都具有吃人的危险性。

像《玫瑰公主》《白雪公主》《两兄弟》这些故事一样，《七只乌鸦》的主题也是死亡和复活。但玫瑰公主、白雪公主以及两兄弟中的一个都真正死去过，或者至少陷入过类似死亡的长眠中，而在《七只乌鸦》里，死亡的现实隐藏在“七兄弟变成动物并被锁在玻璃山”这一情节中。毫无成见的听众不会想到，让七个哥哥变成动物并消失，意味着让哥哥们进入死亡的世界，就像他们也不会将玻璃山看成死亡之山、把小矮人当作亡灵一样。死亡以及进入死亡之国的真相消失了，但并非没留下一丝痕迹，在潜意识里它们是隐隐存在的。从根本上而言，对于今天的读者来说，这个故事所强调的不再是死亡和复活，而是诅咒和拯救。在童话故事里，诅咒可以轻而易举地发生作用。故事里的父亲并非真心诅咒自己的儿子，但话音未落，咒骂就变成了现实。《七只乌鸦》的故事发生在一个许愿还能发挥作用的时代，但整个故事清楚地表明，这一虚构出来的时代带来的并非只有幸福。即便真实的情况并非如此，有些听众或读者也会认为，在现实生活中，要达成某种愿望，总得先搭建一座桥梁。许愿和诅咒能起作用的时代肯定是一个可怕的时代。深受其苦的其中就有古希腊神话中的米达斯（Midas）——他的确能点物成金，可最后连自己想喝的水也变成了金子。在流传的童话和传奇中，有一系列故事属于“愚蠢的愿望”这一类型。其中一部分被收入格林兄弟的《儿童与家庭童话集》，另一部分被收入约翰·彼得·黑贝尔[①]的《莱茵家庭之友的小宝盒》。在《七只乌鸦》中，“有害的愿望”仅仅是一个边缘的、背景性的主题。然而它却让我们强烈地意识到，人是多么容易被自己的想法和愿望所改变、所伤害。父母不加控制的言论和行为，实际上会对孩子造成伤害，而要抚平已经造成的创伤却并非易事。在这个故事中，解救七个儿子的不是他们的父母，而是无辜小妹妹的爱。寻找和搭救哥哥们的道路漫长、艰辛，充满危险，最后，为了进入玻璃山，她不得不切下自己的一根手指。当然，她由此完成了一个壮举。“小妹妹”中的“小”这个词缀，表示她在这个故事中被轻视和低估了。她需要从每只盘子里吃一口，从每只杯子里喝一口，用父母的戒指表明自己的身份，然后哥哥们才能得救。从哥哥们的食物中分别吃一口、喝一口，这个情节可以从现实层面解释：小姑娘经过长途跋涉之后饿了。或者它还具有某种象征意义，即这是一种神秘的连接，一种团圆宴[②]，它象征着在拯救者与被拯救者之间、生者与死者之间建立起某种联系。故事开始时随意的诅咒与结尾时轻易的解救相呼应，这种首尾相呼应是童话最具效果的结构布局。“真恨不得这七个小子全都给我变成乌鸦”——这是故事开篇时父亲说的话，而且这个诅咒成真了。现在我们听听七兄弟怎么说：“要是咱们的小妹妹来了，咱们可就得救了！”眨眼间，愿望当场便实现了。

在其他同类故事中，解救受害哥哥的道路要艰辛得多。例如，格林童话中的《十二兄弟》：妹妹为了解救被变成乌鸦的哥哥，必须七年不许说话，也不许笑。格林童话中的《六只天鹅》还增加了一个条件：“六年里你不得开口说话，不许笑，在此期间还得用星星花给我们缝六件衬衫。只要你嘴里漏出一个字，一切

---

① 约翰·彼得·黑贝尔（Johann Peter Hebel，1760—1826），德国作家，生于瑞士巴塞尔。曾编辑出版乡村日历《莱茵区家庭之友》。1811 年，他将这些故事、趣闻、逸事等汇集成册，取名《莱茵家庭之友的小宝盒》。作品语言朴实，幽默风趣，乡土气息浓郁。

② 团圆宴，也称爱筵，指早期基督教教徒为了表示教徒与教徒之间的兄弟情谊，所举办的会餐、筵席、聚会。——译注

努力就都白费了。”安徒生著名的童话《野天鹅》的素材源自民间童话，故事中的妹妹要面对的挑战更为艰巨：她必须为哥哥们编织衣服，但不是用柔软的星星花，而是用扎人的荨麻。她必须到教堂墓地去采集这种令人疼痛难忍的植物，再到一个神秘的地方把它们压碎、踩碎，用来编织衣服。看上去，似乎这些同一主题的故事，都在竞相满足童话所固有的极端构成规则。它们都在追求一个目标，每个故事都或远或近地朝着这个目标往前冲。同时，民间童话的另一种倾向也在发挥作用。沉默不仅仅是坚定的意志与力量的象征，同时，它还是一个主题，一个将起因引向错综复杂的情节的主题，有利于故事情节的铺开。沉默的姑娘遭到怀疑和诽谤，而她必须忍受一切。在格林童话中，尤其是安徒生童话中，故事的这一部分被处理得很伤感，而民间童话却全然是另一种语气。1927 年 G.Fr. 迈尔（G.Fr.Meyer）在石勒苏益格 - 荷尔斯泰因听到并记录下了同类童话的另一个版本。故事的讲述者是费马恩岛上尼恩多尔夫的艾玛·本特，她是贫民园艺师的妻子，出生于哥特堡，在某种程度上可能受过安徒生童话的影响，但其叙述方式更为简洁和有力，也更加符合 20 世纪读者的口味儿。故事是用低地德语记录下来的。在此，我们用书面语言忠实地还原一下故事内容：

> 第二天早上，她立即开始采集荨麻，然后坐在那里纺麻、编织，一声不吭。她的手肿了，几乎无法做下去，可她不能说话，无法哀怨。哥哥们坐在她身旁，默默流泪。后来，一切又都好了，手里的活计不再那么磨人。终于她缝好了七八件衣服。这时，这个国家的国王在一次狩猎中走进了这片林子。他来到茅屋前，看到姑娘在纺麻，便上前搭腔，但姑娘一言不发。国王在一旁看着她干活儿，凝视着她的眼睛。他爱上了这个姑娘，想将她带回王宫。他唤来马车，将所有她想带走的东西都装上。她带上已经做好的衣服以及荨麻，然后便与国王一道向王宫驶去。不久王宫举行了盛大的婚礼，她成了王后。可是，在宫殿里，国王身边还有一位老妇人，这是一个可怕的巫婆，她很讨厌年轻的王后。这个老巫婆有一个女儿，她原指望国王会娶她女儿为妻。王后每天坐在那里埋头纺麻织衣。荨麻用尽后，她又亲自去教堂墓地采集。有一次老巫

婆看见了，就对国王说：“你娶了个巫婆，她到教堂墓地去了。”“让她去呗！”国王说，其实他也看见了，“她就是想找点儿事做。”后来，王后生了一个男孩，她正打算开始做第十一件麻衣。可是，夜里老巫婆过来，从床上抱走了王后的孩子，并把小骨头放在孩子的床底下，还在小床上到处抹了鲜血。第二天一早，老巫婆跑去对国王说：“你娶了个吃人精。”国王连忙跟她跑过去，看到了可怕的一幕。“咱们别提这件事了。”国王说，他完全不可能与妻子分离。可老巫婆说，等王后生了第二个孩子，她也一样会吃掉的。国王眼看着王后，王后只是一个劲儿哭泣，但她不能开口辩解。“你原谅了她第一次，”老巫婆说，“但不可能再容忍下一次，老百姓可要求处死吃人精呢。”于是，国王只能审判王后。法官们说：“必须烧死她，不能再让这女巫吃人了。”王后听到了这一切，她只是默默流泪，但是什么也不愿说。她正在加紧编织最后一件衣服，只差一只袖子了。她不停地织啊织啊，连在囚车上都没住手。王后将被处以火刑，行刑之地在城门外。前往刑场时，她将所有织好的衣服都带上了囚车，一路上还在加紧缝制最后一只袖子。围观的人群见状大声喊叫：“看哪，女巫在施巫术呢！看看这个吃人精！”就在她快要织完最后一只袖子时，天上突然飞过来十一只天鹅，它们纷纷落在囚车上，人群吓得直往后退。他们纷纷嚷嚷道：“这是什么？这可是好兆头，不然乌鸦会朝它们扑过来的。”王后到达刑场时，有位牧师等在那里，他让王后承认自己所做过的事。但她仍然埋头不语，继续加紧缝衣服。就在要点燃火堆的那一刹那，最后一件衣服完工了。这时，十一只天鹅将王后团团围住，依偎在她怀里。“现在告诉他们吧，小妹妹。”他们说。于是，王后将十一件衬衫披在哥哥们身上。刹那间，围在她身边的天鹅变成了十一位王子，这是她辛苦搭救的十一位哥哥。这时，王后终于可以开口了，她从头至尾给大家讲述了事情的来龙去脉。老巫婆听到这一切，连忙跪倒在地，求王后饶命。但老巫婆必须交代把孩子藏到哪里去了。原来，她把孩子带到了林子里的煤棚里。最后，孩子被解救出来了。人们看到可怜的孩子时，纷纷要求将老巫婆带上刑场。最后，她被烧死了……

讲述这个故事的是74岁的本特太太，她是瑞典人，后来生活在荷尔斯泰因。这则故事生动描述了主人公充满艰辛的拯救之举，堪称许多同类故事的代表。它以一种我们熟知的童话方式展开情节，只字未提姑娘心中的痛苦与挣扎、怀疑与抗拒，也没有提及当哥哥们飞过来救她时，她心中的喜悦和宽慰。格林兄弟的《儿童与家庭童话集》是这样描述当时的情景的："这时她看到自己要得救了，快乐与幸福在心中油然而生。"这是文学性的修饰。在荷尔斯泰因的那则故事中则全然没有类似的描述，而是将痛苦和欢乐转换成可以看得见的情景：姑娘和哥哥们抱头痛哭，后来举行了一场盛大的庆典。故事根本没有描述姑娘面对各种残酷考验时，心中所积压的几乎无法忍受的痛苦和紧张。那么，故事是怎样用词语表达这些的呢？——"她坐在那里纺麻、编织，一声不吭。""只差一只袖子了，她不停地织啊织啊，连在囚车上都没住手……"——内心的情感起伏一一转化成外在的行动。卡尔·施皮特勒曾把"将精神状态转化成外在现象"称为"叙事艺术的最高准则"。民间童话符合这一准则。若将安徒生的叙事方式与之对比，就会惊讶地发现，这位伟大作家的语言显得多么空泛：

> 一匹可怜的老马拉着一辆囚车，她坐在里面。有人在她身上披上了一件粗布袍，她美丽的头发披散在肩头，脸颊苍白得可怕，双唇无声地翕动，而她的手指仍旧在织着绿色的荨麻。甚至在赴死的路上，她也未曾片刻放下手中的活计。她的脚旁放着十件披甲，正在完成的是第十一件。围观的乌合之众都在笑骂她："大伙儿瞧瞧这个巫婆吧，嘴里还在念叨着什么呢！看哪，她还在摆弄那些难看的妖物呢！快把它抢过来撕成一千块碎片！……"

本特太太是一位普普通通的老太太，她所讲述的故事严格局限于情节的展开。而安徒生对故事内容做了形象生动的描绘。"围观的乌合之众都在笑骂她"——"乌合之众"一词是书面语，同时还是上流社会对下层百姓的鄙视性用词。本特太太的故事没有润色，没有掺杂主观评价，而是如实还原了所发生的事情：在这里围观的人群并不全都是“乌合之众”，当天鹅出现时，他们立刻明白了一切。

相比格林兄弟的《七只乌鸦》，在后面提到的这几个类似故事里，小妹妹做出的牺牲更大，遇到的艰难更多。但这些故事也同样充分彰显了童话提炼和升华的风格：只表现事情的外在，并不呈现灵魂深处。此外，民间童话中对准确度的要求也得到了很好的表达，拯救之举在最后一刻才得以达成。当火堆点燃时，十一只天鹅才会飞过来。本特夫人在她的故事中两次用到“正好”这个词。解救行动正好在千钧一发之际得以完成，但这里的“千钧一发之际”意味着高度的精准和完美。其他同类故事则倾向于用“一个小小的例外”来代替“正当此刻”。最后，小哥哥那件衣服还有一只袖子没织好，于是化身人形后，他便只变回一只手臂，另一边仍长着一只翅膀——在形式严谨的民间童话中，允许一个自由的空间存在。天鹅的翅膀揭示出，妹妹的拯救之举是多么扣人心弦，以至于整个故事在最后变得有些幽默了。而那个老巫婆——在有的故事版本中她就是国王的母亲——要承受所有她曾强加在无辜姑娘身上的苦难。恶人自食其果，自取灭亡。

我们的探讨是从格林童话中的《七只乌鸦》开始的，现在再回到这个故事，就能特别清晰地看到其超然的、理想化的叙述方式。本来，切下一根手指肯定是一个充满痛苦的牺牲行为，而在格林童话中这一情节却被轻描淡写地一带而过。“善良的小姑娘掏出刀来，割下自己的一根小手指，把断指塞进锁孔，幸好门真的打开了。”她没有一丝犹豫，更没有内心挣扎。在该书的第一版中，也没有出现“善良的小妹妹”，而只是提到“小妹妹”。书中根本没有提及，切下一根手指这个情节是小妹妹做出的牺牲。她没有犹豫，没有内心的挣扎，也没有痛苦的呻吟。我们既看不到鲜血，更没看到伤口，那口气就像在说从一个纸人身上切下一根手指。而且，故事后来也再没提到小姑娘身体上的不便，完全没有意识到小姑娘此刻已经成了残疾人。然而，读者还是感觉到了这一过程的必要性，这个过程在许多同类故事中一再重复。路德维希·贝希施泰因（Ludwig Bechstein）的童话《白狼》就是如此。故事中的公主在前往玻璃山解救哥哥们的路上得到了来自各方的帮助（森林母亲、风、太阳、月亮），它们都给公主端上鸡汤，并将鸡骨头全都送给她。她小心翼翼地将每根骨头一一收好，却还是丢了一小截鸡骨头。

> 不一会儿，她就来到了玻璃山前，可玻璃山又湿又滑，根本爬不上去。于是公主将从森林母亲、风、太阳和月亮处收集的所有鸡骨头都拿出来，用它们做成一架梯子，一架长长的梯子。可是，天哪！梯子最后却少了一截。于是，公主把自己的小手指切下来一截，正好安在梯子上。然后，她沿着梯子飞快地爬到玻璃山顶。山顶上有一个大大的洞口，她沿着漂亮的台阶往下走去，看到洞里的一切富丽堂皇……

格林兄弟曾亲自对《七只乌鸦》做出过以下评述：

> 我们从哈瑙的一则民间故事中认识了玻璃山。故事讲述了一位公主被魔法困在玻璃山中，除非有人能爬上山去，否则谁也无法解救她。一天，一位年轻的小伙子来到小酒馆吃午饭，酒馆伙计给他端上一只烧鸡。吃完烧鸡后，他小心翼翼地将每一根鸡骨头都攒起来，放进衣服的口袋里，然后朝玻璃山走去。来到山下，他就掏出鸡骨头，把它们一一插到玻璃山上，然后攀着鸡骨头往上爬。在就要登上山顶的那一刻，他却发现少了一根鸡骨头。这时，离山顶只有一步之遥，但还差一根鸡骨头。于是他切下自己的一根小手指，将它插进玻璃山。最后他终于爬上山顶，救出了公主。

这个故事对小伙子的牺牲行为也处理得轻描淡写，显得非常理所当然。不过，这个截取手指的情节放在这个故事中，比在《七只乌鸦》里更为协调。读《七只乌鸦》时，读者不太明白，小姑娘怎么能想到，自己的手指能像启明星送给她的鸡骨头一样，具有相同的功效？而上述故事却能使读者明白，小伙子本来用鸡骨头搭建登山梯，最后发现还差一截时，他想到用自己的手指来弥补，叙述者也没有指责他不留心丢了鸡骨头。而《七只乌鸦》中的姑娘却是把启明星送的珍贵礼物弄丢了。在上述故事中，公主被困的玻璃山富丽堂皇，而《七只乌鸦》

中的玻璃山只是一个风格元素：一座玻璃山与童话的透明风格完美地融合在一起。保罗·瓦莱里（Paul Valéry）曾写道："赫拉克勒斯[①]变成燕子"——他的这一表达形式，在诗人维尔纳·泽姆普（Werner Zemp）看来揭示了文学的奇迹。泽姆普遗留下来的书信不久前刚刚出版，他将瓦莱里的这一表达形式与歌德的"你的诗只是一阵气息"相提并论。"赫拉克勒斯变成燕子"——这样的文字像是为童话量身定做的。沉重的命运、精神和心灵的发展过程，在故事中都变成了透明的画面，很容易进入听众的脑海，让他们从中吸收人类的经验。宗教和神话研究者米尔恰·埃利亚德（Mircea Eliade）曾提到过某种形式的精神影响。

许多学科都在努力阐释童话，心理学也加入了这一行列，尤其是荣格创立的人格分析心理学派。那么，他们是怎样分析《七只乌鸦》的呢？荣格及其学派坚信，童话在本质上反映了内心的活动，虽然它包含了某些别的因素，但其真正的魅力在于，它将人类的潜意识呈现出来了。黑德维希·冯·拜特（Hedwig von Beit）和玛丽－路易丝·冯·弗朗茨（Marie-Louise von Franz）指出了童话不朽的象征意义，他们将童话中"人变成动物"的情节称为人回归动物的阶段，并指出这种回归表达的是人进入更深的潜意识状态，即潜入无意识，这样做对于重新修复和统一人格来说是必要和有益的。在那些描述"哥哥变成鸟类"的童话中，暗示了这种陷入潜意识的行为，同时也包含着一种超越自我的可能性。哥哥们在变成动物并最终被解救后便不再是从前的他们，他们历经命运的捉弄后成熟了，因为命运曾将他们带入潜意识的王国，也曾将他们带入精神的王国。妹妹在这里扮演了双重角色，她既是无意识与意识之间的媒介——让灵魂与潜意识建立联系，同时她又通过这种途径将灵魂引领至更高的精神层面。妹妹长途跋涉寻找哥哥这个情节暗示了某种决绝的态度，"不准讲话、不准笑"的禁令则暗示了她性格的内向、遁世和专注于内心成长。

我认为，对这个简短而又粗略的故事而言，这种心理人类学上的阐释，其合理性和危害性都是显而易见的。它非常清晰地解释出，童话不仅描绘了人际关系，也展示了人类心灵的发展过程。内心的挣扎是人类生存的标志。即便我们与

① 古希腊神话中的英雄，天生力大无穷。

外部世界产生矛盾和争执，它们也只是反映了潜藏在我们内心深处的矛盾冲突。人变成动物是对潜意识的回归——这种解释有着许多含义，而我们更愿意相信，这种回归意味着为成熟和融入做准备。但是，童话本身并没有说明，兄弟们在被魔法变成乌鸦后，上升到了一个更高的层次：亨塞尔和格莱特满载珠宝离开了女巫的房子，但《七只乌鸦》里却没有什么"馈赠"，只是提到他们"又恢复了人形"。只有通过与其他童话进行比较，比如与《亨塞尔与格莱特》对比，我们才能推测，这七只乌鸦或许也经历了类似提升自己的成长过程。然而，通过这种方式对一篇童话做出某种牵强附会的解释，多少会令人感到不悦。听到有些解释，这种不愉悦的感觉会更加强烈。例如将男性角色分派在多个人物身上，比如分成六个、七个，或者十一个、十二个，被解释为尚不完整的标志，代表不成熟，还需要进一步的成长和发展。然而，到故事的最后，他们仍然是七兄弟，这种众多形象的局面并没有消失。当切断手指被解释为切断女孩与黑暗力量的联系，就更值得商榷了。在这里，打开山门是肆意的行为。在另一个同类故事中，女巫般的婆婆嫁祸女主人公，说她生的不是孩子而是狗，就更加清楚地表明，女主人公与模糊的潜意识之间一直存在着联系。这种解释也非常大胆，这种象征性的阐释在很大程度上是冒险的推测。

从人类文化学的角度研究童话的学者，试图将童话的主题与古老的民族仪式联系在一起，这些仪式在古希腊神话中也能够查到依据。在成人礼中，会出现这样的情况：除了要敲掉一颗牙齿，还要切掉一根小拇指（左手的），这些充满痛楚的伤害是进入成人世界的入场式，同时也具有象征意义。由于成人礼的目标首先是"精神水准的降低"，然后是与死者和魔鬼的相遇，海诺·格茨（Heino Gehrts）将成人礼与玻璃山童话联系起来，并把切掉小手指解释为"消灭孩童的天性及其自我意识"。

我们坚持探讨的依据是从故事中能够直接读出的内容。在《七只乌鸦》的故事中，我们听到的是建立在人性缺失基础上的不幸命运，这一命运只能通过牺牲、坚定、充满爱的奉献来改变。这一意义在童话中不是真实呈现的，而是通过强有力的形式展现出来的，并牢牢地镌刻在听众的记忆中。这是民间童话的特点和优势所在。古老的信仰闪耀着光辉，它们提醒大家，这里讲述的并不是某种空洞的、荒诞不经的故事。在有些同类故事中，对于灵性动物的想象是与对灵性植物的想象联系在一起的。只有当小妹妹将园子里的十二朵花剪下来时，她的兄弟们才变成了天鹅。死亡与生命——存在的两极——贯穿于整个故事。故事的中心人物虽是不幸的诱因，但她却是无辜的，她在更高的程度上作为玫瑰公主承担着“无辜的罪孽”（这里套用一下阐释帕其伐尔[①]时一个常用的表达语），而且在故事最后是她扭转了悲惨的命运。危害和拯救皆出自同一个人物，发出诅咒的父亲扮演的是次要角色——这点尤其意味深长。七只乌鸦的故事除了其意象外，还是一曲歌颂手足之情的赞歌。奥斯卡·塞德林（Oskar Seidlin）在谈及歌德的《伊菲革涅亚在陶里斯岛》时曾指出，这部剧以最温情脉脉的方式体现了手足之情。而在民间童话中，“七只乌鸦”或“十二只天鹅”的妹妹，是手足之情最美丽和最有力的化身。《伊菲革涅亚在陶里斯岛》中的俄瑞斯忒斯一度以为，他的姐姐会亲手杀了他，而童话《七只乌鸦》中的妹妹一开始也的确给哥哥带来了灭顶之灾。在这两部文学作品中，同时显露出了兄弟姐妹关系中潜在的紧张。然而，在这两部作品中，自己的姐妹最终都成了自己的拯救者。童话中不知名的妹妹具有拯救和治愈的力量，而在歌德关于伊菲革涅亚的戏剧中，同样的力量也以自己的方式给人留下了深刻的印象。跟索福克勒斯的安提戈涅一样，对于《七只乌鸦》中的妹妹来说，彼岸的世界（即哥哥们所处的世界）比尘世更重要、更本质、更具有约束力。她对哥哥们的爱无私、积极、持久，这种爱令她甘愿付出自己的幸福和生命，承受一切痛苦、诽谤和误解。这样的形象成了无数听众心中极具影响力的楷模。

① 帕其伐尔（Parzival），13 世纪沃尔夫拉姆的英雄史诗《帕其伐尔》中的主人公，从一个天真幼童，经历种种冒险，成为圣杯骑士。

4 白雪公主

跟《七只乌鸦》一样，童话《白雪公主》的主人公也是一位姑娘。不过在前一个故事中，妹妹是哥哥们的拯救者；而在后一个故事里，主人公自己需要被拯救。在《七只乌鸦》以及我们前文探讨过的各同类主题的故事中，无论哥哥们遭到诅咒后变成什么动物，小妹妹都是造成这一不幸的根源。虽然她是在毫不知情亦非故意的情况下，给自己的哥哥们带来了厄运，但在得知原委后，毅然踏上了拯救哥哥们的征途。在经历了漫长、痛苦和艰难的过程后，妹妹顽强地完成了拯救之举。而白雪公主则是个简单得多的人物，也并未陷入反差如此鲜明的紧张关系中。虽然她并非没有缺点，但她首先是受迫害的人，是一个无辜的人。《白雪公主》是一则家喻户晓的童话，也是格林童话中最脍炙人口的作品。美丽而恶毒的王后无法容忍镜子告诉她，年轻的继女比自己更漂亮，于是把公主逐出家门，并叫来一个猎人，让他在森林里把公主杀了。但猎人对公主产生了同情心，没忍心下手。公主在森林里跑了很久，最后来到了七个小矮人住的小屋。后来，王后又想出种种花样翻新的毒计，越过七座山来追杀她，直到死神真正降临到白雪公主头上（至少看起来如此），小矮人将她放进一口玻璃棺材里。直到有一天，森林里来了一位王子，他命随从将玻璃棺材抬走。结果，随从们被树绊了一跤，棺材遭到猛烈撞击，毒苹果从白雪公主的嘴里吐了出来——这块有毒的苹果是白雪公主的继母哄骗她吃下去的。从此，白雪公主获得了新生，她嫁给了王子，成了王后。白雪公主是一位被动的女主角，可在所有的童话形象中恰恰是她最有光彩。白雪公主特殊的闪光之处究竟来自何处？这点值得好好探讨。同时，我们还想展示一下白雪公主类型的众多故事多姿多彩的多样性。

格林兄弟熟知的六个德语版本的白雪公主童话，其中有些部分有很大的不同。它们最初源于卡塞尔的珍妮特·哈森普夫卢格（Jeanette Hassenpflug）叙述的故事，她是安内特·德罗斯特－许尔斯霍夫[1]姐妹俩的朋友。珍妮特·哈森普夫卢格的《白雪公主》开头这样写道：

> 冬天，雪花从天上落下来。一位王后坐在乌木窗前，做着针线活儿。她很想要一个孩子。她一边缝衣，一边想心事，一不留神针扎破了手指，血流出来，滴了三滴在雪地上。她不禁说出了心中的愿望："要是我能有个孩子，皮肤像雪一样洁白，面颊如血一样鲜红，头发似窗框的乌木这般乌黑，那该多好啊！"过了不久，她果真生了一个貌若仙子的女儿：肌肤胜雪、面色鲜红、头发乌黑。因此，王后给她取名"白雪"。王后原本是全国最美的女人，而白雪公主的美貌还要胜过她万倍。当王后问她的镜子：
>
> "镜子，墙上的镜子，
>
> 谁是全英国最漂亮的女人？"
>
> 镜子答道："王后是最漂亮的女人，但是白雪公主比她还要美一万倍。"王后听后，嫉妒油然而生，后来甚至到了忍无可忍的地步，因为她想做天下最美的女人。这时，国王正好在外征战，于是王后连忙吩咐套好马车，命人将白雪公主带上，将车赶进一大片黑压压的森林里。林子里开着许许多多美丽的红玫瑰。到了林子深处，王后对公主说："哎，白雪，下车去帮我摘一朵玫瑰吧！"公主按照母亲的吩咐刚刚从车上下来，马车就箭一般地飞奔离去。这一切都是王后安排的，因为她希望野兽很快将小公主吃掉。可怜的白雪公主就这样被孤零零地留在了

[1] 安内特·德罗斯特－许尔斯霍夫（Annette von Droste-Hülshoff，1797—1848），德国女诗人、小说家，出身于贵族，长期生活在与世隔绝的庄园里。

大片森林中，难过得放声痛哭。公主不停地走啊，走啊，一直往前走，当她终于来到一幢小屋前时，已经筋疲力尽了。屋子里住着七个小矮人，但这时他们正好不在，都到山里干活儿去了。白雪公主走进去，看到房间里有一张桌子，桌上摆放着七只盘子、七把勺子、七把叉子、七把刀子和七只玻璃杯。屋内还摆着七张小床。白雪公主从每只盘子里吃一口蔬菜和面包，从每只杯子里喝一滴酒。她实在太累了，想找个地方睡一觉。她在每张床上都试了试，但都不合适，最后在第七张床上勉强躺下睡着了。

我们在这个最初的版本中听到的，是一个语言更为简练的故事，“冬天，雪花从天上落下来”——这样的语言非常朴素简洁。而格林童话中的语言要丰富完整得多：“寒冬里的一天，雪花像羽毛一样从天上飘落下来。”威廉·格林将口头流传的民间童话，经过风格上细腻的加工，创作出一部文雅的书面童话，他们的《儿童与家庭童话集》赢得了全世界的赞誉。然而，更为细致和完整的，并非一定就是最好的作品。像所有人一样，格林兄弟也是时代的产物，他们生活的年代正值浪漫派后期和毕德麦耶尔初期。秩序井然和整洁、舒适的家庭生活、安稳而温暖，将自然和事物人格化——所有这些市民化的毕德麦耶尔风格所喜欢的特质，都在《儿童与家庭童话集》中留下了清晰的痕迹。“雪花像羽毛一样从天上飘落下来。”——这句话让我们想起“冠羽太太在铺床，羽毛四处在飞扬”这种说法。格林兄弟曾经说过：“如果下雪了，黑森人会说‘冠羽太太在铺床呢’。”将从高空向我们飘落下来的异样而冰冷的雪花，与羽绒被里令人惬意的羽毛相提并论，这是一种令人愉悦的说法。如今的读者似乎更乐于接受民间流传的最初版本，因为它没有拿羽毛比喻雪花，而是让雪花保留了它原本与人疏离的状态。如前所说，格林兄弟对民间童话做出了某些细腻精美、引人入胜和充满诗意的改编，同时，他们的童话仍不可避免地带有鲜明的时代印记。但是，我们这里要继续探讨的不是二者风格上的差异，而是本质上的偏差。首先，我们要指出的是两个细节：第一，“Schneeweisschen”（白雪公主）是一个高地德语词汇，但格林兄弟曾指出，在高地德语地区也会使用低地德语“Sneewittchen”这个词，所以他们决定选择后者，因此就出现了一种折中的表达方式“Schneewittchen”，人们今天一般会用“Schneewittchen”来称呼“白雪公主”。还有一个细节是我们比较陌生的，那就是向镜子提出的问题。原来的问题是:“镜子，墙上的镜子，谁是全英国最漂亮的女人？”而在格林兄弟付印的版本中却成了:“镜子，墙上的镜子，谁是全国最漂亮的女人？”珍妮特·哈森普夫卢格怎么会想到提起“英国”呢？她在这里讲述的肯定是民间流传的故事。在欧洲大陆的民间信仰、民间传说和民间童话中，英国是某种意义上的彼岸世界。将欧洲大陆与英国隔离开来的那片海域就像天堑一样，将我们与大众和诗人幻想出来的精灵鬼怪或死者的王国隔离开来。英国也是精灵的故乡，因此“谁是全英国最漂亮的女人”这一说法，便将整个童话故事推向了神话的范畴。但这仅仅是个细节，最让我们感到惊讶的是，原始版本的开篇部分在内容上偏离了我们熟悉的版本。白雪公主被逐出宫的过程被简化了，同时也略微缓和些。尤为引人注意的是，嫉妒白雪公主的王后不是继母，而是生母。生母迫害自己的孩子，而这个孩子曾是她一心渴望得到的。她曾心心念念祈求孩子能肌肤胜雪、面颊红润、头发乌黑，这是整件事情的中心点，整个故事就是从这一点展开的。黑森州的这个童话并非孤例，在大量白雪公主题材的故事中，也多次出现过生母将女儿逐出家门。甚至有人推测，这样的人物设置是这个故事的最初形态，只是后来出于公序良俗的考虑，才用继母代替了生母，因为人们实在不愿让亲生母亲去扮演一个如此恶毒的角色。然而事情并没有这样简单，实际上继母的版本更为常见，白雪公主童话的最早版本，跟莎士比亚的童话剧《辛白林》有许多相似之处，它们都是继母版本。18 世纪 80 年代约翰·卡尔·奥古斯特·穆塞乌斯(Johann Karl August Musäus)出版的《德意志童话》中，收录了经过扩充和改写的白雪公主故事，这个版本也属于继母版本。继母版本出现得非常频繁，而且年代更为久远，这些本来应该说明继母版本就是最早的版本，可问题在于这一点无法被确定。因为最初的例证也可能是演变而来的，而最常见的、标准的形式，不一定与最初的形式一致，也可能是随着时间的推移而逐渐形成的。无论怎样，生母迫害自己孩子的版本向我们展示了更多反映故事本质的东西。希望得到一个漂亮的孩子，随后又对这个孩子心生嫉妒，并一心想赶走孩子的，居然是同一个女人。每一位母亲都有变成继母的危险——在这点上，童话也反映了现实的世界。慕尼黑的精神病科医生奥托卡尔·格拉夫·维特根施泰因（Ottokar Graf Wittgenstein）曾在 1965 年出版的《童话、梦想、命运》一书中这样写道：

> 小时候，有一次母亲从我手中夺走了一个心爱的玩具。在这一刻——而且只在这一刻，她在我眼里变成了继母。我并没有叫她继母，因为我当时并不知道在法律的意义上有“继母”这一概念存在。我只知道自己无法将她看作真正的母亲。我当时问她：“你真是我的亲妈吗？”她当然不明白我的意思，因为她是成年人。她和我当时都不知道，“stief”[①]源自“bistiufen”，原意为“剥夺”。

维特根施泰因在这里指出，在某种意义上，每一个亲生母亲都不得不变成带引号的“继母”，因为她不得不拒绝孩子的愿望，她不得不说“不”，不得不拒绝孩子。因此，孩子的脑海里很可能就会闪过一个念头：“你真是我的亲妈吗？”大家都知道，有些学龄前的孩子会以为自己并非父母所生，要么是过继的孩子，要么是父母捡来的孩子，只是父母不愿意告诉他们。为什么会有那么多关于继母的童话？这里我们遇到了众多原因中的一个：这不但符合孩子的基本情感，也符合人类的基本情感——对自己身份的质疑。我是谁？我是父母亲生的儿子吗？我是一个真正的人吗？或者我只是一个私生子？一个被逐出家门的人？亚当和夏娃被逐出伊甸园的故事就已经表明，上帝不再将人类视作自己真正的孩子，或者反过来说，人类不再觉得自己是上帝真正的儿子。民间童话不厌其烦地提出主人公的身份认同问题：他们是动物还是王子？是灰姑娘还是国王光彩照人的未婚妻？是癞痢头还是金发？是傻瓜还是被选中的人？故事的最后当然总是会证明，那些遭到鄙视或被误解的人其实是有着王室血脉的人，或被上天眷顾的天才。童话虽然建立在美好的基础之上，但它同时也包含了悲剧的可能性。母亲可能成为继母，相爱的人可能变成怨偶，一个给予孩子生命的女人却想方设法置孩子于死

---

① 德语词 Stiefmutter（继母）的语素 stief(继)。——译注

地——这些都是悲剧。一个人可能变得连自己都不认识。假如有人在这个故事的中心看到的不是白雪公主，而是继母，那么这个童话对于他来说，展现的是人的自我颠覆，是反常行为。这一点在珍妮特·哈森普夫卢格讲述的版本中显得尤为明显。反常行为——这个词一旦脱口而出，我们就能看出它是如何准确地描述我们的叙述类型的。一切似乎都颠倒了，母亲变成了继母，本来只照出自己美貌的镜子，现在呈现的却是别人的美丽。自古以来，苹果标志着生命和生命的繁衍——人们常常会说生命的苹果、爱情的苹果，而在这个故事中却成了死亡的苹果。不仅如此，腰带、戒指、梳子——这些原本用来提升和美化生活的饰物，现在却带来了死亡——或者至少是假死。鞋子本来是用来保护脚的，而在这里它却伤了脚。鞋子造成了穿鞋者的死亡，这样的安排在更高的程度上符合童话风格的特征。一切都变成了它的对立面：母亲变成了继母，苹果变成了毒苹果，鞋子变成了害人的工具。从这点来看，民间童话是地地道道的艺术作品。即便在作品中，母亲和继母没有统一在同一个人物身上，而是根据作者的偏好，将一切完完全全展开，分派在两个人物身上，我们还是能感受到隐秘的身份：善良的母亲死了，恶毒的母亲取而代之。在这一类故事中还出现了其他颠覆性的情节。在许多同类故事中，被赶出家门的姑娘没有到小矮人那里去，而是碰上了强盗和杀人犯，甚至连小矮人也往往是食人魔。也就是说，白雪公主才出狼窝，又入虎口。在格林兄弟的一个著名版本中，歹毒的王后知道森林里住着七个小矮人，他们会杀死每一个靠近他们的姑娘。于是王后将白雪公主引到小矮人的洞穴前，并告诉她："你进去吧，等我回来。"可那些强盗、杀人犯、食人魔后来都变成了这个弃儿的保护者和救助者。有些故事版本以一种近乎怪诞的方式将这种颠覆性情节展开并推向极致。比如，在一则波兰的童话中，强盗们最后决定出家。

> 强盗们回到家后，发现公主躺在地上，已经死去。他们再次仔细探查原因，却什么都没发现。可他们还是无法相信公主已经真的死了，因为她的面容如此鲜活健康，好像依然活着，但她一动不动。他们以为她是一位圣者。于是他们打造了一口水晶棺材，小心翼翼地将她放进去，然后将棺材抬到一株高高的松树上，并将其固定住。这一经历给强盗们

留下了十分强烈的印象，最后他们都进了修道院。

在此，我们考虑一下，到底这个故事的喜剧性是有心的还是无心的？在许多同类故事中反复出现的情节，即强盗和食人魔变成了女主角的保护者，是一种从恶向善的转变，与我们观察到的从善到恶的转变是相平衡的。从恶向善的转变有几种形式：本质上的和非本质上的。作为构成整体框架的基本人物，我们看到的是母亲或继母一心想置女儿于死地，但结果事与愿违，她把女儿引向了生命和王权：白雪公主后来成了王子的未婚妻、妻子、王后。歹毒的母亲本来是想提升自己，结果却适得其反，她最终走向了毁灭。在我们熟悉的格林童话版本中，最终王后被迫穿上火红的铁鞋，一刻不停地跳舞，直到倒地而亡。这个情节像画一样，向我们展示了恶毒的王后是如何自取灭亡的。事物都转向了自己的对立面：好事变成了坏事，坏事变成了好事，死亡带来了重生。正是因为白雪公主被逐出王宫，并被下了毒，她命中注定的王子才可能找到她，并将她带回家。在许多版本中，就连倒地而亡的王后最终也被解除了魔法，由坏人变成了好人。在格林童话中，抬玻璃棺材的仆人不小心绊了一跤，导致假死的白雪公主复活。仆人笨手笨脚却带来了美好的结局，在另一些版本中也有恶意却带来善果的情节，故事主题在小范围内一再重现。1812 年第一版格林童话这样呈现“白雪公主”的故事：

> 一天，一位年轻的王子来到小矮人屋前，想在这里过夜。他走进房间，看见白雪公主躺在玻璃棺材里。七盏小灯照在她身上，王子被她的美貌迷住了。接着，他看到了棺材上刻着的一行金字，才知道这里躺着的是一位公主。他希望小矮人能将这口棺材和死去的白雪公主一起卖给自己。但小矮人却说，即便拿来世上所有的金子，他们也不会答应。于是王子请求送给他，因为见不到白雪公主他就活不下去，他会像对待最心爱的人一样珍惜她、敬重她。听王子这么一说，小矮人对他产生了同情，就把玻璃棺材送给了他。王子立刻吩咐仆人将它抬回宫去，并直接放到他的房间里。从此，王子整日坐在棺材旁，目不转睛地盯着白雪公主。他不得不外出时，只要一刻见不到公主，就会忧心忡忡。棺材不在

身边，他就什么都吃不下去。于是，无论王子去哪儿，仆人们都只好抬着棺材跟在他身后，仆人们为此心生怨气。一天有个仆人把棺材打开，一边将白雪公主从棺材内托起，一边说道："就为了这么一个死去的姑娘，咱们成天四处折腾。"说完，他用手在公主的背后轻轻推了一下。这时，那块公主曾经咽下去的毒苹果从喉咙里掉了出来。不一会儿，公主复活了，她来到王子面前，王子看到自己心爱的白雪公主重获新生，激动得不知所措。后来他们一起参加了宴席，高高兴兴地在一起吃饭饮酒。

这段故事叙述了复活的生命充满了怎样的喜悦，那么美丽、天真和接近现实："他们一起参加了宴席，高高兴兴地在一起吃饭饮酒。"在所有欧洲的童话中，经常会对吃饭饮酒之类的话题津津乐道，现实因素往往与超现实因素并存，日常生活与奇迹紧密结合在一起。我们在此征引这段故事，并不是为了呈现这种充满生活乐趣的现实主义因素，而是为了说明心怀不满的仆人怎样推了一下这个带来无尽麻烦的姑娘，却在无意中做了一件好事。在一篇类似的阿尔巴尼亚童话中，一位女仆从假死的白雪公主手指上取走了戒指，而正是此举唤醒了公主。出于恶意却行了善事，不良的意愿或笨拙的行为却有可能救人一命，反之，善意也可能带来恶果，这便是在这类故事中不断出现的颠覆性对位结构。

对同一主题多个故事版本的观察，使我们更加清楚地认识了故事的内容和意义。同时，在这类叙事框架内萌生的大量叙述方式，似乎仍有待进一步成型和明确。而在民间童话中，这些叙述方式早已得到了广泛的运用，故事中的阴郁与诙谐色彩虽然相互矛盾，却并存不悖。在研究中，我们还发现了白雪公主题材的文学改编版本：穆塞乌斯对这个故事进行了再创作，并将继母这一角色确定为故事的主角，取名里希尔德。几乎没有任何其他故事像"白雪公主"那样让继母如此突出。穆塞乌斯虚构了一个故事前传，将魔镜的来历和制作过程一一道来。此外，他还将整个故事进行了宫廷化处理。同时，他将充满神秘感的森林小矮人变成了宫廷小矮人，这样一来，他便抛弃了童话的风格，并迷失在荒唐的废话中，能供我们欣赏的风趣和幽默非常有限。

与童话形成鲜明对比的是，穆塞乌斯的故事以继母里希尔德穿着烧红的鞋子跳舞的惨状为结局，并没有继母最后死去的情节。首先，我们必须像故事一开始了解魔镜的制作经过一样，再详细了解一下鞋子的制作流程："在此期间，那些宫廷小矮人以灵巧的手艺锻造了一双锃亮的钢鞋。他们站在壁炉前，将炉火拨旺，然后把鞋子烧得紫红。"最后，这双烧得通红的鞋子穿在了恶毒的伯爵夫人脚上。——按照童话的一贯方式，她是在毫不知情的情况下宣布了对自己的判决，而且她还叫一位手脚麻利的匠人马上来到大厅。"地板在冒烟，她那双快被烤焦的双脚再也不用承受鸡眼带来的痛苦。不仅如此，音乐家演奏的号声十分嘹亮，所有的哀号和悲叹都被雷鸣般的乐声所吞没。"从前，医生萨姆布尔只是将麻醉剂而不是毒药抹在苹果和肥皂上，可在这个故事中，他还"立刻调制了一支精美的软膏，它能减轻痛苦，并治愈因烧伤而形成的疮痂"。这便是这一民间童话呈现在 18 世纪德语读者面前的样子。

吉姆巴地斯达·巴西耳的巴洛克风格则更加吸引人。让我们来看看这位 17 世纪那不勒斯诗人的突发奇想。在巴西耳的故事中，白雪公主（在这个故事中她叫丽莎）出生后，善良的仙女们都来祝福：

> 这时，在场的每一个人都打算送给小姑娘一个有魔力的祝福。可当最后一个人急匆匆赶去看这个孩子时，却不幸地扭伤了脚，她疼得忍不住口出恶言，诅咒丽莎七岁那年，母亲给她梳头时会忘记将梳子取下来，而插在丽莎头发里的梳子会要了丽莎的性命 。
>
> 等这一天真的到来时，命中注定的一切都发生了。丽莎的母亲悲恸欲绝，哭天喊地。最后她只得将女儿的遗体锁入水晶箱子里，将箱子摆放在宫里最偏僻的房间，并把房门钥匙放在随身的口袋里。这一不幸事件所造成的痛苦让她如坠深渊，她差人将自己的兄弟叫来，对兄弟说："亲爱的兄弟，我觉得死期越来越临近了。我拥有的这一切都留给你，你可以继续当家做主。我只有一个请求，请千万别打开那个房间的门，我这就把钥匙交给你，你将它仔细收好，保存在你的书桌里。"这位挚爱她的兄弟郑重承诺，一定不负重托。她接着说道："祝你幸福，我去了。"

一年后，这个兄弟结婚了。一次，他受邀出门打猎。出门前，他将整个家托付给自己的妻子照料，并特意叮嘱她，千万不要打开那个房间，那房间的钥匙就放在书桌里。可不料他刚刚转身离去，他妻子便抑制不住满腹的怀疑、嫉妒和好奇心，拿上钥匙，打开那间房门。透过水晶箱子她看到了丽莎，连忙将箱子打开。丽莎看上去像是睡着了，这些年来，她也随着箱子长大了。满心嫉妒的女人一见到这位年轻貌美的姑娘，便忍不住大声喊道："好呀！我忠实的丈夫！没想到你表面纯良，内心却这么肮脏！——原来这就是你不让打开房门的原因，这样别人就看不到你膜拜的偶像，就可以把她小心翼翼地藏在箱子里。"说着，她揪着姑娘的头发一把拎起来。这时，原本插在丽莎头发上的梳子掉到了地上。很快，丽莎苏醒过来，接着大声喊道："母亲！母亲！""等着吧，"这位男爵夫人说，"我会让你哭爹喊娘的！"她气得脸色发青，像狗一样狂躁，像蛇一样恶毒。男爵夫人剪下丽莎的头发，用棍棒狠狠抽打她，让她穿着破烂的衣衫，成天头上长包，眼睛瘀青，脸上伤痕累累，嘴角流血不止，看上去像是吃了樱桃汤。男爵一回到家，看到被折磨得不成人样的姑娘，便问这到底是谁。他妻子说这是堂姐送给她的奴仆，性子太倔，得好好教训才行。

我们可以看出，这个天马行空的故事围绕着一个我们熟悉的主题：好事可能变成坏事，坏事也可能变成好事，即便实现转变的方式有些稀奇古怪。仙女本来是来送祝福的，可因为脚扭伤了，诅咒便脱口而出。母亲本来是充满爱意地给女儿梳妆，却不料给孩子招来杀身之祸——这些都是好事变坏事。相反，妒火中烧的舅妈粗暴地扯起死去姑娘的头发，却在无意中让姑娘复活了——这是坏事变好事。似乎这些主题都包含在白雪公主的题材中，并常常以出其不意的方式一再渗透，这也是我们通观各种版本的白雪公主故事所得到的收获。我们关注了最为重要的几个因素。关于白雪公主的童话，讲述的不仅仅是一个无法忍受自己人老珠黄的妇人，以及一个为此受尽迫害的年轻姑娘的故事，它不但向我们揭示了罪恶最强大的根源之一——妒忌，还显示了人类存在的一系列本质特征：事物转化成对立面时的恐怖与美妙，假死之人复活的奇迹，自讨苦吃和自取灭亡的可悲。不仅仅是歹毒的王后自取灭亡，白雪公主也是因为自己行为不当而自讨苦吃——她因为一时心血来潮，打破了好心的小矮人给她定的规则而陷入假死。但同时，我们也看到了救助，看到了被抛弃的人一步步走向成熟的过程。白雪公主一开始得到小矮人的保护——在这里小矮人显然被描述成了自然生物；后来又得到了王子的解救——王子代表的是光明的精神世界。除此之外，她在此期间还从许多普通人那里得到了各种帮助：无论是好心的猎人，还是不怀好意和笨手笨脚的男仆女仆。由此，我们回答了一开始提出的问题：白雪公主特殊的闪光之处究竟来自何处？正是她在高度紧张的状态中表现出的单纯，使得她成为体现人类心灵成长的形象。她能体会世道的艰难，也能体验到世界的帮助和善意，并由此一步步成长，逐渐成为世界的一部分。只有经过深渊才能向上攀登，只有穿过苦难和死亡的黑暗，才能走向光明。如果古老的成年礼是通过象征性死亡而走向象征性的重生，那么就像宗教理论家米尔恰·伊利亚德所说，童话的听众在想象的层面参与了这一成年礼的全过程。童话绝不仅仅是游戏之作，它同时也引导听众进入人类生存的本质。

5 魔鬼的三根金发

在格林童话中，最受欢迎的故事主角几乎都是女性，这并不奇怪，如玫瑰公主、白雪公主、灰姑娘、小红帽、霍勒太太。在《七只乌鸦》《亨塞尔与格莱特》《小兄弟和小姐妹》《青蛙王子》《狼和七只小山羊》中，也一直是女性因素在起主导作用。然而，在世界童话的宝藏中，男性却完全占据主导地位。在德语地区甚至更远的地区，流传最广的是关于屠龙者的故事。那么，为什么在格林童话中，在所有关于孩提时听到或读到的格林童话中，偏偏是以女性为主角的童话更为突出呢？这里可能存在各种各样的原因：首先，向格林兄弟提供故事的人主要都是女性，而女性往往乐于讲述以小姑娘为中心的故事，因为讲述者喜欢与故事的女主角产生身份上的认同。孩子们也往往生活在一个女性的世界里，负责照料他们的是母亲、幼儿园女教师，还有姨妈、姑妈、奶奶、外婆这些身边亲近的人。因此，我们不难理解为何在这些童话故事中女主角如此受欢迎。而且，由于格林童话的影响，这些女主角也赢得了其他民族的喜爱。不久前，阿格奈什·科瓦奇(Agnes Kovács)出版了《匈牙利的民间童话》，这是《世界文学中的童话》系列中的一册。科瓦奇告诉我们，在匈牙利，格林童话属于全民普及性读物，并且进一步指出："主要是我们的女性童话作者不断从格林童话中汲取营养。匈牙利童话世界中出现的遭受迫害、历经磨难的女主人公，要归功于德国童话的影响。关于白新娘和黑新娘、小弟弟和小姐姐、灰姑娘以及没有手的姑娘的童话，无疑已经通过格林童话成为我们的民间童话。"我们生活在技术时代，也许因为当下的世界被男性意志打下了过于鲜明的烙印，所以，文学才试图寻找或建立一种平衡。女主角自然而然便成了我们心灵的观照，其平静持久的忍耐力与掌控我们外在生活的忙碌行为和内心焦躁形成了鲜明对比。在前两章中我们探讨了两则以女性为中心的故事——《七只乌鸦》和《白雪公主》，这并不是随意为之。接下来我们要探讨的是一篇以男性为主角的童话，在格林童话中它叫《魔鬼的三根金发》。故事讲述了一个男孩在出生时就有人预言，他会在十四岁时娶国王的女儿为妻。狠毒的国王得知这个预言后，拼命加以阻止。他先是花钱买下这个孩子，将他放进一个匣子里，然后扔到深深的河水中。可是匣子只漂了两里远，就靠在了一座磨坊前的堤坝上。碰巧磨坊主夫妇没有孩子，于是精心养育了这个弃儿。接下来的这段著名情节反映的是“乌利亚的信”[①]的主题。

一天，国王正巧来到这座磨坊避雨。他看见一个高个子少年，便问磨坊主夫妇，这是不是他们的儿子。“不是，”他们回答，“这孩子是捡来的。十四年前，他被装在一只匣子里，从河中漂过来，正好靠在了前面的堤上，伙计们便把他从水里捞了上来。”国王一听，就知道眼前这少年就是那个被他扔到河里的幸运儿，于是说：“你们真是好心人。可不可以叫孩子帮我送封信给王后？我赏他两块金子。”“谨遵陛下旨意！”磨坊主夫妇连忙应承下来，并叫孩子准备动身。国王给王后写了一封信，信里说：“送这封信的男孩一到，立刻把他杀死埋掉。在我回来之前，务必办理妥当。”

男孩带着信出发了，可后来却迷了路。傍晚时分他来到了一大片森林中。黑暗中，他看到了一点儿微弱的亮光，便朝那里走过去，一直走到一间小屋前。他走进屋子，里面只有一个老太太孤零零地坐在炉火旁。老太太看见他吓了一跳，忙问：“你打哪儿来？想上哪里去？”“我从磨坊来，”男孩答道，“奉命给王后送信去。可我在林子里迷了路，希望能在您这里借宿。”“可怜的孩子，”老太太说，“你可落进强盗窝

① 指给送信人带来不幸的信。——译注

了，他们一回来准会把你杀了！”“随他们便了，”他说，“我不怕。我实在太累了，再也撑不下去了。”说完便躺倒在一条长凳上，睡着了。没多久，强盗们回来了，他们果真气势汹汹地追问，打哪儿来了这么个野小子。“唉，”老太太说，“这是个无辜的孩子，在林子里迷了路。我可怜他，才收留了他，他要给王后送一封信。”强盗们拆开信，只见信中写着，男孩一把信送到，马上就杀掉他。读完信，铁石心肠的强盗也对这孩子产生了同情。强盗头子把国王的信撕碎，然后另外写了一封。信里写道：一旦少年把信送到，立刻让他与公主结婚。强盗们让男孩安安稳稳地在长凳上一直睡到第二天早晨。男孩醒来后，他们便把信交给他，并且替他指明了前往王宫的路。王后看到信后，就按信里的吩咐，举行了盛大的婚礼，把公主嫁给了幸运儿。少年英俊和善，公主跟他在一起生活得快乐而满足。

前文对《白雪公主》的深入探究，增强了我们的洞察力。因此，现在我们立刻可以看出，无论《魔鬼的三根金发》在外在形式上有多么不同，我们仍能看到《白雪公主》的基本主题对这个故事的影响：主人公陷入生命危险，而恰恰是这个致命的危险引导他走向了更好、更完美的生活。这表明民间童话似乎总在以一种游戏的方式将古老的神话和仪式不断翻新：只有陷入生命危险的人，以及真正体验过死亡的人，才能成为完全意义上的人。

只有在阴影之下
奏响古琴之人，
才能以感应传送
无尽的赞美。

……

池中的倒影

常使我们双眼模糊：
要记住这个映像。

正是在阴阳交错的双重境域，
有些声音才会
永恒而和顺。

童话总是不断用画面让听众了解里尔克[①]在《致俄耳甫斯的十四行诗》中表达的上述内容。白雪公主不仅受到继母或母亲的迫害，而且进入小矮人或强盗的住处也意味着遇到了死亡的威胁。同样，《魔鬼的三根金发》中的少年也曾辗转各地。在故事的第一部分中，他还是个小婴儿的时候，就被装进匣子抛到河里，国王想借此除掉他，而不必弄脏自己的双手。然而，死亡之水却将孩子渡到了生命之岸。黑暗的木匣子并没有成为孩子的棺材，而是给他开启了光明的世界。格林童话中这样写道：当人们打开匣子时，只见里面这个漂亮的男孩“非常健康活泼”。20 世纪初，在荷尔斯泰因的一则同类故事中更为鲜明：“当他们打开匣子时，里面躺着一个男婴，一脸笑容。”在相近地区的另一个版本中甚至这样写道：匣子里“躺着一个十分活泼的小男孩，笑容满面，手舞足蹈”。这样的描述以简单坦率的方式向我们呈现了从黑暗到光明、从死到生的复活过程。还有一个在程度上稍弱，但与此完全相符的版本，这是一则已经基督教化的俄罗斯故事：狠心的马尔可拥有无数财富和“各种各样的工厂”，却无人继承，上帝亲自给他指派了一位继承人，但他将这个穷苦的孩子扔到森林里去了。

那是一个寒冷的冬日，马尔可将孩子放到车上，将他拉进一片森林。马尔可吩咐道：“车夫，你把他拉到林子中间去，扔到雪地里。这就是他从富人马尔可那里领受的财产！”可很快就有一阵和暖的风吹来，男孩四周的冰雪开始消融，他躺在地上，却丝毫不感到难受，因为

① 赖内·马利亚·里尔克（Rainer Maria Rilke，1875—1926），奥地利诗人。

他很暖和。马尔可自己回家了。

这时，两个相交甚好的商人沿着同一条路过来。他们来归还从马尔可那里借到的钱，而且还想再买些新货。走到这里，他们听到树林里传来一阵婴儿的啼哭声，连忙停住脚步，侧耳细听。接着他们跑进林子，原以为肯定是某个姑娘遗弃了自己的孩子，可是，走进去一看，只见孩子的四周绿草如茵，鲜花盛开，而旁边的积雪有齐膝那么深。他们被眼前的景象惊呆了，连连说道："这是一个圣婴。"然后赶忙将孩子抱回自己的车上。

在这个故事中，男孩被发现时并没有笑，而是他"四周的冰雪开始消融，他躺在地上，却丝毫不感到难受，因为他很暖和"。这里直接体现了另一种重生——从冰冷的死亡到温暖的生命；从厚厚的积雪中长出绿草，开出鲜花。而在同一主题的格林童话中，死亡的威胁一而再、再而三地出现。国王写下了一封所谓"乌利亚的信"。"乌利亚的信"本来是指大卫王写给军队统帅的信，他在信中要求"派乌利亚出征，安排他去阵势最险峻的地方打仗，然后撤退军队，让乌利亚被敌人杀死"。大卫王写这封信的目的是霸占乌利亚的妻子。他让乌利亚送这封信去前线，乌利亚最终真的被杀了。在《魔鬼的三根金发》中，国王这样写道："送这封信的男孩一到，立刻把他杀死埋掉。"可是这男孩却得救了。童话喜欢将一切推向极致，一开始男孩闯进了强盗窝，而强盗往往是杀人不眨眼的。但是在这个故事和《白雪公主》中，强盗和凶手最后都成了拯救者。"他们（强盗）一回来准会把你杀了。"小屋里的老太太这么说。可实际上，强盗先是把信撕开，当他们读到信中的死亡命令后，他们把信替换了，等待男孩的不是死亡，而是一场"盛大的婚礼"。这就好像有一种内在的法则将事情推向了它的反面。正因为强盗们发现男孩受到了另一种无情的威胁，反倒唤醒了他们潜在的反抗精神，改写了国王下达的死亡判决，并以童话的方式将其变成决然对立的事情。在许多同类主题的故事中，都这样写道：这时男孩酣睡在那里，不但没有行为能力，而且毫无戒备之心。当幸运降临时，他什么都没做。具有决定性意义的事情出现了：做好事的反倒是恶人。莎士比亚根据丹麦编年史撰写的《哈姆雷特》

中，也有“乌利亚的信”的情节，不过改写此信的是哈姆雷特本人。相比之下，《魔鬼的三根金发》层次更加丰富，也更具象征意义。丹麦史学家萨克索·格拉玛提库斯（Saxo Grammaticus）在其著作中这样写道：

> 丹麦国王芬果派两名宫廷侍从陪阿姆雷特王子一道前往英国，但没有按当时的习俗让侍从带一封信，而是给了他们一块刻有鲁内文[1]的牌子，丹麦国王通过这些神秘的字符，委托英国国王将他派去的年轻人杀死。一天，两名侍从睡着后，阿姆雷特从他们的口袋里找出了那块鲁内文牌子。得知丹麦国王的意图后，他将木板上原来的内容刮掉，添上新的旨意，将本来要降临在自己身上的灾祸转嫁给了两位侍从。但是，逃脱死罪、嫁祸他人依然不能让他满意，他还以国王芬果的名义，请求英国国王将女儿嫁给这位他派去的聪明的年轻人。抵达英国后，丹麦的宫廷侍从觐见英王，并将丹麦国王的鲁内文牌子呈了上去。这道本来给阿姆雷特带来灭顶之灾的旨意，却最终要了这两位侍从的性命。

在莎士比亚的剧中，哈姆雷特并没有去过英国，但我们在 12 世纪的丹麦史中重新发现了这一童话模式：生命的盛宴代替了死亡，美好的赏赐代替了严苛的惩罚。但是，丹麦传说中的主人公是自己命运的主人，而童话中的主人公却相反，他们是受到命运之神眷顾的人——在各种不同的版本中都是如此。他们往往什么都没做，便吉星高照，仅仅因为迷了路，就误打误撞遇见了帮助自己脱离险境的人。沉睡的浮士德是被大自然的精灵之歌唤醒的，而在《魔鬼的三根金发》中，是强盗和杀人者重新给熟睡的男孩带来了生命之光，这样他便逃脱了双重的死亡危机——强盗的杀心和国王的谋害意图。这两个情节并不是简单排列在一起的，而是相互交织在一起。国王的谋害意图使年轻人免遭强盗杀害，反过来，强盗又使国王的谋害意图落空。并且，只有主人公落入强盗之手，国王的谋杀计划才会受挫。国王下令杀掉年轻人的信，软化了强盗的铁石心肠，才使邪恶结出了

① 日耳曼族最古老的文字。——译注

善果。这时，相同的主旋律再次奏响：谋杀的命令变成了与公主结婚的指令——邪恶再一次结出善果。我们在《白雪公主》中听到的旋律，在这里又一次响起：痛苦和濒临死亡之感是通向更高生命的通道。童话相信，引领人们走向光明的是危险、黑暗和不幸的命运。

像其他许多民间童话一样，《魔鬼的三根金发》还有第二部分：国王回宫后，看到发生的一切，便打发自己憎恶的女婿去地狱，让他从魔鬼头上拔来三根头发。故事的主人公再一次坠入黑暗的深渊，他被打入死亡之夜、地狱之夜。可是魔鬼却长着金发，黑暗中有珍贵的东西在泛着微光。像大卫王一样，这个故事中的国王原想让女婿走上不归路，但在童话中，事情的发展又走向了相反的方向。这个屡遭厄运的年轻人是正面的、积极的角色，他总是信心满满地走在路上。在有些版本中，年轻人一路上不断遇到善意的建议，劝他不要继续前进，因为他要去的地方从没有人回来过。但是，他却选择了冒险。在魔鬼的祖母的帮助下，他通过了这次考验。在许多故事中，取代魔鬼的是其他恶魔，例如，巨人或巨鸟、怪鸟格莱弗或凤凰，或者另一种为非作歹的恶兽，它们的名言是：“我闻到了人肉的气味。”魔鬼的祖母——在其他故事中一般是魔鬼的妻子，会打消魔鬼的顾虑，骗他说家里根本没有藏人。在格林的这则童话中，魔鬼的祖母将小伙子变成了一只蚂蚁，并以各种借口从魔鬼头上拔下三根金发，或者从怪鸟格莱弗身上扯下想要的羽毛，并伺机从魔鬼那里套出小伙子想要知道的一切。这类故事不断反复出现，在其他童话类型中也是如此，帮助这位勇敢的小伙子的，要么是魔鬼的祖母，要么是下达谋杀令者的女儿，要么是恶龙的妻子，后者原本是一位被掳走的公主，被迫与彼岸世界的生物住在一起。这种在千奇百怪的关系中不断建立的形象表达了一种信念：当人面对邪恶势力时不会孤立无援。就像阿喀琉斯之踵和西格弗里德肩胛骨之间的伤一样，邪恶势力也有致命的弱点，人们可以由此入手，彻底制伏它。无论邪恶的化身是魔鬼、巨人、恶龙还是怪鸟，都可能遭到女性角色的背叛，有的故事中这些女性角色最后甚至会将恶魔置于死地。在《魔鬼的三根金发》中，魔鬼只是被骗了，因为魔鬼是无法从这个世界彻底被驱除的。此外，在这个故事的第一部分中，魔鬼的祖母有一个前身，就是男孩在强盗窝遇见的那位老太太。

从某种意义上说，这个故事的后半部分与前半部分是相反的。故事的前半部分展现的是主人公不断遭遇威胁，并不断被他人解救的过程（在同一主题的印度童话中，这种“威胁—解救”模式在单调的重复中还发生了些许变化）。故事的后半部分，尽管主人公是被派来的，并在重大的冒险中依赖于别人的帮助，但他却比前半部分更有行动力、目标更明确，其境遇也不同。《魔鬼的三根金发》的后半部分，讲述了年轻人在去找魔鬼或怪鸟的路上遇到了形形色色的人，他们让年轻人去向魔鬼或全知全能的巨鸟询问一些关乎他们生存的重要问题。有的人想知道集市上的那口井为什么干涸了；有的人想问，为什么本来结金苹果的那棵树现在连树叶都不长了；还有人问，为什么自己要一直撑船，永远没人来接替自己。其他版本故事中的问题有些不一样，但也无外乎是向主人公寻求消灾和获救之法。而年轻人则一边完成自己的使命，一边给他人带来帮助。故事的前半部分只涉及他的脱险，后半部分的情节则有了进一步的延伸。主人公看起来更加成熟了，也能给别人提供帮助了。格林的《魔鬼的三根金发》这样叙述主人公在地狱的历险：

> 天色晚了，魔鬼回到家中，刚一进门，就发觉气味不对。“我闻到了人肉的气味，”他说，“真的不对劲儿。”接着，他这里翻翻，那里闻闻，可什么也没找着。他的祖母却骂开了：“刚才我打扫过，收拾得利利索索的，这下你又给我翻得乱七八糟的！你的鼻子里总有人肉味儿！快坐下来吃你的饭吧。”魔鬼吃完喝完，觉得累了，就把脑袋枕在祖母怀里，要她替自己捉虱子。没过多久，他就睡着了，呼噜呼噜打起鼾来。祖母揪住一根金发，猛地拔出来放在一旁。“哎哟，”魔鬼叫起来，“你干吗呀？”“我做了个噩梦，梦里正在扯你的头发哪。”祖母回答。“你梦见什么啦？”魔鬼问。“我梦见集市上有一口井，从前井里总是不断涌出葡萄酒，现在却干得连水都不出了，不知是什么在作怪？”“嗨，城里的人哪里会知道！”魔鬼说，“井里的一块大石头底下有一只癞蛤蟆，只要杀死它，就会有葡萄酒流出来。”祖母听后，又开始替魔鬼捉虱子。他又渐渐睡去，鼾声雷动，连窗户都被震得发颤。

祖母趁机从他头上拔下第二根金发。“嗷！你干什么呢？”魔鬼气得直嚷嚷。“别生气，”祖母安抚道，“我刚才又做梦来着。”“你又梦见什么了？”“我梦见一个王国有一棵大树，树上本来结着金苹果，现在却连叶子都不长了，也不知道这到底是怎么回事。”“嗨，人们哪里会知道呢？”魔鬼说，“有只老鼠在啃树根，只要把它杀了，树上又会结满金苹果。要是让老鼠继续啃下去，苹果树就会彻底枯死。——你可别再拿什么梦来烦我了！要是再弄醒我，别怪我抽你！”祖母好言好语哄着他，继续替他捉虱子，直到他又睡熟，鼾声再次响起。老太太连忙拔下第三根金发，魔鬼疼得跳了起来，怪叫着要找她算账。老太太连连说好话：“真是没办法，我老做噩梦！”“你还梦见什么了？”魔鬼心里也有点儿好奇。“我梦见一个船夫，他一直把船撑过来、渡过去，老是没人去接替他。他成天抱怨，也不知道这是为什么。”“嗨！这个傻瓜！”魔鬼说道，“只要有人来要求渡河，他马上把篙往这人手里一交，以后撑船的就是这个接篙人了，船夫自己不就解脱了？”祖母既然已经拔下三根金发，又得知了这三个问题的答案，也就不再打扰魔鬼，让他一觉睡到大天亮。

在回家的路上，幸运儿将来时人们提出的种种难题一一给予相应的解答。危害人们生活的癞蛤蟆和老鼠被除掉了，金苹果树重又结出新鲜的果子，集市上的井里又冒出了葡萄酒，幸运儿因此得到了丰厚的回报。派他去取魔鬼金发的国王看见四头驮着金子的毛驴，也想去搬些金子回来。可是，就像当初魔鬼被骗了一样，这位象征恶势力的国王也上当了。因为，幸运儿将从魔鬼那里得知的招数告诉了船夫——当然是在他自己过了河，已经处在安全距离的时候。“如果又有人来要求渡河，你就把篙交给他。”后来要求渡河之人便是这位恶毒的国王。船夫将篙塞到他手中，国王从此便被魔力罚在河上撑船，为自己赎罪。像许多关于魔鬼被骗的传说一样，在这篇童话中，恶人也上当了，并被罚干活儿赎罪。

民间童话具有极为突出的艺术品质，这一点不仅仅反映在格林童话中。它熟知怎样合理运用文学创作的简约原则，在个别完整的故事版本中，只有揪下几根魔鬼的头发或拔下几根怪鸟格莱弗的羽毛的情节，没有要问清楚几个问题这一层内容，但是在最好的版本中，这两个因素巧妙地结合在一起了：三个问题成了揪下三根头发或拔下三根羽毛的理由。魔鬼或怪鸟是在睡眼蒙眬中回答这三个问题的。在故事的前半部分，沉睡不醒的是年轻的男主人公，而在后半部分则是魔鬼，年轻人始终保持清醒，仔细倾听魔鬼的回答。这里也隐含着后半部分与前半部分的对照。在前半部分中，小伙子非常疲劳，酣睡不醒，后半部分却是魔鬼累了，睡得很沉；前半部分是小伙子在熟睡中得到了强盗的恩惠，后半部分则是沉睡的魔鬼不断被打扰，并在睡梦中失去了宝贵的金发，还被套出了有价值的答案。不仅如此，这些问题还是魔鬼的祖母为了帮助小伙子，假托自己做了噩梦，先后三次问出来的——这是睡梦主题的另一种演变。我们不断得以确认，看似简单的童话却是如此精美而复杂的艺术品。在故事的前半部分，主人公三次获救——从水中得救、从强盗窝得救、从王宫得救。在故事的后半部分，他三次给人们带来帮助。前半部分三次遇到威胁，后半部分三次成为拯救者。故事开篇的祝福和结尾的考验构成了整个故事的框架。年轻人出生时包着幸运的胎膜，这里突显了童话中的民间迷信色彩：在出生时还黏附着胎膜的人，往往标志着会拥有一种特殊的人生，将拥有前生注定的幸运和财富。可与这一巨大的幸运形成鲜明对照的，是命运给他的一个接一个的致命打击，直到故事的前半部分以一场令人费解的婚礼结束。故事后半部分的主要内容不再是直接的死亡威胁，而是年轻人充满信心地接受并完成了各种使命。可怕的怪兽出现在同一主题演变出来的无数故事中，尽管它们各不相同，但怪兽发出的喊叫却是一样的："我闻到了人肉的气味。"然而，这次最危险的冒险却带来了最丰厚的回报。如同参孙[①]的故事所显示的那样，头发代表力量的所在。如果揪掉魔鬼头上的三根头发，那么魔鬼的权力就被剥夺了，并且他的权力将转移到头发的新主人身上，这个人便由此获得了魔鬼的知识和能力。魔鬼不会用这些知识和能力造福人类，而获得这一权力的年轻人却会用它们去解救别人，给人们带来福祉。在这一点上，民间童话吸取了某种信仰的因素，不过这一点在整个故事结构中所占比例很小，因而没有多少分

① 天生神力的军事领袖，超凡力量的来源和秘密是头发。剪掉他的头发，他就变得手无缚鸡之力。

量。假如不了解这点，谁还会想到、感受到头发里潜藏着某种知识的力量？人们可能更多地关注金色的象征意义：在地狱的黑暗中，金发透着一抹神秘的、宝贵的光芒，年轻人可以借着这丝微光，趁机夺走魔鬼的法力。

对由这一主题演变出来的许多故事一一进行更加深入的探讨，肯定是件很有意思的事情。我们也会在这些故事中见识到与格林童话不同的简约风格。在一则关于富有的彼得·克雷默的挪威民间故事中，国王见到了一位去迪本法特找龙王的年轻人，他拜托年轻人帮忙打听一下，自己多年前不见的女儿究竟在哪里。年轻人在龙宫里遇到了一位公主，公主答应帮他问龙王。一天，公主自称刚从一个奇怪的梦中醒来，并问龙王，那个国王的女儿究竟去了哪里。龙王大声道："那个女儿就是你呀！可他再也见不到你了。"叙述的一个元素被反复运用，这就是浓缩，是文学创作中的简约。相比格林童话中的主人公，挪威这个版本中的主人公更有行动力。他亲手从龙王的尾巴上拔下三根羽毛，并将龙头砍掉。当然，为了做到这一切，他先喝下了公主递给他的力量魔水。只有这样，他才能挥动龙王的宝剑——龙王最后葬身在自己的剑下，也就是说它是自取灭亡的。这个主题我们在《白雪公主》以及由其演变出来的各种故事中不断遇见，现在也出现在《魔鬼的三根金发》中：发出恶毒旨意的人最终都落入自己的罗网，狠毒的国王不得不接手船夫的苦役，甚至淹死在河里，承受了他为女婿设计的悲惨命运。类似的故事还有：国王本想将女婿扔进石灰池，不料后来掉进去的是自己；本想将女婿扔进高炉，最后自己却葬身火海。"人只会毁在自己手里。"这便是在无数民间童话中回响的主旋律。同样有说服力的还有另一个补充性主题：人从来不是自己命运的唯一主人，他需要得到来自这个世界和彼岸世界的各种帮助。在这个挪威民间故事中，有一个情节特别清晰地表达了邪恶是徒劳和无果的：公主告诉王子怎样一举砍下龙王的脑袋，并同时拔下它身上的三根羽毛，"要不然它会自己拔掉，让谁都用不了。"在个别版本中，船夫的角色被一名士兵所替代：这个士兵必须经年不断地看管一门大炮或手持一把枪。"我在这里站了七年岗，只想解脱。"瑞士的瓦利斯流传的一则故事中这样写道。瓦利斯是一个具有强烈地方色彩的民兵居住地。从《魔鬼的三根金发》中那个不断将人渡向彼岸的船夫身上，我们远远看到的是冥府渡神的形象，这一形象在形形色色的故事中出现得更加频繁，也更具象征意义。让他得以解脱的不是别人，而是虐待主人公的人，这种处理方式不但意义更为丰富，而且也具有更强的艺术性，当然这也是一种艺术上的简约方式。

我们不打算继续钻研各种故事版本多姿多彩的形式，因为其中一些与标准的基本形式相去甚远。如果再一次对基本形式进行深入思考，我们会联想到与俄狄浦斯神话的相似之处。在俄狄浦斯的故事中，尽管采取了一切可能的应对措施，那个不幸的预言还是成真了。而在《魔鬼的三根金发》中，无论主人公遭遇多少磨难，他出生时得到的祝福，还是会以近乎不可能的方式得以实现，如同俄狄浦斯永远无法抗拒自己的厄运一样。这个故事用鲜明的画面呈现了人所遭受的威胁；同时，在主人公经历的所有考验中，也展示了一种使人类变得更强大、走得更高远的意义。

6 报恩的死者

人们习惯于将某一系列童话称为“解救童话”，《七只乌鸦》和《十二只天鹅》就属于此列，还有许多关于动物未婚夫、动物未婚妻和动物孩子的故事，《小弟弟和小姐姐》《玫瑰公主》《白雪公主》以及格林兄弟的《儿童与家庭童话集》中的另一些故事，也属于这一范畴。解救意味着让人摆脱邪恶的魔法，解除巫术施加的改变，消除诅咒。童话故事通常不会连篇累牍地叙述某个人物为什么会被诅咒，只会略微提及一下，因为这并不是故事的重点，故事要叙述的核心内容是“解救”。从更加广义的角度看，几乎所有的童话都是“解救童话”，因为它们总是涉及某种拯救和解放。我们常常看到，民间童话中的人物原则上都依赖于别人的救助，但故事往往根本不提及诅咒和解救的重要作用，以及人物被施魔法的原因。这进一步表明，童话认为人本身需要拯救。

在童话故事中，人需要通过某个死者的帮助得到拯救和解脱——这个主题千变万化，经久不衰，这样的表达方式说明了救助者本人也需要帮助。许多童话都会讲述死者报恩的故事：比如一位年轻的漫游者看到一具尸体正在遭受别人的污辱，于是他将自己的全部现金拿出来赎回尸体，并将其埋葬。后来，这位无私的漫游者得到了那位死者的报恩。

由阿斯比约恩森（Asbjörnsen）和穆厄（Moe）合作整理的著名的《挪威童话集》中就有这样的故事：

从前，有个农夫的孩子，梦见自己将得到公主的芳心。公主住在很远很远的地方，她的皮肤像牛奶一样洁白，面颊像血一样鲜红，而且特别富有，拥有数不尽的财富……于是他将自己所有的东西都卖掉，动身去寻找那个心爱的姑娘。他走了很远、很远，最后在冬天时来到了一个国家，这里的道路都是笔直的，没有任何拐弯的地方。他一直朝前走了三个月，终于来到了一座城市。城中有座教堂的大门外有一个冰堆，冰里冻着的是一具尸体，这里的每个人打旁边走过时，都会朝尸体上吐口唾沫。小伙子看到这一切，感到很奇怪。当神父从教堂出来时，小伙子连忙上前询问这到底是怎么一回事。“这是一个恶贯满盈的罪犯，”神父说，“他犯下了滔天罪行，被处死了，并曝尸在此，遭千夫所指。”“那他到底干了什么？”小伙子接着问。

“在世时他原本是个酒贩子，”神父说，“可他往酒里掺了水。”这件事在小伙子听来算不上什么天大的罪过，于是他对神父说：“就算大家让他为此偿命，也该为他举行一场葬礼，让他入土为安呀！”可神父告诉他，这件事办不到。因为要将尸体从冰堆里凿出来，需要有人出力，这个得花钱；买墓地要钱；还要给下葬时出力的人、主持葬礼的人付钱。“谁会愿意替这么个声名狼藉的罪人付这么多钱呢？”“有呀。”小伙子说，只要神父愿意设法为这人举办一场葬礼，他愿意支付葬礼的钱。一开始神父根本不信，直到后来那小伙子带着两个人又来找他，神父这才没辙了，只好答应。

于是，他们凿开冰堆，把尸体取出来，然后下葬并举行了葬礼。葬礼过后还举办了筵席，席间有人落泪，有人欢笑。小伙子支付完葬礼的费用后，兜里没剩下几个钱了。接着，他又上路了，可没走多久，身后便跟过来一个人。那人问他，一个人走路会不会太无聊。

“不无聊啊。”小伙子说，因为他总有可以琢磨的事情。那人又问他是否需要一个仆人。

“不需要，”小伙子说，“我自己伺候自己惯了，不需要什么仆人。就算我真想要一个，也没办法请了，因为我根本没钱付人家工钱。”

“可你需要一个仆人，这点我比你更清楚，”那人说，“而且你需要的是一个可以托付生死的仆人。不过，假如你实在不想让我当仆人，那就当我是同伴吧。我答应你，这对你绝对没什么坏处，而且我也不会要你一分钱。旅费我自理，我的吃穿用度你也一概不用操心。”

不难猜出，这位神秘的旅伴不是别人，就是那位前来报恩的死者。他现在出现，就是为了助年轻的漫游者一臂之力。没有他的帮助，年轻人永远也不可能得到朝思暮想的公主。正因为主人公已经一贫如洗，才在毫无觉察的情况下获得了一位非尘世的帮手，也唯有这个人才能帮他达到目的。这里换了一种外在的表现形式，也是我们已经熟悉的民间童话最偏爱的变化，即事情转向了相反的方向。不可能的事情在童话中一再出现：找到活命水的不是头脑清楚的哥哥，而是傻瓜弟弟；率领军队取得胜利的不是王公贵族的女婿，而是遭人鄙视的癞痢头；获得王子青睐的不是名门闺秀，而是厨房的女仆。白雪公主因为被赶出家门，甚至历经死亡，才走上了通向幸福的道路；年轻人遭到国王或富商用“乌利亚的信”迫害的命运亦是如此。正因为故事的主人公毫不顾念自己，没有一心盯着自己的目标，只想公正地对待当前的形势，满足当前的需求，才更接近自己的目标。一些人生的道理在故事的简单情节中被揉成一团，不过，从中我们还是可以明显地看出三层相关的用意：首先是事物的转化——让年轻的漫游者变得一无所有的事件，后来却给他带来巨大的财富；其次，对当下义务全身心的投入——仅仅因为主人公忽视了自己的目的，最终才达到了自己的目标；第三点更具普遍意义：只有能放弃的人，才有机会获得。

童话倾向于将非现实生活与日常生活混杂在一起，挪威的这个民间故事，就是呈现这一特点的最佳范例。故事中那个只有笔直道路、没有任何弯道的国家，因其线条分明和形式绝对，构成了典型且标准的童话世界。梦想中的公主也属于这种绝对和极端的意象，“她的皮肤像牛奶一样洁白，面颊像血一样鲜红，拥有数不尽的财富”。就连故事中的冰堆也很适合像玻璃般透明的童话世界。主人公的果断同样也很完美：首先他卖掉所有家当，然后又为一个素不相识的死去的罪人近乎倾其所有。近乎倾其所有——但他还留下了几个钱。在这类故事的其他版本中，年轻漫游者的钱正好只够替死者赎罪。挪威的这个版本打开了一个现实的口子，透过它，我们能看到更丰富的内容。故事还提到掺了水的葡萄酒，提到了葬礼后筵席上的泪水和欢笑——这些也属于传统葬礼的一部分，仪式性的“哭丧”也意味着再次转向快乐的生活。

这一童话最著名的版本出自北方民族。丹麦诗人汉斯·克里斯蒂安·安徒生在菲英岛听到了这个故事，并以自己的方式进行了再创作，取名《旅伴》。安徒生笔下的主人公约翰奈斯在父亲去世的那天夜里，梦见了一位“可爱的姑娘，她美丽的长发上戴着一顶金冠”。埋葬父亲后，他开始了漫游：

> 第二天一大早，约翰奈斯打好一小捆行李，把继承的全部财产扎进腰带里，一共五十块塔勒和几枚小银币。他想带着这些东西去外面闯一闯。动身前，他先到教堂墓地去跟父亲告别。他说：“再见，亲爱的父亲！我要永远做一个好人。”
>
> 约翰奈斯走在田野上，温暖的阳光下，花儿鲜艳美丽。它们在风中频频点着头，好像在说：“欢迎你到绿地上来，你看，这儿多好呀！”这时，约翰奈斯又一次掉转头，向那座老教堂望了一眼。这时他看到教堂的小家神[①]，高高地站在教堂塔楼上的一个窗洞里，头上戴着一顶尖尖的小红帽。小家神把手贴在心上，送了好几次飞吻，表示他多么希望约翰奈斯一切都好，旅途愉快。
>
> 约翰奈斯想，在这个辽阔而壮丽的大千世界里，自己会看到多少美好的东西啊。他越走越远，以前他从未走过这么远的路。他走过的城市，遇见的路人，全都是陌生的。——他现在已经来到了遥远的异乡。
>
> 第一天夜里，他找不到栖身之所，只得睡在田野中的一个干草堆上。不过他仍然觉得很有意思，心中暗想：国王的日子也不过如此了。这儿是一大片田野，有溪流，有干草堆，上面还有蓝天，这的确算得上是一间美丽的卧室。绿色的草地上绽放着红花和白花，就像美丽的地

① 小家神，传说中身材如侏儒、帮人做事的家神。

毯；接骨木树丛和野玫瑰篱笆是漂亮的花束，清水荡漾的小溪就是洗脸池；小溪里的灯芯草对他鞠躬，向他道“晚安”和“早安”；悬挂在高空的月亮，是一盏巨大的夜明灯，而这盏灯绝不会烧着窗帘。约翰奈斯可以安然入睡，事实上他也的确一觉睡到太阳升起，周围的小鸟都在对他唱着歌：“早安！早安！还不起来呀？”

在安徒生的故事中，年轻的主人公也遇到了一位被抛在棺外、没有入土的死者，因为他生前欠下了债务。到这里为止，安徒生严格遵守了我们在无数故事中了解到的流传已久的主题，但关于往酒里掺水的情节，在安徒生的笔下却发生了独特的变化，他接下来这样写道：

于是他们就把约翰奈斯所给的钱都接过来，还嘲笑他老实得有点儿犯傻。接着，他们就走开了。约翰奈斯将死人安放在棺材里，还道了一声“安息吧”，就心满意足地走进大森林里去了。

月光从四周的树枝之间射进来，他看到许多可爱的小精灵在快乐地玩耍。它们一点儿也不害怕，因为它们知道他是一个好人，坏人是看不到小精灵的。这些小精灵有的还没有手指大，长长的金发用金梳子朝上扎着。它们成双成对地骑着露珠在树叶和长草上摇来晃去。有时露珠一滚，它们就会跌到长草间的空隙里去，引来其他小精灵的一阵大笑。那情景真是太有趣了！精灵们唱着歌，约翰奈斯一下子就听出来，这都是他小时候学过的美妙歌曲。戴着王冠的杂色蜘蛛，正在灌木林之间织着长长的吊桥和宫殿。当微小的露珠落到上面时，它们就像月光下发亮的玻璃屋。太阳升起来后，小精灵都钻进花苞里去了，风把吊桥和宫殿吹散了，让它们成为一张大蜘蛛网，在空中飘来荡去。

约翰奈斯刚走出树林，就听到后面有人高声喊他：“喂，朋友！你到什么地方去呀？”

“到广阔天地里去！”约翰奈斯说，“我没有父亲，也没有母亲。我是一个穷苦的孩子，但是上帝会帮助我！”

> “我也要到广阔天地里去，”这个陌生人说，“咱俩结个伴吧。”“好啊！”约翰奈斯说，于是两人结伴而行。没多久他俩就建立了很好的友谊，因为两个人都是好人。不过约翰奈斯发现这个陌生人比自己聪明得多，他差不多走遍了全世界，见多识广，无所不知 。

在这里我们可以看到，单纯的民间故事与安徒生的故事之间对比多么鲜明。民间故事的情节坚定明确地往下展开，而安徒生的故事却插进了一段充满享乐的休憩。民间故事中从未有过上述这种对自然的生动描述，也从未出现过教堂小家神这样的虚构人物。小家神对情节的推动没有任何作用，然而却如此可爱，如此引人瞩目。民间故事中更没有关于聚会的细节描述，而年轻人父亲的葬礼在安徒生笔下是这样一番情景：

> 泪水涌向了约翰奈斯的眼眶，他哭了，放声痛哭有利于宣泄心中的悲痛。太阳照在绿色的树上，好像在说：“约翰！不要再伤心了。天空是那么美丽，一片湛蓝，你看见了吗？你的父亲就在那上面，他在请求仁慈的上帝永远赐予你幸福！”
>
> “我要永远做一个好人，”约翰奈斯说，“这样，我也能到天上去看父亲；如果我们能再相见，那该多么快乐！我有多少话要告诉他啊！他还会让我看好多东西，像活在人间时一样，把天上许多美丽的东西教给我。哦，那该是多么快乐的事啊！”
>
> 约翰奈斯畅想着这些美妙的情景，仿佛亲眼见过似的，不禁笑起来。可与此同时，他的泪水仍止不住地往下淌。

约翰奈斯在遇到一个未被埋葬的陌生人时所做出的思考，是我们在任何民间童话中从未遇见过的：

> 约翰奈斯一点儿也不害怕，因为他问心无愧。他清楚地知道，死人是不可能加害任何人的，作恶的都是活着的坏人。

民间流传的童话和诗人创作的童话展现的是两个不同的世界。安徒生自由虚构了某些情节，而其他情节是从民间故事中借鉴过来的，但他以一种与民间故事完全不同的风格讲述。16 世纪的民间故事与 19 、20 世纪的民间故事并没有太大的差别——当时记录下来的关于“小地牛”的故事证明了这点。而那些出自作家之手的深受我们喜爱的童话，其叙述方式却在很大程度上受到时代的影响，因此它们会比民间故事更加多愁善感，更有道德意识，更加热情。

在此，我们再征引一则由“报恩的死者”这一主题演变而来的故事。这一次，我们不是为了重点探讨故事的叙述风格，因为出版者几乎完全没有准确地还原它的风格。以下这个简写版本，可以让我们窥探故事的全貌。这是一则在上瓦莱州流传的故事，第一次世界大战前由约翰内斯·耶格莱纳记录整理而成。

一对有钱的夫妻有一个儿子。父亲将自己的钱投到了另一个地方。儿子长大后，父亲跟他说：“这次你陪我去那里取利息吧，下回你就认得路了，可以自己单独去！”儿子陪着父亲去取回了利息。一年后，父亲说：“你去帮我取利息吧，反正你认得路了！”

儿子动身前往，并取到了利息，但在回家途中必须在城里过一夜。夜晚他在城里散步，看见一帮人正在鞭笞一个死人。他上前打听事情的原委，有人告诉他：“我们这儿有一个风俗，如果没有还清生前的债务，死后就会遭人鞭尸。”他听后觉得这事太残忍了，于是问他们，死者到底欠下多少钱。他得知债务的数目后，从钱袋里掏出刚收到的利息，还清欠债，好让死者免受鞭笞，然后便回家了。

到家后，父亲问他钱到哪儿去了。儿子指着空空的钱袋，将自己遇到的事一五一十告诉了父亲。父亲非常生气，大骂道：“你这蠢货，死人根本感觉不到疼痛，你今后可别再干这种傻事了！”

又过了一年，父亲再次派儿子去收利息。临走前，父亲警告道：“你可别再冒傻气啊。”儿子上路了，并如数收到了利息。在回家的路上，他经过一栋大楼，看见墙的底部有一个小洞，洞里有一只女人的手伸出来，向他挥动。他上前打听里面究竟何人，只听从洞里传出一阵呼喊声：“请把我弄出去，我是被人拐来的姑娘！”他连忙拿一把刀，把洞口掏大，并将那女子救出来。然后他陪姑娘来到下一个城市，找到一间客栈将姑娘安顿下来，并将收到的全部利息交到店主手里，让客栈为姑娘提供食宿。

回家后，父亲问他又把利息弄到哪里去了。他告诉父亲自己又拿钱做了善事。父亲大怒之下将他赶出家门，他只得进城去找那位姑娘。姑娘说自己原本是一位公主，已经给父王写信，父王给她汇钱来了。她请小伙子陪她回家，因为她已经对这个勇敢善良的小伙子心生好感。一路上，他们还要漂洋过海。船长看出公主已经爱上了小伙子，可他也喜欢公主，于是跟水手们偷偷商定，将小伙子扔到海里。当一阵风暴袭来时，一位水手将小伙子从舱房里叫出来，让他搭把手。小伙子正想出手相助时，被水手一把抓住，扔到海里。小伙子死死抓住一块木板，靠它浮在水面。船开走后，海水把他冲到了一座岛的岸边……

船长将公主送到国王面前，声称是自己救了公主，并请求国王将公主许配给他。国王答应了，可公主却一再推迟婚期，让船长至少再等上一年。

岛上的小伙子每天都去岸边眺望，看是否有船经过，可从未见过桅杆和风帆的影子。就这样，一年过去了。有一天，水中游过来一只兔子，对小伙子说：“你坐到我背上来，告诉我你想去哪儿！”小伙子将公主家的地名告诉了兔子。兔子驮着他穿过辽阔的海域，将他送到陆地的岸边。分别时兔子说：“我就是那个遭人鞭尸的死人，是你花钱赎了我，我今天是来还债的，现在我终于解脱了。”说完，兔子就不见了。小伙子继续往前走，一直来到王宫，并受雇到宫里当铺路工。在船上的时候，他经常给公主吹笛子。后来，就是这支他一直带在身边的笛子救了他。收工后，他坐在墙头又像以往那样吹起了笛子。公主听到笛声，说道：“要是我的爱人当初没有掉进海里，我会以为这吹笛之人就是他，因为他以前吹的就是这首曲子。”

故事的结尾部分叙述了铺路工与公主的重逢。像挪威的那则童话一样，这个故事也不乏地方特征和时代特色。在瑞士的乡村，铺路工是一个大家熟悉的形象，不仅仅出现在我们这个故事的发生地埃姆斯，而且“将……包给某人”和“提供食宿”都是瑞士人惯用的概念。此外，那位宁肯拿钱去收利息，也不用来自己享乐的父亲，以及他对儿子的恼怒，是不是体现了瑞士人视财如命的性格特点呢？俗话说：“没有钱就没有瑞士人。”可当我们从以下这个 16 世纪的意大利故事中也看到了类似的内容时，顿感惊诧不已。

在皮蒙特的特尼诺城堡，曾经生活着一位名叫谢诺方特的公证人，他非常精明。公证人有个十五岁的儿子，名叫贝尔图乔，这孩子却头脑简单。一天，谢诺方特病倒了，感到自己大限将至，于是立下遗嘱，指定自己合法的亲生儿子贝尔图乔为全部财产的继承人。不过，遗嘱中附加了一个条件：在儿子年满三十周岁前，不得自由支配这笔财产，但贝尔图乔年满二十五岁后，可以从继承的财产中支取三百杜卡特金币，用于做生意。公证人死后，等贝尔图乔长到二十五岁时，他找母亲——也就是遗嘱的执行人——要一百杜卡特金币。母亲无法拒绝，因为这是丈夫的遗愿。于是她将钱如数交给了儿子，但要求他好好用这一百杜卡特去赚些钱回来贴补家用。贝尔图乔也向母亲保证，一定会让母亲如愿。不久，他告别母亲外出挣钱。一天，他看见一个拦路抢劫的人杀死了一个生意人，尽管那人早就断了气，可强盗还是不停地拿刀扎他。贝尔图乔见状非常同情那死者，连忙上前问道：“你在干吗呢，哥们儿？你难道没看见他早就死了？”那强盗举着沾满鲜血的双手怒气冲冲地吼道：“滚开！我告诉你，要不你死得更惨！”贝尔图乔却说：“啊，兄弟，要是我给你钱，你能把这尸首给我吗？”“那你打算给我多少？”强盗反问道。“五十杜卡特。”贝尔图乔说。“这也太少了，这死尸可不止值这些钱。”强盗口气蛮横，“要是你出八十块，这尸首就归你了。”心里充满仁爱的贝尔图乔付给强盗八十块金币，然后扛着那尸首来到附近的教堂，并在那里为死者买了一个体面的墓穴，最后将剩余的钱全部拿出来，操办了一场葬礼。现在，他已经身无分文，日子都过不下去了，只好回家。母亲看到儿子，以为他已经挣了些钱，连忙问他，在外面做了些什么生意。“好生意。”儿子回答说。母亲非常高兴，连连感谢上天终于让儿子开了窍。贝尔图乔说：“亲爱的妈妈，昨天我替你和我办了一件积德的好事。”接着他把自己遇到的事从头到尾讲了一遍。听完这席话，母亲既伤心又生气，狠狠把他骂了一顿。几天后，贝尔图乔又缠着母亲索要剩下的钱。那是父亲答应给他的，母亲没法拒绝，气得大声嚷嚷道：“拿走你剩下的两百杜卡特吧！尽管去胡闹，糟蹋光了，你可别再回来！”

这个故事是 16 世纪上半叶弗朗切斯科·斯特拉帕罗拉（Francesco Straparola）写的，自然也不乏地域色彩。只是意大利母亲发脾气时的口气竟然跟瑞士德语地区的父亲没什么两样！令人惊讶的是，民间童话中的细节特征常常不是个体独有的，而是从四面八方吸取来的。

年轻人外出讨债的故事情节，并非瑞士童话所特有，在《旧约》的《多俾亚传》中就可以找到死者报恩的故事线索。在上述瑞士的故事中，前奏与第一段情节完美地结合在了一起。儿子外出要债，然后碰到了一位由于欠债未还而遭受凌辱和虐待的死者。这种情景让他感到震撼。受其生活环境的影响，他习惯性地挺身而出。然后他一次又一次地违背传统的观念，最终被父亲逐出家门，并不容于传统社会。可是在这里，被逐出家门却是他提升自己的前提条件。我们这个故事中的主人公出门是为了收取利息，但后来的结果却是娶到了一位公主。

关于死者报恩的童话分成两个部分。第一部分是主人公赎买被人糟蹋的尸体。第二部分则讲述主人公在报恩的死者帮助下，最终娶到了一位公主。在瑞士的那则故事中，我们认识了此类主题的一个基本情节：主人公必须历经死亡的危险，才能最终进入帝王之家。因此，只有一位来自彼岸世界的人才能将他渡过死亡之海。在挪威、丹麦及其他地方的故事中，前来报恩的死者往往化身为人，而在瑞士的故事中却化身为动物，这并非特例。在这个故事中，死者以兔子的面目登场，而在有些故事中可能变成了狐狸。动物形象也清晰地展示了救助者本人对被救助的需要。在前文提及的上瓦莱州的故事中便表达了这一点。兔子说："我今天是来还债的，现在我终于解脱了。"有关死者报恩的童话是施恩者和报恩者互相解救的最好例证，我们在童话中经常遇到这样的故事。故事的主人公需要别人的救助，而救助者也需要主人公出手相救。二者互相依存，谁也无法拯救自己，只能相互解救。如果说我们从中看到了人类现实的真实反映，这显然毋庸置疑。

在大部分由这个主题演变而来的故事中，第二部分更加强调解救——在丹麦和挪威的故事中也是如此。在类似上瓦莱州的民间童话的一批故事中，讲述的是必须从强盗或土耳其人手中，解救一位被掳走的公主；而在另一批故事中，公主是通过自救得以脱身的，或者是从一个邪恶的恶魔附身的状态中解脱出来，安徒生的《旅伴》和挪威的阿斯比约恩森的《同伴》都属于此类。在这两个故事中，都有一个可怕的冥界生物——如一个巨神，他是公主的情人，两人已经结合在一起了，公主夜里会偷偷跟他见面。报恩的死者发现了这一秘密，并跟随在公主身后，最后将巨神的脑袋砍下。但在公主与故事主人公结婚之前，报恩的死者必须卸掉公主身上的巨神皮，以此斩断她与恶魔的联系，并让她不再拒绝主人公的求爱。用九根桦木枝条抽打公主的身体，经过三次沐浴（一次用乳清，一次用酸奶，一次用甜牛奶）后，她身上那层无可救药的魔皮才会全部蜕掉。最后，公主终于被解救了，变得美丽动人。显然，故事不但描述了这三道洁净身体的具体过程，同时也形象地呈现了心灵的真实感受。在其他的一些故事中，报恩的死者要将公主从蛇那里解救出来，而蛇却盘踞在公主的体内。其中一个例子就是关于沙皇之子西拉和"伊万什卡 - 白衬衫"的俄罗斯童话——之前我们提到过这个故事。给人印象最为深刻的是《旧约》中的类似故事，为了褒奖多比埋葬同胞的善行，多比的儿子——多俾亚得到了一位旅伴。在这里，故事的情节被推迟到了下一代人身上，报恩者也不再是曾经接受救助之人。而童话却习惯于将人物从一切社会关系中剥离出来，只是单纯作为形象出现在人们面前。民间童话的一大部分解救作用，便源于主人公这种遗世独立的倾向。然而，两者的某些细节又是何其相似啊！像在其他同类童话中一样，来自彼岸的救助者最后自己亮明了身份：

“你埋葬那些死者的时候，……我就在你身旁。当时你没有气馁，连饭都不吃，起身走开，将死者埋葬。在我眼里，你的善行并不是悄悄进行的，而是我在一旁看着你做的。因此，我才被派来拯救你和你的儿媳。我是天使拉斐尔…… ”听到这些，他们两人震惊不已，面容失色，因为他们感到很害怕。

这里显露出神既令人敬畏向往又令人畏惧的神秘感。在童话中却不可能如此，因为这种神秘感不符合童话理想化的风格。在童话故事中，我们从来没见过在死者周围弥漫着阴森恐怖的气氛，更看不到对神灵的敬畏。在主题方面，《多俾亚传》里的这个故事与童话还有着其他共同之处。多俾亚本来也是被派出去要债的，但这只是他外出的原因，直到他追求一位亲戚的女儿时，才找到此次出行的意义。这个姑娘也落入了恶魔之手，需要得到拯救。姑娘本人是无辜的，但是：

“她被魔鬼附了身，无论谁想跟她结婚，都会在新婚之夜被魔鬼害死。”“她曾嫁过七个男人，但是，每次在她与这些人有真正接触之前，阿斯蒙蒂斯这个恶魔都会把他们杀了。”“因此，姑娘非常伤心。”

最终，多俾亚来到她身边，天使拉斐尔设魔法将恶魔阿斯蒙蒂斯赶走。祷告和魔法战胜了魔鬼。与《多俾亚传》的故事相比，死者报恩的童话更加自成一体，也更加符合逻辑。显然，在千百年的口头流传中，它们非但没有流失，相反倒是出人意料地得到了完好保存。19 世纪记录下来的故事版本比《多俾亚传》中的形式更加完美。这正可以证明，关于死者报恩的童话在公元前数百年已经存在，它之所以到今天还在流传，是因为在其充满神秘感的画面中，反映了人类灵魂面临的危险和被拯救的可能性。

7 《聪明的格蕾特》《汉斯交好运》《聪明的艾尔莎》

格林兄弟在其童话集中收入了一系列滑稽故事:《勇敢的小裁缝》《小跳蚤与小虱子》《机灵的汉斯》《聪明的艾尔莎》《天国里的裁缝》《弗里德尔和卡特丽丝》《小农夫》《聪明的格蕾特》《汉斯交好运》《聪明的农家女》《甜粥》等。从这些故事标题我们就能看出，这类滑稽故事往往涉及的是聪明与愚蠢、吃与喝之类的内容。精神的愉悦与身体的享受是这些滑稽故事关注的重点。“聪明的农家女”和“聪明的格蕾特”的确脑瓜子机灵、狡猾，有想象力。而“聪明”的艾尔莎、卡特丽丝和“机灵”的汉斯却特别单纯，以至于故事的听众或读者能因心理上的优越感而沾沾自喜。在《聪明的格蕾特》中，精神的愉悦和肉体的满足这一有趣的游戏完美地结合在一起了。主人要请客，厨娘格蕾特为此烹制了两只鸡。

> 鸡已经烤黄了，熟了，客人却还没到。格蕾特大声对主人说:“客人还不来，我的鸡可得出炉啦。要是不马上吃，不趁着鸡香喷喷的时候下嘴，就太可惜了！”主人说:“那我亲自跑一趟吧，再去请一下客人。”主人一转身，格蕾特就把叉鸡的铁钎放到炉旁，心想:“在火炉旁站了这么久，不停地流汗，好口渴啊！谁知道他们什么时候才来！我还是趁着空当儿去地窖里喝上一口吧。”她边想边跑下地窖，提起酒壶，说了声:“祝福你，格蕾特！”便猛喝一口。“酒这玩意儿就得一口接一口喝，要是中间歇一口气，就没意思了。”于是，她又猛灌一口。

现在好多了，她又把鸡放在火上，抹上黄油，用铁钎叉着烤鸡快乐地翻来翻去。烤鸡的香味儿直往鼻子里钻，格蕾特忍不住想："没准儿还差点儿作料，唔，得尝一尝！"她用手指头摸了摸鸡，又把手指放到嘴里舔了舔，说："哎哟，这鸡烤得真棒！不马上吃，真是罪过，太罪过了！"她连忙跑到窗口，看看主人是不是领着客人回来了，可根本没见人影。她又回到烤鸡旁，心想："这只翅膀已经烤焦了，还不如吃掉呢！"于是将它割下来吃掉了，味道的确鲜美极了。吃完后，她又转念一想："另一只翅膀也得吃掉，要不然主人会发现缺了点儿什么。"

在这里，精神的愉悦与口腹的满足完美地结合在一起了。厨娘不断自我安慰，总能找到理由让自己多喝一口酒，多吃一块鸡肉。她不是让自己胡来，也并非完全听任口腹之欲的摆布，不，她是为了让自己精神愉快，心安理得。精神与口腹之欲愉快地结合在一起，不过发号施令的当然是味觉。精神听凭味觉的指挥，但这并不妨碍精神在故事的第二部分得到更充分的发展。

她（格蕾特）正吃得津津有味，主人回来了。他高声喊道："赶快，格蕾特，客人马上就到。"格蕾特连忙说："好的，老爷，这就端来。"这时候主人走过来，想看看餐桌有没有准备好。他手里拿着一把拆分烤鸡的大刀，在走廊里磨起来。正磨着，客人到了，轻轻地、很有礼貌地敲了敲门。格蕾特跑去开门，一见客人，她连忙把食指放在嘴唇上，轻声说道："嘘！嘘！别吭声！您赶紧走吧，要是被我家老爷逮住，您可就完了。他虽然嘴上说请您来吃饭，可心里想的是要割掉您的两只耳朵。您听听，他正在磨刀呢。"客人听见"嚯嚯"的磨刀声，没命地冲下台阶跑了。格蕾特还不作罢，接着又跑到主人跟前，大声嚷嚷道："瞧您请的什么客人呀！"——"啊？怎么啦？格蕾特，你说什么呢？""瞧啊！"她说，"我正端着两只鸡准备放到桌上，没承想他一把从我的盘子里把鸡抢了过去，拿着鸡就跑了！""这像什么话！"主人说，他很心疼那两只美味的烤鸡，"不管怎么说，他至少也应该留一只给我尝尝啊！”于是他追出门，冲客人喊道：“请等等，等一等！”客人却完全装作没听见。主人连忙追过去，手里还提着那把刀。他冲客人直喊：“只要一只，我只要一只！”他本意是想让客人留下一只鸡，别把两只全拿走。可客人呢，却偏偏理解为只割他一只耳朵，于是火急火燎地跑了，一心想把两只耳朵都保住。

就这样，格蕾特愚弄了主人和客人，在津津有味地享用了两只烤鸡之后，安然逃脱了主人的指责。用俏皮的语言给美食添加作料，这样，逃避惩罚的伎俩也就带来了一种智力上的愉悦。由于肉体的满足，精神也随着这种近乎完美的轻松与必胜的信心激荡起伏。在滑稽故事中，轻松和滑稽是两个密切相关的元素。故事情节往往自动展开，一步接着一步：如果一只鸡翅被吃掉了，那另一只也得吃掉；如果一只鸡被啃掉了一块，那索性就把整只鸡都吃了；以此类推，既然一只鸡已经下了肚，那另一只也该去作陪，因为“它们俩是该在一起的”。这种灵活的头脑给读者或听众带来了愉悦，将这种愉悦与真正的“福尔斯泰夫”[①]式的贪得无厌的食欲结合在一起，让滑稽故事带来了另一种更有分量的满足。——不仅在这个故事中如此，在许多其他滑稽故事中亦然。看到卑微的人战胜有钱有势者，看到弱者战胜强者，都会令读者感到愉悦。因为人们乐于看到，社会底层的厨娘战胜了高贵的主人和来宾，而且她的胜利还意味着女性对男性的胜利。刺猬与兔子赛跑的故事、大卫跟歌利亚之间的对决，都属于弱者必胜的故事。它们能让弱势群体看到弱小战胜强大，从而给内心带来愉悦和满足。对于许多人来说，这也能带来虚荣心的满足，下层社会的人因此获得了心理上的优越感，滑稽故事因此也增添了许多趣味。这类故事吸引我们的原因不止一个，就像在文学创作中，各种不同因素的共鸣产生了矛盾却又统一的效果。格林童话中有一则关于贪吃甜食的厨娘的滑稽故事，这个故事后来演变出了许多不同的版本。这则故事充满了对机智灵活的偏爱：女主人公为了得到心心念念的甜食而使出浑身解数。这则故事还反映了滑稽故事的整体倾向：在这个故事中也是卑微的人获得了胜利，高贵者

---

① 莎士比亚作品中的喜剧人物，其特点是肥胖、机智、爱吹牛。——译注

成了从犯。在滑稽故事所展示的世界中，人的生理需求贯穿始终，这类故事给我们带来的是放松、舒适，以及如何机灵地排遣自己的良心不安。它带来的放松感消解了生活中的高标准、严要求，人们乐于沉浸在这片刻的轻松中。题材灵活、无拘无束，叙事却又环环相扣，这些特点正好与这类人群的生活状况相匹配。这一点我们在《聪明的格蕾特》中可以看到：格蕾特找各种借口掩盖自己贪吃的事实，而且每次她都能毫不费力地从前面的错误中找到推脱的理由。在其他滑稽故事中，这种环环相扣的叙事方式体现得更加明显，例如，格林童话中的《聪明的汉斯》和《汉斯交好运》。

《汉斯交好运》是格林童话集中最受欢迎的滑稽故事。路德维希·贝希施泰因对这个故事进行过再度创作，沙米索将它改写成了诗歌。故事内容家喻户晓：汉斯辛辛苦苦干了七年活儿，挣下一大块金子，他本想将金子带回家交给母亲。但是，一路上他觉得金子太沉了，于是用它换了一匹马，不料后来却被马甩下马背。接着，他又用这匹马从好心的农夫手中换了一头奶牛，这头奶牛能给他带来牛奶、黄油和乳酪。可是他不会挤奶，最后弄得牛很不耐烦，把他踢得不省人事。幸好后来他又用母牛换得了一头猪，可后来有人告诉他，这头猪是别人偷来的，要是被人发现了，他不但没法回到母亲身边，还会被关进魔鬼的黑牢，他便连忙拿猪换了那人手里的鹅。然而，到最后，他就连这只鹅也失去了。

汉斯走过最后一个村子，看见一个磨剪刀的人站在自己的小车旁，车上的砂轮骨碌碌地转着，磨刀匠唱道：

“我磨剪刀，转动砂轮，见风使舵是咱的本领。”

汉斯停下来在一旁瞧着，终于忍不住和那人搭讪：“你可真爽，一边磨刀，一边找乐子。”“是呀，”磨刀匠说，“这是门金不换的手艺。一个真正的磨刀匠什么时候把手伸进兜里，都能掏出大把的钱来。——哎，我说，你这只漂亮的鹅是在哪儿买到的呀？”“这鹅不是买来的，是我用猪换的。”“那猪呢？”“是我用一头母牛换的。”“那么母牛呢？”“是我用一匹马换来的。”“那马是打哪儿来的？”“换这匹马我可用了一块金子，一块跟我的脑袋一样大的金子。”“那金子是从哪儿来的？”“那是我干了七年活儿的报酬呗。”“你可总是有办法，”磨刀匠说，“你现在可以成为那种一起身，钱就在口袋里叮当响的人，从此好运不断。”“可我怎么才能做到呢？”汉斯问。“你得像我一样当一个磨刀匠。你只需要一块磨刀石，有了磨刀石就什么全有了。我这里正好有一块，只是缺了一小块。你也不用拿更多的东西跟我换，只要把鹅给我就行。你愿意吗？”“那还用问！”汉斯说，“那我不是成了全世界最幸福的人了？把手伸进口袋里随时都能掏出钱来，那还发什么愁啊！”说着就把鹅交给了那人，并接过磨刀石。

滑稽故事的叙述者将自己从善良的汉斯跟狡猾的磨刀匠的对话中感受到的乐趣再一次展开。在这个故事里，吃喝带来的快乐，舒适的生活带来的满足，都发挥了重要的作用。汉斯不但想象出奶牛能带来的种种美好物质，看到猪时，他也被脑海中出现的烤肉、火腿、熏肉和香肠馋得口水直流。而看到鹅时，他不仅想到了烧鹅肉，以及滴出的鹅油足可以涂三个月面包吃，而且还想到了可以拿鹅毛做枕头。“哎呀，在那上面睡着该多安稳舒服啊！”沙米索这样写道。而在格林童话中的《汉斯交好运》里则是：“我母亲会多高兴啊！”故事中的所有情节都朝着同一个方向发展：用骑马代替辛苦跋涉，安稳舒适的睡眠替代美味的食物！可当汉斯最后拿鹅换了磨刀石后，石头的重量又开始变成了他的压力。

这一来，汉斯又忍不住想，如果现在不用扛着石头该多好啊！慢慢地，他像蜗牛一样挪到一口水井边。汉斯想歇口气，喝口凉水提提神。他担心自己坐下时会摔坏磨刀石，于是小心翼翼地将石头搁在一旁的井沿上。石头放好后，他才坐下来，打算趴在井边喝口水。哪知他一不留神，稍微碰了一下，两块磨刀石都扑通扑通落到井里去了。汉斯眼看着它们沉了下去，突然高兴地跳了起来，随后跪倒在地，满含热泪地感谢上天赐给他这样的恩典，让他以这么好的方式，摆脱了那两块沉重的石头，而且还完全不用自责，因为石头已经彻底成了他的累赘。“这世上谁也没有我这么好的运气了！”汉斯高兴地叫喊道。这下，他摆脱了一切负担，心情轻松地往前跑，一直跑回到母亲家。

滑稽故事像优秀的心理学家，早在心理分析流派出现之前，滑稽故事就已昭示：失误源自潜意识里的意图。汉斯觉得自己有义务将两块磨刀石带回家，但是他小心翼翼地将石头放到井沿上，一不小心碰了一下，石头便掉进井里去了。

扑通！石头掉进井里，
而他却捧腹大笑，
愿望终于实现了，
汉斯交了好运！

此刻，汉斯再也没有心事了，他愉快地踏上了还乡之路：回到母亲身边就一切都好了。回归、倒退、退化。《汉斯交好运》这则滑稽故事在多重意义上给人以“反童话”的印象。童话往往将故事的主人公放到广阔天地中，而《汉斯交好运》讲述的则是主人公的归乡之路。童话展示的是年轻人的出发、发展和成熟，它给主人公提出艰难的任务，让他找到自己真正的解救者。汉斯也遇见了帮助他的人，但这些人却狠狠地给了他一记耳光。他不但没有得到更多的财宝，反倒一步步失去了自己辛苦挣来的全部财富。汉斯也没有身负什么重要使命，只是各种麻烦让他觉得不胜其扰。他一次又一次逃避，总是选择最轻松的路。他献出自己的财物并非出于善意，也不是为了帮助别人，而仅仅是为了贪图轻松。而且他为自己感到庆幸也并不是出于理智的判断，而是源于盲目。童话中的主人公往往眼前有一个目标，他要么想去解救一位公主，要么想要赢得一个王国。而汉斯的目标却在身后，他努力想回到母亲的怀抱。假如一位精神病科医生听到他的病人陈述，《汉斯交好运》是自己最喜欢的童话，那么他并不一定会为此感到高兴，因为这有可能标志着植根于患者内心深处的生活上的低能。能与汉斯产生身份认同感的人，往往非常渴望孩提时无忧无虑的生活，倾向于逃避生活中的艰难，纵容自己，心怀幻想。童话主人公跟遇见的人往往有真实的接触，而“交了好运的汉斯”在所有情况下都是看似接触了他人，却并没有真正找到通向世界的入口。

尽管如此，读汉斯的故事还是会令我们心生愉悦，这不仅仅因为我们可以尽情享受自己的优越感，可以嘲笑“交了好运的汉斯”。我们不但嘲笑他，也和他一起欢笑，因为滑稽故事具有一种平衡和弥补的作用。汉斯身上有一点值得我们欣赏，那就是他能轻松对待一切的本领：消除紧张、放松、听之任之。永远选择更为轻松的而不是更加艰难的，选择减轻负担而不是更高的使命——这都属于生命的节奏。

如果说，魔法童话给我们呈现了对危险和使命的严肃探究、对崇高目标和价值的努力追求，那么格林兄弟为了让读者放松，在自己的童话集中也收入了一系列滑稽故事。即便格蕾特一心只关心好吃好喝的东西，滑稽故事的读者或听众也会知道，吃喝不可能是生命的意义所在。但是，读者还是会乐于欣赏这类故事，因为对美食和美酒的肯定也是我们生活的一部分。但凡健全正常的人，都不会真正希望自己完全像汉斯那样生活，但每个人都有必要从他身上学会一些知足、认命和摆脱烦恼的本事。如果说真正的童话以其理想化的方式，勾勒出了一幅生命的完整画面，那么滑稽故事则只呈现了整个生命的一部分。我们每个人身上都潜藏了一部分格蕾特和汉斯的特质，我们能做的，是给予生活这一部分存在的权利，而不是将它推到生活的中心。

在许多从“愉快地交换物品”这一主题演变而来的故事中，有些主人公最后并不像“交了好运的汉斯”那样两手空空，而是出其不意地被生活的洪流再次冲到了上面。安徒生曾经接触到了这样一个故事，并做了极其出色的改编。在安徒生的故事中，最先拿来交换的东西是一匹马，最后是一袋烂苹果，故事最后也概括性地陈述了颠倒过来的交换次序。两位有钱的英国人在一家小酒馆里，听到一位农夫在讲自己跟别人做的一连串交易。英国人说，农夫回家后，他老婆肯定不会饶了他的。可农夫却说，他老婆不但不会打他，还会亲他。于是，两个英国人提出用一桶金币打赌，并陪农夫一起回家。

酒馆老板的车子开出来了，那两个英国人坐上去，农夫也上去了，那一袋子烂苹果也被放到了车上。不一会儿，他们来到了农夫家。

“晚上好，老太太。”“晚上好，老头子。”“我已经把东西换来了！”“是呀，你不会错的！”老太婆说。接着老太婆拥抱着自己的丈夫，把换来的那袋东西和客人们都抛到脑后去了。

“我把那匹马换了一头母牛。”他说。

“谢天谢地，我们有牛奶喝了。”老太婆说，“现在我们桌上可以有奶做的食物、黄油和干奶酪了！这真是一桩最好的交易！”

“是的，不过我又用那头牛换了一只羊。”

“啊，那更好呀！”老太婆说，“你想得真周到，我们有的是给羊吃的草。现在我们可以有羊奶、羊奶酪、羊毛袜子了！是的，还可以有羊毛睡衣！一头母牛可带不来这么多东西！它的毛只会白白地落掉。你真是一个想得非常周到的人！”

“不过我用羊又换了一只鹅！”

“亲爱的老头子，那么我们今年马丁节的时候可以真正有鹅肉吃了！你老是想种种办法来让我开心。这真是一个很棒的主意！我们可以把这只鹅关在栅栏里养，在马丁节前它会长得更肥的。”

“可后来我用这只鹅换了一只鸡。”老头说。

“一只鸡？这桩交易做得好！”老太太说，“鸡会生蛋，蛋可以孵小鸡，那么我们就会有一大群小鸡，可以养一大院子的鸡了！啊，这正是我盼着的。”

“我知道，不过我已经把那只鸡换了一袋子烂苹果。”

“现在我非得亲你一下不可，”老太婆说，“谢谢你，我的好老公！现在我要告诉你一件事情。你知道，今天你离开以后，我就想今晚要做一点儿好东西给你吃。我想最好是鸡蛋饼加点儿香菜。我有鸡蛋，不过我没有香菜。所以我到学校老师那儿去借——我知道他们种了香菜。不过老师的太太，那个奇葩婆娘，是一个小气女人。我让她借给我一点儿香菜。不料她对我说：‘借？我们的菜园里什么也不长，连一个烂苹果都不结，我就是连一个苹果都没法借给你呢。’你看！现在我倒可以借给她十个，甚至一整袋子烂苹果呢。老头子，这真叫人好笑！”说完她就在老头子嘴上狠狠地亲了一下 。

“我喜欢看到这样的情景！”那两个英国人齐声说，“总是走下坡路，却总是乐呵呵的。这本身就很值钱！”

所以他们就付给这个农夫一百一十二镑金币，因为他不但没有挨打，还得到了老婆的亲吻。

是的，如果一个妻子相信自己丈夫是世上最聪明的人，并承认他所做的事总是对的，她一定会得到好处。

这个故事听上去，像是对真正的童话的一种带有讽刺和滑稽意味的模仿。烂苹果正适合表现这一点，因为童话主人公最终得到的往往正是他们需要的。在这个故事中，一切都在荒诞不经中极尽夸张。英国人心甘情愿地拿出金币给农夫，这非常美好，显然他们被滑稽故事主角的生活态度所感染。我们希望这个故事的听众像他们一样，也能从《汉斯交好运》中领悟到一点：“总是走下坡路，却总是乐呵呵的。这本身就很值钱！”

而《聪明的艾尔莎》这个滑稽故事却要沉重得多，故事的第一部分便引人思考。有一个人（汉斯）来到艾尔莎家，想娶她为妻，因为她是一个非常聪明的人。

“噢，”父亲说，“她的脑瓜子灵着呢！”她母亲也说：“嗨，这丫头呀，她看得见风在街上跑，听得见苍蝇的咳嗽声！”……后来，他们坐下来吃饭，母亲说：“艾尔莎，去地窖里取些啤酒来。”聪明的艾尔莎立刻从墙上取下酒壶，下地窖去了。为了节省时间，她途中已顺手揭掉酒壶盖子。到了地窖，她先搬来一把小椅子，坐到啤酒桶跟前，免得弯腰驼背，使身体受到意外的伤害。然后，她才把酒壶放到自己面前，拧开酒桶上的小龙头。灌酒的这段时间，她的眼睛也不闲着，而是顺着墙壁往上看。她看来看去，突然发现一把十字镐正好悬在自己的头顶上，这是当初修地窖时泥瓦匠忘了拿走的。聪明的艾尔莎立刻开始大哭起来：“要是我嫁给汉斯，我俩就会有孩子。孩子长大了，我们就会打发他下地窖取酒，这十字镐很有可能砸到孩子头上，把他给砸死！”她坐在那儿，越想越为未来可能发生的不幸伤心不已，放开嗓子号啕大哭起来。大家在上面等着喝啤酒，可总不见聪明的艾尔莎回来。母亲吩咐女仆："你到酒窖去看看，艾尔莎到底去哪儿了？"女仆下到地窖，发现艾尔莎正坐在酒桶前痛哭流涕，连忙问："艾尔莎，你为什么哭啊？""哎呀，"艾尔莎哭诉道，"我能不哭吗？要是我嫁给汉斯，我俩就会养孩子，孩子长大了，我们就会让他下地窖取啤酒，这样顶上的十字镐很可能落到他头上，把他给砸死呀！"女仆听后说："咱们的艾尔莎真是聪明啊！"于是她也坐到艾尔莎身旁，为未来可能发生的不幸失声痛哭。

过了一阵，由于女仆也迟迟没有上去，主人又派男仆下地窖看看。于是，刚才的场面又重演了一次。就这样，这串情景一而再、再而三地出现。后来，连母亲也下地窖去看个究竟，可也是一等不回来，二等不回来，最后父亲也下去了，所有人都坐在那里为未来的不幸痛哭不已。终于，前来求婚的人自己也来到地窖里，当大家把这件事讲给他听后，他牵起艾尔莎的手，将她娶回家了。在这个广为流传的滑稽故事的另外一些版本中，这位求婚者先是偷偷溜走了，他告诉别人，他后来之所以回来，是想看看能不能找到更蠢的人，但显然这样的人并不少见。无论在哪儿，喜欢杞人忧天的人都是被取笑的对象。

《一千零一夜》中有一则阿拉伯故事，讲述了聪明而又正直的两兄弟的故事。作为大臣，他们把国家治理得井井有条，国王很省心，完全可以放心地沉湎于打猎和其他消遣之中。

可两位大臣还是单身汉，虽然国王多次催促他们娶妻，但他们总是抗拒婚姻，即便是国王指定的。有一天，当兄弟俩单独在一起的时候，他们商量说："咱俩想法一样，而且是亲兄弟，那么除非我们娶姐妹俩，否则是不合适的。而且这对姐妹必须是亲生的，两人还得看法一致，彼此喜欢。她们在爱情中的行为举止也要跟我们相同，她们之间也不能有误解。"然后，其中一个对另一个说："亲爱的兄弟，那我们娶一对姐妹。然后，你妻子生一个女孩，我妻子生一个男孩。等他们长大后，我就让我儿子娶你女儿。”听到这儿，另一位激动起来：“为什么？你为什么要让你儿子娶我女儿？你要是把我女儿夺走了，拿什么来回报我？老天作证！我不会让你把我女儿夺走的，你儿子也休想看见她。”这时他兄弟也站起身来，说：“的确，我让儿子娶你女儿是违背了你的意愿。”于是，他们兄弟之间产生了一场激烈的争吵。听到他们的争吵，一些朝臣显贵纷纷围了过来。这两位大臣越吵越厉害，最后都拔出武器。围观的人赶紧跑到他们中间，将他们拉扯开，在场的每一个人都感到很不解。

从此，这对如此聪明的兄弟变成了势不两立的敌人。两位智者变成了蠢汉。当另一位国王听说他们的事情后，感到十分诧异，然后一阵狂笑，那笑声把他自己都吓到了。

“的确，这个关于两位大臣失去理智的故事应该写下来，记录下来。他们没有结婚，仅仅是在口头探讨结婚、娶妻、生子，然后孩子们长大后，再让他们结婚……那他们之间这么大的冤仇究竟是为什么呀？”

这则阿拉伯故事想展示的是，一旦预设成立，一个智者仅仅因为这样一个想法就变成了傻瓜；如果一部分人自认可以凌驾于所有人之上，智慧就会变成愚蠢。为将要发生的事情担心，制订计划，预先防备——这些都属于人的优良品德。聪明的人往往比愚蠢的人更会未雨绸缪。从这层意义上说，聪明的艾尔莎的确是个聪明人，其家人给予的钦佩和赞赏也并非完全不当。然而，就像在《聪明的格蕾特》中，贪吃的癖好控制了格蕾特的整个生活，连其理性也完全被她贪吃的天性所控制，聪明的艾尔莎也任由那些想象出来的担心滋长，而且这种担忧有越来越蔓延开来的危险。滑稽故事喜欢将人的一种品质或一种恶习、一股力量或一种倾向推向极致，让有意义的行为转变成无意义的玩笑，这些都属于滑稽故事的特点。勾画未来的能力才让人成其为人，但在故事的这一部分中我们感觉到：

因为不懂克制，艾尔莎最好的能力便因可笑的一时任性而消耗殆尽。这虽然极尽荒诞，却仍然弥漫着一丝悲剧气息。

格林兄弟的《聪明的艾尔莎》第二部分尤为如此！勤劳的丈夫让艾尔莎到地里去割麦子，可她先给自己煮了一锅香喷喷的粥，然后把粥带到地头上去了。

> 站在地里，她自言自语起来：“我该怎么办呢？我是先割麦子，还是先喝粥？嗨，我还是先吃得啦。”于是，她把一锅粥喝了个精光，肚子撑得鼓鼓的。接着她又想：“我该怎么办呢？我是先割麦子，还是先睡觉呢？嗨，还是先睡得啦。”说完便倒在麦地里睡着了。汉斯早已回到家中，可总不见艾尔莎回来。他想：“我的艾尔莎这么聪明，还这么勤快，连饭都不肯回家来吃！”谁知她一直没有回来，眼看天就要黑了，汉斯只得再跑到地里，看看艾尔莎到底割了多少麦子。一看不要紧，他发现艾尔莎根本没有割麦子，而是躺在麦地里睡大觉。一气之下，汉斯飞快跑回家，取来一张拴着许多小铃铛的捕鸟网，将她团团罩住，可艾尔莎却一直酣睡不醒。汉斯回到家，拴上房门，坐到椅子上，埋头干自己的活计。又过了一阵，聪明的艾尔莎终于醒了，这时天已经黑透了。她翻身起来，只听四周一片丁零声。她每跨一步，那些铃铛都会响个不停。她吓坏了，搞不清楚自己还是不是聪明的艾尔莎，自言自语道：“我是艾尔莎吗？还是不是？”她自己也不晓得答案，犹犹豫豫站了一会儿，终于想起来：“我要回家去问问，看看我到底还是不是那个聪明的艾尔莎。家里人总会知道的。”她连忙跑回家，可家门已经上了锁。她敲了敲窗户，喊道：“汉斯！艾尔莎在家吗？”“在，”汉斯答道，“她在家里。”艾尔莎听后，大吃一惊：“哎呀，这么说我就不是她喽！”她只好去下一家问，可是别人听见铃铛声都不肯开门，她在哪儿也找不到归宿。最后，她跑出了村子，从此谁也没有再见过她。

这个故事叙述的也是人对可口食物和甜美睡眠的沉迷。这是一种令人觉得可笑的喜好，也是一种我们肯定不会完全拒绝的喜好，只是这种喜好往往会失去节制，变得越来越强烈。“曾经有一个叫卡特琳的女人，她很懒，懒得就像一堆铅。”——在一则特兰西瓦尼亚类似的故事中有过这样的描述。丈夫将她的辫子剪了，她也问自己：“这是我，还是不是我？”当孩子们告诉她说，母亲已经在家了，于是她确信，自己不是“那位母亲”。

> “我想离开，去寻找我自己……”就这样她走出家门，到广阔的世界里去寻找自己。直到现在，她还在四处游走，却没能找到她自己。

当下的纯文学热衷于描绘身份认同感的丧失，与此类童话有着异曲同工之妙，其他许多类似的滑稽故事也将其作为核心因素。一个醉酒的车夫在马车的驾驶座上睡着了，其中一匹马挣脱缰绳跑了。当他醒过来后，揉了揉眼睛，用满口施瓦本的方言问自己道：“是俺呢？还是不是俺？”接着又自答道：“要是俺，那就是别人偷了俺的马；要不是俺，那就是俺找到了一辆马车。”在这里，这个主题被引入轻松愉快的氛围。而在《聪明的艾尔莎》和《懒惰的卡特琳》中，两位女主角都失去了自我的确定性，她们的人格坍塌了。而正是她们过度热衷于吃喝和睡觉，完全沉湎于自己的生理需要，才失去了自己，进而失去了一切。滑稽故事在一段时期内愉快地把玩着其中的人物，任其自由自在、好吃好喝、无所事事，但它也知道，停留在追求这种低层次满足的人，是不值得提升的。

虽然说，有的滑稽故事会让“交好运的汉斯”回家，在以安徒生为代表的滑稽故事版本中，主人公甚至还会得到较好的结局，但在关于艾尔莎和卡特琳的故事中，则完成了一个无情的转变。并非每个人都觉察到了这种转变，因为，即便这种转变也被滑稽故事充满幽默感的风格所淹没。然而，《聪明的艾尔莎》的第二部分更接近悲剧的层面，其悲剧意味比《弗里德尔和卡特丽丝》的第一部分更多，也比该故事中的类似情节更强烈。无论滑稽故事给人的印象是多么放纵欢快，它仍会以自己的方式探讨人的本质，并常常营造出一种让听众陷入沉思的氛围。

8 假未婚妻和真未婚妻，动物孩子和动物丈夫

从格林童话之后出现的大量民间童话中，我们发现，虽然其语调和形式千差万别，但是有一个主题却在不断重复，即现象与本质的分裂。穿着脏衣裙、遭人歧视的灰姑娘实际上是最美丽、最善良的姑娘，最终注定要嫁进王室；园丁的帮手隐瞒了他自己身为王子的真实身份，瘌痢头下盖住的是漂亮的金发，看起来浑身长满疥疮，实际上是将动物毛皮反穿在身上；最小的儿子被当成傻瓜，但后来证明他其实比哥哥们要聪明得多，因为是他远走异乡，最后为父亲取到了活命水；是最小的儿子完成了看似无法完成的使命，在捉迷藏和猜谜语的比赛中赢了公主。懒汉也能突然变成有天赋的人，并超越其他所有人。关于真假新娘、动物孩子和动物丈夫的形象，不断重现着现象与本质的分裂，给人留下了特别深刻的印象。“我不是真正的新娘啊。”——这句出自《玛琳姑娘》的话，可以看作无数童话的座右铭。但真正的新娘或真正的新郎终将被找到，或重新被找到，骗子会离开。在有关屠龙者的童话中，真正的解救者会在关键时刻回来，揭穿自称战胜恶龙的大臣、上校或烧炭工的真面目，并在进行中的婚礼登场。牧鹅姑娘的故事更多的则是伤感，而不是嬉戏，这个故事是格林童话中关于“假新娘”这一主题给人印象最深的例子。

美丽的公主翻山越岭去遥远的国度，投奔跟自己已有婚约的王子。精通魔法的母亲送给她一匹会说话的马，名叫法拉达；还给了她三滴血，让女儿一定好好保管。可是，在路上，美丽的公主不慎丢掉了有三滴宝贵鲜血的小帕子，那可恶

的女仆趁机控制了公主。女仆换上公主华贵的衣裙，骑上法拉达，并强迫可怜的公主发誓，不向任何人泄露一个字。就这样，假新娘冒充真新娘嫁给了未曾谋面的王子。为了怕会说话的宝马法拉达道出实情，假新娘让人把它杀了。真正的公主却不得不帮少年小康尔德一起牧鹅。她悄悄塞给剥皮匠一笔钱，求他把法拉达的头钉在城门的黑门洞底下。海因里希·海涅用动人的诗句描绘了这个著名的草地和荒原的场景：

当老人说到那公主时，
我的心怦怦直跳，
公主孤零零地独坐荒原，
把金黄的头发梳理……
清晨，公主和小康尔德穿过城门往外走时，她说道：
“噢，法拉达，你挂在这里！”
马头回答：
“噢，公主，你成了牧鹅女，
要是你母亲知道，
她真要心碎了。”

然后他们默默走出城门，把鹅群赶到郊外的地里。公主在草地上坐下来，散开她那金灿灿的秀发。小康尔德在一旁望着，对公主那满头闪闪发光的秀发很是喜欢，伸手想要拔几根。她连忙道：

“风儿啊，吹吧，吹吧，
吹掉康尔德的小帽，
让他跟在后边追去。
等我梳好头发，编好辫子，
再把帽子戴上去！”

话音刚落，一阵狂风袭来，把小康尔德的帽子吹得老远，他只能拼命追赶。等他回来，公主已经梳好了辫子，盘起了头发，小康尔德一根都休想拔下。小康尔德很生气，不再跟她说话。他俩就这么放牧着鹅群，直到天黑才回去。

第二天早晨，当他们再次穿过黑洞洞的城门时，姑娘又说：

“噢，法拉达，你挂在这里！”

法拉达回答道：

“噢，公主，你成了牧鹅女，

要是你母亲知道，

她真要心碎了。”

然后他们又把鹅群赶到郊外。公主在草地上坐下来，开始梳理她的金发。小康尔德想要拔几根。她赶紧说道：

“风儿啊，吹吧，吹吧，

吹掉康尔德的小帽，

让他跟在后边追去。

等我梳好头发，编好辫子，

再把帽子戴上去！”

话音刚落，一阵狂风袭来，把小康尔德的帽子吹得老远，他只能拼命追着。等他回来，公主早已梳好了辫子，小康尔德连一根头发都没拔到。他俩一直牧鹅到天黑 。

晚上回家后，小康尔德跑去面见老国王，向他禀报：“我不愿再跟那姑娘一起牧鹅啦！”“为什么呀？”老国王不解地问。“她成天惹我生气！”国王命他道明详情，小康尔德说：“每天早晨，我们赶着鹅群从黑洞洞的城门穿过时，她总是对挂在上面的一个马脑袋说：

‘噢，法拉达，你挂在这里！’

那马脑袋就会说：

‘噢，公主，你成了牧鹅女，

要是你母亲知道，

她真要心碎了！’”

接着，牧鹅少年又将在草地上发生的事情一五一十讲了一遍，还抱怨说，自己总是不得不去追那被风刮跑的帽子。

一个我们熟悉的主题在这里出现了：坏事变成了好事。小康尔德去老国王那里告牧鹅姑娘的状，本意是想害她，可正是这件事推动了事情朝着好的方向转变。老国王看出了某些端倪，便开始询问牧鹅女。当她提起自己曾经发过誓，不能道出实情时，老国王说："要是你什么都不肯告诉我，那你就对这个铁炉诉苦吧！"于是，一切大白于天下。假新娘被老国王诱导着对自己做出了判决，年轻的国王"跟真正的妻子举行了婚礼，两人一道和平幸福地治理着自己的国家"。

老国王要假新娘猜一个谜语，并趁机将她自己所犯罪行的全部经过和所有细节一一道出，接着又问她，该怎样判决这样一个恶毒的女人。那么，假新娘是怎么说的呢？

> "那最好把她脱个精光，装进一只内壁钉满尖钉子的桶里，由两匹白马拉着，在大街小巷拖来拖去，直到她被拖死为止。""这个女人正是你，"老国王说，"你已经对自己做出了判决，现在就亲自尝尝这个滋味儿吧！"

实际上，我们无法想象，如果老国王将如此特殊的细节这么清晰地和盘托出，听到这番话的假新娘竟丝毫没有察觉到，对方讲的正是关于自己的事情，更何况这些事关乎自己的性命。这一点清楚地表明，民间童话虽然具有某些现实主义特征，但就整体而言，它们并不具备现实性，而是具备象征性。为什么要强调由犯罪的女仆对自己做出判决呢？因为童话相信并希望，恶人终将自取灭亡。如同在《亨塞尔与格莱特》中，巫婆爬进了自己的炉子，并被自己想出的毒计害死。在法国类似于玫瑰公主的故事中，例如佩罗的《睡美人》中提到，恶毒的王后自己扑倒在一只装满毒蛇的大圆木桶里，而这只木桶原本是她让人为自己那无辜的儿媳准备的。在有的故事中，恶魔只能被他自己的剑刺死。童话一再重复让坏人或恶魔对自己做出判决的情节，这形象地告诉我们，罪恶一定会自我消亡。童话所告诉我们的不是现实的观点，而是本质的认识，而本质的认识才是事物的关键。由此可以看出，关于假新娘这个不断重复的主题，我们只能从其意象上去理解，虽然它也反映了现实的一面：小伙子娶了假冒的新娘，这样的事情并不罕见，同样，姑娘也可能嫁给假冒的新郎，只不过童话更为频繁地提到假新娘，而不是假新郎，正是这一点显露出了我们从童话的整体结构推测出来的象征性意义。

荣格的人格心理学对童话的主要解读，是童话反映了人内心的变化过程。从这个角度来看，与假新娘结婚意味着：一种虚假的价值对我们产生了作用，一种错误的认识在短时期内占据上风，人格的核心被遮蔽了。而童话却向我们展示了，这一切最终都会回归正途。——无论怎样，这种解释都是令人信服的。对不合法的假新娘的关注反映了灵魂对负面价值的关注。在此期间，君王的威严也遭到了践踏。威廉·格林说："这则美丽的童话，甚至将隐藏在仆人形象中的高贵都呈现出来了，而且，它所呈现的特征越简单，就越深刻，因为这种高贵是公主与生俱来的。""仆人形象中的高贵"，这句话让我们想起莎士比亚的一句话：我们每个人心中都拥有高贵的情感。我们常常将这种高贵的情感贬低为一种奴役。"仆人形象中的高贵"，这是许多童话的核心，更是《牧鹅姑娘》的核心。我们心中的高贵可能变得微弱和苍白；公主渴得难受，只能一次又一次弯腰喝水，并由此失去了自己真正的力量。这点与《小弟弟和小姐姐》的故事类似：小弟弟实在太渴，忍不住喝了水，便由此失去了人形，变成了一头狍子。在古老的魔法信仰中，血具有比其他体液更重要的意义，它被看作生命的支柱。在童话的"玻璃球游戏"中，人们较少感受到魔力，像会说话的马头一样，会说话的血滴也不过就是一个叙事元素。然而，叙事元素不但要承载情节，还要承载意义。失去了血滴和宝马，公主便失去了一部分力量。于是，一个饱受磨难、走向成熟的时期开始了，她只能悄悄地披散自己的金发，偷偷练习怎样操控风力。在有关屠龙者的童话中，我们没有看到公主惨遭假新郎威胁的痛苦，故事叙述整整跳过了那一年。而在《牧鹅姑娘》中，恰恰是这一部分，即公主历经磨难的这一部分，是整个故事中给人印象最深的，因而故事结尾时的反转才更令人欣慰和喜悦：真公主重新穿戴上了华丽高贵的服饰，嫁给了姻缘已定的王子。假象消失了，人们找到了最重要、最根本的东西——这就是童话向听众勾勒出来的成长历程，听众期盼这种情形也会在现实中出现。由此，童话成了生活的范本。

《玛琳姑娘》的情节要比《牧鹅姑娘》的情节更加曲折，而且故事的特质也完全不同。《玛琳姑娘》中没有假冒公主的女仆，公主跟王子相爱已久，但其父母却百般阻挠。玛琳的父亲将她关进一座高塔，而王子的父亲也已经替他选定了另一位新娘，“这位新娘不但相貌丑陋，而且心肠歹毒”。但在这个故事中，恶再一次转化成了善：长达七年的时间里，高塔对于玛琳来说不仅是座监狱，同时也是一个保护所，因为在此期间敌人毁坏了整个王国，杀光了所有人。七年后，眼看所有的食物就要吃光了，当玛琳从高塔里出来时，踏入的是一片荒芜之地。她一路长途跋涉，靠荨麻充饥，直到最后才有一位厨师收留了她，让她在那里做粗使女仆。尽管跟《牧鹅姑娘》故事的特质大为不同，但玛琳姑娘也经历了相当长的一段时期的困顿生活。显然，这样饱受磨难的经历被当成了个人成长非常重要的一部分。在这个故事中，个人的成长发展一共有三个阶段：首先，主人公被关在阴暗的高塔里，或者像在别的版本中那样，被关在地窖里；然后，经过长途跋涉，仅靠荨麻充饥；最后当粗使女仆，干最低贱的活计。这样一个接一个的阶段就是主人公成熟的过程。后来，故事有了新的转机：玛琳干活儿的厨房，就是王宫里的御厨房。由于恶毒的新娘自惭形秽，怕在众人面前露出丑陋的真面目，便强迫玛琳姑娘假扮新娘去教堂结婚。

> “你要是敢不听我的话，就别想活命。我只要一句话，管叫你人头落地。”迫于丑新娘的威胁，玛琳只好服从，穿戴上华丽的服装和首饰。当她踏进王宫的大厅时，在场的人都被她无与伦比的美貌震惊了。国王对儿子说：“这就是我为你挑选的新娘，你领她去教堂吧。”新郎也惊呆了，心想：“她长得跟我的玛琳姑娘一模一样，我还以为是她本人呢。可玛琳姑娘关在塔里已经很久很久了，或许早就死了。”他拉起姑娘的手，牵着她去教堂。路旁立着一丛荨麻，玛琳便说道：
>
> “荨麻丛啊，
> 小小的荨麻丛，
> 你为何孤零零地长在这里？
> 从前我曾饥饿难熬，
> 生生吃过你，

既没煮，也没烧。”

“你在说什么呢？”王子问。“没什么，”她答道，“我只是想到了玛琳姑娘。”王子很好奇她竟然知道玛琳姑娘，但什么都没说。他们经过墓地前的小桥，新娘子又说：

“墓地前的小桥啊，你莫断，

我不是真正的新娘啊。”

“你在说什么？”王子又问。“什么也没说，”她说，“我只是想到了玛琳姑娘。”“你认识玛琳姑娘？”王子问。“不，”她说，“我怎么会认识她，只是听说过罢了。”他们来到教堂门口，新娘又说：

“教堂大门啊，你别垮，

我不是真正的新娘啊。”

“你到底在嘟囔什么呢？”王子问。“唉，”新娘说道，“我只是想到了玛琳姑娘。”这时，王子取来一串珍贵的项链，戴在新娘的脖子上，扣好链环。随后他们一道步入教堂。在祭坛前，牧师把他俩的手拉在一起，让他们成了婚。

一切都颠倒过来了。在《牧鹅姑娘》中是侍女将公主华贵的衣裙抢走，并剥夺了新娘的角色。而在《玛琳姑娘》中，公主则是被逼着穿上了华丽的服装，迫不得已充当了新娘的角色。就此，一个难以捉摸的微妙游戏开始了：“我不是真正的新娘啊。”她说。从法律上说她道出的是实情，而从更深的意义上说，她才是真正的新娘，最后一切都会大白于天下。而另一位现在可以称为“假新娘”的人，却尝到恶果：她原本想叫玛琳人头落地，最后却是自己被砍了头。在这个故事里，恶人最终也自取灭亡：令人厌恶的新娘搞砸了自己的婚礼，她亲自把别人推到了新娘的位置，而她为别人准备的灾祸最终降临到了自己头上。还有一些版本的故事更令人觉得真实可信：“假新娘”这个“反面角色”不是让人代替她举行婚礼，而是在新婚之夜找人冒名顶替。但这个貌似更为古老的版本，并不比格林的《玛琳姑娘》更好，因为《玛琳姑娘》符合童话要求的非真实风格，在故事中特殊的现实性消失了。正因为如此，这个故事才通透；正因为如此，读者才不会把它看成一个真实的记叙，而是当成一个具有象征意义的故事。

在关于动物孩子、动物丈夫或动物未婚夫的童话中，这种象征意义表现得更加鲜明。

> 从前，有个农夫，他拥有足够多的钱财和土地。可尽管他很富有，却少了一种福分，因为他们夫妻俩没有生下一男半女。跟别人一块儿进城时，大家总是取笑他为什么生不出孩子。终于有一天，他气坏了，冲回家就说："你一定得给我生个孩子，哪怕生只刺猬都行！"后来，他老婆果然生了个儿子，上半身是刺猬，下半身是男孩。

孩子的父母被这个怪胎吓坏了，想甩掉这个包袱。这个孩子被取名为"刺猬汉斯"。后来，他离开了家，到外面闯荡去了。就像格林童话中的《小毛驴》或约瑟夫·哈尔特里希（Josef Haltrich）的童话《毛孩儿》一样，怪胎们最后都娶到了公主，婚礼后他们才都褪去了身上的动物皮毛，变成了英俊少年。令人震惊的是，无论刺猬还是小猪都想娶公主为妻，这个情节在特兰西瓦尼亚的童话中表现得尤为美妙：

> 一天晚上，夫妻俩聊天。他们说，据说国王悬赏，谁能解决他提出的三大难题，就将自己唯一的女儿嫁给谁，但到目前为止还没有一位王子做得到。这时，只见他们的猪孩儿突然直起身子，笔直地站在父母面前，说："父亲，带我去见国王吧，让他把女儿嫁给我！"父亲被他这种放肆和冒失的态度吓了一跳，好久才缓过气来。"你想到哪儿去了？儿子，如果我胆敢向国王提出这样的要求，国王会怎么处置我呀？"但是猪孩儿说什么也不放弃，天天缠着父亲，大喊大叫："父亲，咱们去找国王吧，我再也受不了啦！你尽管去，不会有事的！"

后来，猪孩儿果然将三个无解的难题解决了。他让王宫变成了银制的，并在对面建起了一座金宫，然后在两座宫殿之间架起了一座钻石水晶桥。这样一来，国王就再也无法拒绝将女儿嫁给他了。正是这种异乎寻常的、命中注定的、被剥去兽皮的人，才会具有超自然的力量。正是这样的人才会被召唤到王室去，也只有这样的人才能被证实是被上天眷顾的人。关于动物丈夫或动物新郎的故事广为人知，我们在第一章已经提到过：一位旅人不得不将自己的女儿许配给一头狮子、一头熊或者别的猛兽，一开始姑娘坚决不从，但当她最后终于不忍拒绝，并真心爱上这头动物时，野兽却变成了王子。——在这里，外在表象很难揭示内在本质。直到对方最后勉强接受了令人恐惧的外表并终于爱上他时，他的本质和光彩才会显露出来。我们可以在阿普列乌斯[①]关于爱和灵魂的故事中，以及古希腊、古罗马的神话中，找到这类童话的痕迹。18 世纪，这一题材的故事由于博蒙夫人的《美女与野兽》面世而变得家喻户晓；20 世纪，则是因让·谷克多（Jean Cocteau）导演的同名电影而声名大噪。在法国作家博蒙夫人笔下的场景是这样的：野兽倒在地上，像死去一样，商人的女儿见状放声痛哭，拼命呼唤它活过来——野兽蜕变成人的过程就发生在这一瞬间。在 19 世纪的一则英国民间故事中，女主人公也是商人的女儿，这跟许多类似的故事没有什么不同，但与她为伴的却不再是“一条长满小牙齿的大丑狗”，而是一条她亲切地称之为“比蜂房还甜”的大狗。格林兄弟的《青蛙王子》的情节进展则没有这么平缓：以怨报德的小公主一把抓起难看的青蛙，狠狠朝墙上摔去。而恰恰是这一摔，满足了青蛙变王子的神秘条件。我们还能想起一些别的故事，在这些故事中，乐于助人的动物最后会请求主人公将它的头砍下，因为只有这样，这只助人的狐狸或狼才能变身成英俊的王子。这样的情景更有助于解释《青蛙王子》中的情节：并非只有爱才具有改变的力量，往往果断、坚毅、准确也能改变现状。将低级的推向高级的，将动物变成王子，都需要这种果断、坚毅和准确。

在全书的最后这一章，有一点变得特别清晰：童话叙事的象征性。在此，我们不禁想起，诺瓦利斯曾经将姑娘对丑陋野兽的喜欢，解释成心灵对世间的弊端和不幸的接纳。“被爱的瞬间就是熊变身为人的瞬间。也许当人慢慢接受并喜欢上世间的弊端和不幸时，也会产生类似的转变。”但是，我们也能由此想到荣格

① 阿普列乌斯（Lucius Apuleius），古罗马哲学家、修辞学家及作家。代表作《金驴记》。

学派关于意识与潜意识相遇的理论。无疑在这类故事中也反映了两性之间的矛盾关系，每一个意象都具有多重意义，我们永远无法理解透彻。同样，我们也无法彻底了解，那些数千年来伴随着人类的敬畏和惊讶而来的真正恐惧。在动物面前，人类历来都不乏惊讶、恐惧和敌意，同时，也会觉得动物像其他神圣之物一样令人赞叹、着迷和渴望。

动物王子忍受着自己的动物外形，这一点也具有不言而喻的象征性。首先，动物必须上场，然后在黑暗中脱下动物皮，最后作为人出现在光天化日之下。——这个故事与《玛琳姑娘》的情节是不是非常相似？玛琳姑娘在王宫公开现身前，先被关在一座高塔里或一个地窖里，然后重见天日。不过，她一开始出现在荒无人烟之地，靠荨麻充饥，然后不得不在厨房里干粗活。同样，第三个故事中的牧鹅姑娘在王宫里也不得不穿着侍女的破旧衣衫，只有在宫外才能披下满头的金发。到故事的最后，她才身穿华贵的衣裙作为新娘出现在王子身边。我们认为，像其他童话一样，这三种类型的故事，都在呈现心灵和精神的成长过程。至少这些童话让孩子们相信，在人的一生中，成长、成熟和满足是可能的、自然的，而且在这一过程中，贫困和苦难是必不可少的人生经验。

从第一章引用的几个故事中，我们不但看到了童话的象征性，而且还看到了童话的其他特征和特性。无论将主人公关在高塔里，还是把他禁锢在动物的外形中，都是为了形象地呈现他们被隔离和孤立的状态。在其他童话中，男主人公要么是最年幼的，要么是傻子或猪倌；女主人公则通常是继女、在厨房里干粗活的女仆或者是遭到父亲迫害的人。主人公是孤独的，但也只有他有能力与最本质的事物建立联系。我们在所有这类故事中不断遇见这样的人物形象：一个被彻底孤立的人，但同时他又因此能够与这个世界建立全面的关系。正是这个被世界所抛弃的人才获得了最本质的东西——这已经不仅仅是理想，而且也是对人生的真正体验。

在全书最后这一章，我们探讨的重点是关于存在和表象这一宏大的主题，这一主题渗透进所有童话之中。与这个大的主题相适应的还有一些小的主题：坏事能够变好事；苦难、遭误解、被低估、忍饥挨饿都只是表面的不幸，实际上这些都是通往幸福的一个个台阶。即便是他人心怀恶意的打击，给被打击者带来的也可能是动力而不是毁灭，但坏人却往往自掘坟墓。这就引出了另一个在童话中无处不在的主题：罪恶的自我消解。此外，人是角色的扮演者：公主必须扮演侍女的角色；侍女篡夺了公主王室新娘的角色；丑新娘让别人扮演自己的角色；王子或负有继承王室使命的孩子不得不先扮演动物的角色。由此看来，这一现代社会学的观点不仅曾出现在巴洛克时期的戏剧中，而且早在简单质朴的民间童话中就已经出现了。而与此相对应的是，童话对阶层和阶级进行分析的痕迹却越来越少了。即使在《牧鹅姑娘》中，侍女扮演了一个可恨的角色，我们也肯定不会将此理解为这是上层社会对劳动阶层的批评。而《玛琳姑娘》让厨房里的女仆最终成了王子的新娘，这也许意味着，公主也可以分享被贬低和被侮辱的底层人物的梦想。但这些都不是最重要的，于童话而言，最重要的永远是对人类具有相通情感的心灵的召唤，是引导人类对人生发展和美好生活的向往。